“무리한 주문 좀 하지 마세요.”

제멋대로인 라칸 을 돌보는 건 참 힘들겠다고 생각하면서
리쿠손 이 곁눈질로 보니 온소 가 이쪽을 날카롭게 노려보았다.

약사의 혼잣말 10

휴우가 나츠

일러스트
시노 토우코

"너, 너는!"

남자는 요란하게 반응하며

마오마오 에게 삿대질을 했다.

"잡았다~!"
취에 는 그물을 높이 추켜올렸다.
몹시 의기양양하고
자랑스러워 보이는 얼굴이었지만
보고 있자니 왠지 조금은 짜증이 났다.

다과회의 주최자는 돌팔이 의관 이었다.
티엔요우 는 맞장구를 치며
말린 대추를 먹고 있었다.
리하쿠 는 호위를 하고 있었지만
호두를 집어 들고 몰래 껍데기를 깨려는 중이었다.

“아가씨,
어서 와~”

“달리 더
유효한 방법이
있지
않겠습니까?”

"달리 더
유효한 방법을
쓰면 되겠느냐?"

INTRODUCTION

서도로 불려 간 이유란?

무사히 서도에 도착한 마오마오 일행.
진시 또한 왕제로서 집무를 보지만
유명무실한 권력자 취급을 받습니다.
또한 서도에서 머물던 중
요괴 '비두만'이 나온다는 소문까지 퍼집니다.
마오마오는 비두만의 정체를 캐내기 위해 움직입니다.
게다가 마오마오는 다양한 문제에 부딪히면서
한때 서도를 지배하던 이 일족이
멸망한 이유에 대해 생각합니다.
이 일족, 바람을 읽는 백성, 제사.
50년 전의 황해와
17년 전 이 일족의 멸망.
새로운 수수께끼가 생겨남과 동시에
예언된 재앙의 발소리는 점점 가까워져 옵니다.
그리고 진시를 서도로 부른
영주 대행 교쿠오의 노림수가 밝혀지는데?

약사의 혼잣말

10

휴우가 나츠 지음
시노 토우코 일러스트

Carnival

목

약사의 혼잣말

차

목차

인물 소개

마오마오……본래는 유곽의 약사, 현재는 의관 보조 관녀. 약과 독에 기이한 집착을 갖고 있지만, 다른 일에는 관심이 별로 없다. 양아버지 뤄먼을 존경한다. 항상 평온하게 살 생각밖에 없다. 20세.

진시……왕제. 천녀 같은 미모를 지닌 청년. 화려한 생김새와 달리 성실하고 곧은 성격이지만 폭주하면 무슨 짓을 저지를지 모른다. 재능 면에서 평범한 사람의 영역을 넘어서지 못한다는 사실에 열등감을 갖고 있다. 본명은 카즈이게츠. 21세.

바센……진시의 종자, 가오슌의 아들. 남들보다 통각에 둔한 체질을 타고났기 때문에 인간의 한계를 넘어선 힘을 발휘할 수 있다. 고지식하고 성실하지만 바보짓을 자주 한다. 리슈 비를 연모하고 있다.

가오슌……바센의 아버지. 탄탄한 체격의 무인이며 예전에 진시의 종자였던 인물. 현재는 황제 직속 부하이지만 황제의 명에 따라 진시의 원정에 참가했다.

취에……바료의 처, 자식이 있다. 외모는 별 볼일 없지만 성격이 까불까불하고 능동적이다.

라칸……마오마오의 친아버지, 뤄먼의 조카. 외알 안경을 낀 괴짜. 군부의 고관이지만 워낙 기행이 심한 탓에 주위에서는 꺼려하고 있다. 바둑과 장기가 취미이며 실력이 매우 뛰어나다.

교쿠요 황후……황제의 정실. 빨간 머리와 녹색 눈을 지닌 이방의 공주. 22세.

리쿠손……본래는 라칸의 부관. 현재 서도에서 일하고 있다. 사람 얼굴을 한 번 보면 잊어버리지 않는 특기를 지녔다.

교쿠엔……교쿠요 황후의 친아버지. 서도를 다스리고 있었으나 딸이 황후가 된 일로 도성을 찾아왔다.

교쿠오……교쿠엔의 장남. 교쿠요 황후의 이복오빠. 현재 아버지를 대신하여 서도를 다스리고 있다.

스이렌……진시의 시녀이자 옛 유모.

타오메이……바센의 어머니, 가오슌의 처. 한쪽 눈을 실명했다. 맹금류를 연상케 하는 여걸. 가오슌보다 여섯 살 연상.

바료……가오슌의 아들, 바센의 형. 보통 장막 뒤에 숨어 있다.

티엔요우……마오마오의 동료인 젊은 의관. 경박한 남자. 마오마오의 동료인 옌옌에게 마음이 있다. 흥미가 생기는 일에는 쉽게 끼어들곤 한다.

요우 의관……상급 의관. 서도 출신.

라한네 형……라칸의 조카이며 양자인 라한의 형. 정확한 시점에 딴죽을 걸 줄 아는 평범한 사람.

약사의 혼잣말

서 장

딸랑, 하는 방울 소리가 울렸다.

마차에서 내린 사람은 교쿠요와 똑같은 빨간 머리 소녀였다. 은실 자수를 넣은 얇은 천을 머리에 쓰고, 광택이 아름다운 비단옷을 입고 있었다.

나이는 몇 살쯤 됐을까. 교쿠요의 조카에 해당한다고 하던데 이렇게 나이가 찬 조카가 있을 줄은 몰랐다. 자신보다 나이가 많은, 심술궂은 남자 조카밖에 모른다. 하지만 오라비인 교쿠오가 그렇게 말하는 이상 조카가 틀림없으리라. 그 말을 곧이곧대로 믿는 수밖에 없다.

"교쿠요 님."

뒤에서 코쿠우가 불렀다. 교쿠요를 모시는 시녀 세 자매 중 둘째인 그 소녀가 걱정스러운 표정으로 교쿠요를 바라보고 있었다.

"괜찮아. 그보다 환대 준비는 다 되었니?"

"네."

지금 교쿠요가 있는 곳은 황제의 별궁이다. 특별히 궁정 밖에서 조카를 맞이해도 좋다는 허가를 받은 상태였다. 다른 비라면 후궁 밖으로 나가는 일조차 허락되지 않는다. 그러나 교쿠요는 황후이니, 그런 특권도 있다.

아름다운 옷을 입은 소녀가 하느작하느작 걸어와서 교쿠요 앞에 무릎을 꿇었다.

"교쿠요 님, 처음 뵙겠습니다. 야친雅琴이라고 합니다."

"고개를 들려무나. 긴 여행에 지쳤겠지? 오늘은 이 궁에서 푹 쉬렴."

교쿠요는 웃으면서 야친을 바라보았다. 얇은 천 사이로 보이는 눈은 교쿠요와 같은 벽안이었다. 피부색 하며 얼굴 생김새 하며, 하나같이 이국의 피가 뚜렷하게 드러났다.

소녀의 생김새는 꽤나 사랑스러웠다. 아직 성장의 여지가 남아 있는 앳된 분위기, 미지의 장소로 오게 된 불안. 그와 동시에 눈동자 깊은 곳에서는 스스로 용기를 북돋우려 애쓰는 의지가 엿보였다.

닮았다. 옛날 도성에 처음 왔을 때, 후궁에 막 입궁했던 교쿠요와.

이 소녀 또한 무슨 결심을 하고 도성에 찾아왔을까.

그래도 상관없다. 교쿠요는 자신이 할 일을 할 뿐이다.

"식사는 서도식이 좋을까? 아니면 도성의 맛을 느껴 보고 싶니?"

교쿠요는 부드러운 미소를 지었다. 왠지 모르게 어색한 웃음을 짓는 야친을 감싸 주는 듯한 미소였다.

서쪽에서 온 조카는 왜 입궁을 결심했을까. 교쿠요를 밀어내고 황제의 총애를 받겠다는 생각일까, 아니면 그 동생을 노리는 걸까.

교쿠요 입장에서는 아무래도 상관없었다. 할 일은 정해져 있다. 교쿠요가 손을 잡아 주자 야친의 몸이 굳었다.

"차갑고 좀 건조하구나. 보습제를 발라야겠네. 바닷바람에 피부가 상했을 테니."

노골적인 경계. 이것이 연기라면 정말 훌륭하다. 본모습이라면 타인의 마음을 사로잡는 기술을 훈련받을 시간이 별로 없었다는 뜻이 된다. 춤에 노래에 정치까지, 비 후보 교육은 아무리 시간이 많아도 부족하다.

교쿠요는 코쿠우에게서 보습제를 받아 들고, 독이 없다는 사실을 확인시키려는 듯 자신의 손에 발라서 보여 주었다.

조카딸은 불안한 듯 의심스러운 시선을 보냈다. 교쿠요는 오히려 잘됐다고 생각했다. 얼마든지 의심해도 좋다. 자신은 그런 조카를 부드러운 솜 같은 미소로 감싸면 그만이다. 가시가 돋쳤든 바늘을 숨겼든 얼마든지 감싸 주리라. 품에 넣고 다정하게 안아 주리라.

교쿠요는 조카의 손을 잡아끌었다. 버릇없는 행위라고 할 수도 있겠지만 야친의 손은 조금이나마 따스해져 있었다.

코쿠우가 미간을 찌푸렸다. 하지만 교쿠요를 질책하려 들지는 않았다.

원래 있어야 할 시녀장 홍냥이 없어서 다행이었다. 홍냥에게는 다른 일을 맡겼다. 미안하지만 이 자리에는 홍냥이 없는 게 교쿠요 입장에선 편했다.

교쿠요가 할 일은 웃는 것. 그 어떤 때라도 웃음을 잃지 않는 것.

부친인 교쿠엔의 눈에 들 수 있었던 단 하나의 무기였다.

1 화 : 두 번째 서도행

마오마오는 이마를 닦으며 마차 밖을 내다보았다.

내리쬐는 태양이 지면을 지글지글 익히고 있었다. 걸어서 마차를 따라오는 자들은 아무리 삿갓을 썼다 해도 반사되는 빛 때문에 피부가 탄다.

'1년 만에 온 서도네.'

전에 왔을 때는 좀 더 이른 시기였기 때문에 이렇게까지 덥지는 않았다. 습하지 않으니 그나마 좀 낫지만 그래도 덥다. 닦아낸 땀방울까지도 금방 말라 버린다.

돌팔이 의관은 일찌감치 뻗어서 마차 한구석에 웅크리고 있었다.

"나무나 풀이라도 많으면 그래도 좀 나을 텐데 말이에요."

취에가 가죽 주머니를 건넸다. 감귤류의 껍질을 넣은 물이 들어 있었다. 미지근하지만 입에 머금으니 갈증이 좀 가셨다.

"마오마오 씨, 서도에 와 본 적 있죠?"

"네, 작년에요."

설마 올해도 또 오게 될 줄은 몰랐다. 평민은 평생 경험할 일 없는 장거리 여행인데.

"그래도 짧은 기간이었잖아요? 이번에는 취에 씨가 확실하게 안내할 테니 기대하세요!"

취에는 눈을 반짝반짝 빛냈다. 업무와 상관이 없는 일일수록 더 의욕이 넘치는 사람이다.

"아뇨, 본업이 따로 있으니까요."

마오마오도 관광을 하고 싶다. 이번에는 구석구석 둘러보고 싶다. 교역으로 들어와 팔리는 생약이나 이 지역의 식생도 조사하고 싶다.

하지만 그런 일보다, 절대 눈을 떼어서는 안 되는 분이 한 명 있었다. 진시였다.

'그 자식!'

지금도 생각하면 화가 치솟아 내장까지 홀딱 뒤집힐 정도니, 앞으로도 절대 이 분노는 가라앉지 않을 것이다.

"마오마오 씨, 마오마오 씨. 왜 그렇게 얼굴이 험상궂어요?"

취에가 마오마오의 얼굴을 조물조물 만지작거려 표정을 풀어주었다. 왠지 항상 누군가에게 이런 일을 당하는 기분이다.

"그, 그런가요?"

"시찰 형식이라면 낮에 외출해도 상관없을 것 같은데요. 그때는 취에 씨를 꼭 데려가 주세요!"

'완전히 내 핑계로 놀러 나갈 생각이잖아.'

취에와는 대화하기도 편하고, 괜히 다른 감시 역이 붙는 것보다는 낫지만….

"자, 그런저런 이야기를 나누는 사이 도착한 모양이네요."

돌과 바위, 벽돌로 지어진 건물들이 늘어선 거리가 보였다. 녹색 나무들이 드문드문 보이고 연못 수면이 반짝반짝 빛났다. 햇볕을 피하기 위해 쳐 놓은 천이 펄럭이고 있었다.

마차는 커다란 저택을 향해 나아갔다. 작년에 안내받아 들어갔던 저택인가 했는데 그 옆집이었다.

"공소*네요."

취에가 바위로 만들어진 표찰을 보고 말했다.

마차가 문 앞에 멈췄다. 문 너머에서는 이미 다른 의관들이 기다리고 있었다.

"오, 이제 전원 다 온 건가?"

거무스름한 피부의 중년, 요우 의관이 손을 흔들고 있었다.

"그럼 마오마오 씨, 취에 씨는 따로 행동할게요."

"네. 감사합니다."

※공소 : 관청.

"아뇨, 아뇨."

취에는 뽁뽁거리는 독특한 발소리를 내며 공소 안으로 들어갔다.

"이쪽이다, 이쪽."

티엔요우와 또 한 명의 의사를 거느린 요우 의관이 불렀다. 마오마오와 돌팔이 의관은 그 뒤를 따라갔다. 조금 떨어진 뒤에서 리하쿠가 방해되지 않도록 걸어오고 있었다.

"요우 의관님, 이곳에 와 보신 적이 있습니까?"

티엔요우가 물었다.

"암, 몇 번 왔었지. 공소가 되기 전이긴 하지만. 술서주 출신, 서도 사람이니까. 동측 별채라고 하면 대충 안다."

"네에."

티엔요우는 자기가 물어 놓고서 별 흥미 없다는 듯 대꾸했다.

'공소가 되기 전이라.'

마오마오는 전에 무엇으로 사용되었을까 생각하면서 공소 안을 걸어갔다. 확실히 공적인 장소라기보다는 큰 부자의 저택 같은 분위기였다.

'세금을 체납해서 저택을 빼앗겼나?'

마오마오가 제멋대로 상상하는 사이 일행은 별채에 도착했다. 의약품 종류도 갖춰져 있었다.

"앞으로 어떻게 해야 좋을까요?"

이번에는 고지식해 보이는 의관이 요우 의관에게 물었다.
"일단 배 여행 때와 마찬가지로 셋으로 나눌 예정이다. 달의 귀인께서는 교쿠엔 님의 별저에, 칸 태위께서는 이곳 공소에, 그리고 교쿠엔 님의 저택 본관에는 예부의 루魯 씨가 있지."
한 명만 편하게 부르는 것을 보니 아마 요우 의관과 친하고 직위도 비슷한 모양이었다.
"그럼, 배 여행 때와 똑같이 나누는 걸로 할까요?"
"음… 이번에는 조금 바뀐다."
요우 의관이 티엔요우를 붙잡고 마오마오와 돌팔이 의관 쪽으로 떠밀었다.
"네? 제가 이쪽인가요?"
티엔요우가 고개를 갸웃거렸다.
"당연히 이번에도 리李 의관님이랑 한 조인 줄 알았는데요."
마오마오도 동감이다. 또 한 명의 중급 의관은 '리'라고 하는 모양인데, 이건 지나치게 흔한 성이다. 너무 흔한 나머지 구별이 안 돼서 보통 이름 전체를 같이 부르는 경우가 많다. 좋은 예로 리하쿠李白가 있다.
"종합적 판단이다. 리 의관과 함께 가도 괜찮지. 단, 네가 예의바른 말을 쓸 수 있다면 말이다. 배 안에서 이미 여러 번 사고를 친 모양이더군."
아무래도 티엔요우가 의무실에 찾아온 고관에게 실수를 했었나 보다.

"하지만 다른 곳에 가서도 제가 실례되는 일을 또 저지를지도 모르는데요? 저기, 그럼 전 어디로 가는 건가요?"

"별저다. 나는 공소에, 리 의관은 본 저택에 갈 예정이지."

"별저라면 왕제 전하가 계시는 곳 아닙니까? 제가 가면 더 안 되는 것 아닌가요?"

즉, 마오마오도 왕제 진시와 같은 장소라는 이야기다. 아마 그럴 거라고 생각했었다.

"하하, 네가 달의 귀인의 용태를 진찰하겠다고? 얼굴 마주칠 일도 거의 없을걸."

요우 의관은 티엔요우의 어깨를 툭 쳤다. 티엔요우는 아픈지 어깨를 문질렀다.

"기술적으로는 딱 맞는 조합일 게다. 마침 냥냥은 약 조제가 특기지. 티엔요우, 너는 약 조제는 서툴지만 외과 기술만은 신입들 중에서 가장 뛰어나지 않으냐. 이 기회에 서로의 특기 분야를 배우도록."

'냥냥이 아니라니까요.'

마오마오는 정정하기를 포기했다. 이젠 그냥 해를 끼치지만 않으면 아무래도 상관없다고 생각하면서 슬그머니 돌팔이 의관 쪽을 쳐다보았다.

'그나저나 돌팔이가 머릿수에 안 들어가 있는데.'

그리고 돌팔이 의관은 그 사실을 알아차리지 못했다.
"내가 과연 누군가를 가르칠 수 있을까?"
마오마오는 우물쭈물 멋쩍어하는 환관에게서 살며시 시선을 돌렸다.
"그럼, 잘 부탁해."
티엔요우가 마오마오의 어깨를 툭 쳤다.
"'잘 부탁합니다'라고 해야죠."
마오마오는 돌팔이 의관을 앞에 세웠다. 돌팔이 의관은 부끄러운 듯 얼굴을 붉히더니 마오마오 뒤에 숨었다.
"아저씨, 잘 부탁합니다."
"으응, 잘 부탁해."
돌팔이 의관은 티엔요우에게 완전히 얕보인 모양이었다.
"장소는 바뀌어도 하는 일은 똑같다. 의사가 할 일은 환자를 진료하는 일이지. 이상! 무슨 일이 생기면 전달용으로 각각의 장소에 하관下官이 딸려 있으니 그편으로 연락하도록."
요우 의관은 알기 쉬운 상사였다. 장소가 계속 바뀌기 때문에 임기응변으로 대응할 수 있는 사람이 선발되었으리라고 생각하긴 했는데, 그야말로 현장에서 뛰는 사람 분위기였다.
"그럼, 이동할까요?"
티엔요우가 짐을 집어 들었다.
공소와 저택 본관과 별저. 세 곳 중 두 곳이 교쿠엔의 저택이라는 사실은, 그만큼 그의 권력이 강대하다는 것을 의미한다. 공소와 저택 본관은 바로 이웃에 위치했고, 별저만 걸어서 5분 정도 걸리는 거리였다.

세 곳 다 큰길에 면하고 있지만 바깥의 소란스러움이 느껴지지 않는 이유는 공소가 워낙 넓기 때문이리라. 소음을 차단하듯 외벽과 나무가 공소를 둘러싸고 있었다.

마오마오 일행 네 명과 함께 전령 담당 하관이 한 명, 합쳐서 총 다섯 명을 현지인으로 보이는 남자가 안내했다. 문 밖으로 나가니 거리 풍경이 잘 보였다.

리하쿠는 이번에도 조금 떨어진 곳에서 따라 걸었다. 티엔요우가 리하쿠 쪽을 흘끔흘끔 쳐다보았다.

'하기야 이상하긴 하겠지.'

고작 의관에게 호위가 붙은 일. 그리고 왕제, 즉 진시의 담당을 돌팔이 의관이 맡은 일.

눈치 빠른 티엔요우가 어째서 돌팔이 의관과 마오마오가 진시를 진찰하는지 궁금해하지 않을 리가 없다. 언제 캐물을지 걱정하면서 마오마오는 평소와 다름없는 표정으로 걸어갔다. 캐물을 때까지 시치미 뚝 떼고 있어야겠다.

"두근두근하네."

만약 돌팔이 의관의 수염이 무사했다면 아마 팔짝팔짝 뛰다시피 흔들리며 춤추고 있으리라. 이 소심한 환관도 지금은 서도의 활기에 가슴이 설레는 모양이다.

티엔요우도 자기 나름대로 바쁘게 이곳저곳을 둘러보고 있었다. 하지만 표정은 바뀌지 않아, 관광을 즐긴다기보다는 값어치를 품평하는 것처럼 보였다.

'영 파악이 안 된단 말이지, 이 인간.'

마오마오가 볼 때 티엔요우는 무슨 생각을 하는지 알 수가 없는 남자였다. 하지만 재미있어 보이는 일에는 금세 달려드는 성격이다. 티엔요우가 무엇을 재미있어하는지 알면 그나마 어떤 행동을 취할지 상상이 되겠지만, 그 재미가 무엇인지 알 수 없다는 게 문제였다.

"응?"

공소를 나왔을 때 티엔요우가 고개를 갸웃했다.

무슨 일인가 했더니 낯익은 얼굴이 있었다. 상대방도 봤는지 마오마오 일행 쪽으로 다가왔다.

"오랜만입니다."

공손히 고개를 숙인 사람은 부드러운 미소를 지닌 곱상한 남자 리쿠손이었다. 괴짜 군사의 옛 부관이다.

'서도로 이동하게 됐다고 들었는데.'

리쿠손은 전에 봤을 때보다 햇볕에 조금 그을렸다. 서도의 햇살이 강렬하기 때문이리라. 뒤에 시종 두 명을 거느리고 있었다.

"오랜만입니다."

"오랜만이네요."

마오마오와 함께 티엔요우도 인사에 답했다. 돌팔이만 '누구야, 이 사람?' 하는 표정으로 마오마오의 눈치를 살폈다.

"면식이 있으신가요?"

마오마오는 리쿠손과 티엔요우를 번갈아 쳐다보며 물었다.

"네, 전 한 번 본 사람의 얼굴은 잊지 않으니까요."

리쿠손이 싱긋 웃었다. 동시에 약간 초췌해진 기색도 느껴졌다. 옷도 먼지투성이에, 발도 더럽혀져 있었다. 신발에는 진흙이 잔뜩 묻은 상태였다.

"신입들은 그 군사님의 부관 얼굴을 반드시 기억해 두라는 교육을 받거든."

티엔요우가 리쿠손을 아는 이유도 명확했다.

"…아. 그럼, 이만."

티엔요우는 인사를 건네긴 했지만 리쿠손에게 큰 흥미는 없어 보였다. 돌팔이 의관도, 면식도 없는 데다 낯까지 매우 가리는 통에 어쩔 줄 몰라 하고 있었다. 그렇다고 이대로 무시하고 지나갈 수도 없으니 마오마오가 대화를 이끌고 가는 수밖에 없다.

"이분은 의관님이세요. 저는 이번에 이분 조수로 서도에 왔어요."

"의관님?"

돌팔이 의관을 본 리쿠손이 고개를 갸웃했다.

'으음, 돌팔이 이름이….'

또 잊어버릴 뻔했다. 분명 구엔, 구엔이라고 불렸던 일이 떠올랐다. 하지만 마오마오는 문득 생각을 고쳤다.

"후궁에 오래 계셨던 상급 의관님이라고 하면 아시겠죠?"

마오마오는 일부러 이름을 말하지 않고 넘어갔다.

"아아, 이분이었군요."

리쿠손이 손뼉을 쳤다.

'위험해, 위험해. 깜박 잊을 뻔했네.'

돌팔이 의관은 아버지 뤄먼의 대역으로 취급되고 있다.

그리고 리쿠손도 괴짜 군사의 숙부인 뤄먼을 모를 리가 없다. 돌팔이가 후궁에 딱 한 명 있던 의관이라는 이야기도 이해가 되었으리라.

'누가 보고, 누가 듣고 있을지 몰라.'

같은 나라 안이긴 하지만 서도는 이방의 땅이다. 무엇보다 리쿠손의 시종들은 둘 다 서도 사람인 모양이니 경솔한 말은 할 수가 없다. 발언에 조심해야 한다.

마오마오도 딱히 할 이야기가 없었기에 괜히 허점이 드러나기 전에 재빨리 후퇴하기로 했다.

"리쿠손 님은 바쁘신 것 같은데 괜히 시간을 빼앗아서 죄송합니다.”

“아뇨, 그냥 바깥 순찰을 돌고 돌아가는 길입니다. 조금 멀리 나갔다가 여러분이 오실 때가 되지 않았을까 싶어 서둘러 돌아왔죠. 설마 때마침 도착하셨을 줄이야.”

싱글싱글 웃고 있으나 옷자락에는 진흙이 잔뜩 튀어 있었다. 지금은 말랐지만 원래는 거무스름한, 비옥한 흙의 색깔이었다.

‘밭에 갔다 왔나?’

서도는 건조한 기후로, 길바닥에 물웅덩이 같은 건 없다. 설령 있다 해도 그 진흙은 더 허여멀건하고 영양분 없는 흙색이어야 했다. 비옥한 검은 진흙이 옷에 묻을 만한 곳은 물을 준 밭밖에 없다.

그렇다면 보다 물가가 가까운 농촌 부근에서 돌아오는 길이라는 뜻이다. 서둘러 돌아왔다고 하니 매무새를 가다듬을 여유도 없었던 모양이다.

‘언제 도착할지, 아무도 자세히 알려 주지 않았던 건가?’

멀리 나갔다 해도 리쿠손이라면 그 정도는 파악하고 있었을 법한데.

“그럼, 또 뵙겠습니다. 너무 오래 얘기하고 있으면 예전 상사께 미움을 받을 테니까요.”

리쿠손은 아직 할 말이 남은 눈치였지만 바쁜 모양이었다. 예전 상사라는 말이 누구를 가리키는지 아는 티엔요우는 킥킥 웃었다.

돌팔이 의관만 이야기에 끼지 못하고 내내 쓸쓸한 표정이었다. 할 수 없으니 길을 걸으며 리쿠손이라는 남자에 대해 설명해 주어야 한다.

생각할 일은 이래저래 많지만, 마오마오는 요우 의관의 말을 떠올렸다.

'의사는 의사가 할 일을 할 뿐.'

마오마오는 약사. 약사는 약사가 할 일을 할 뿐이다.

2 화 : 상사와 예전 상사

리쿠손은 자기 방으로 돌아와 휴우, 하고 한숨을 쉬었다. 현재 공소에 있는 방 한 칸을 빌려 사는 중이었다.

"괴롭히는 건가?"

리쿠손은 혼자 중얼거리며 모래와 진흙으로 더럽혀진 옷을 벗었다.

리쿠손이 농촌을 돌아보고 싶다고 했던 건 꽤 오래전의 일이었다. 교쿠오에게서 겨우 허가가 떨어진 것이 며칠 전, 그리고 불길한 예감이 들어 서둘러 돌아온 오늘.

"농촌으로 출발했을 때는 분명 도착이 상당히 늦어질 거라고 들었는데…."

무엇이 늦어지느냐, 방금 만난 도성에서 온 손님들 이야기였다. 설마 예전 상사에 그 따님까지 함께 왔을 줄은 몰랐기에 깜짝 놀랐다.

"라칸 님이 따라올 만하네."

따님, 즉 마오마오에게는 미안하지만 조금 재미있었다. 분명 라칸 님은 싫어하던 배도 잔뜩 들뜬 채 타고 왔을 것이다. 예전 상사가 대충 열흘쯤 후에 올 것이라는 말에, 그 전에 휴가를 닷새 받아서 농촌으로 향했었는데….

리쿠손이 웃옷을 털자 모래가 떨어졌다. 물을 끼얹고 싶었지만 시간이 없다. 제대로 씻을 틈도 없을 듯했다. 할 수 없이 목에 연고형 향을 발랐다. 서도에서 향이라 하면 향수나 연고형 향, 두 가지를 말하는데 리쿠손이 갖고 있는 향은 두 개뿐이었다. 하나는 교쿠오가 장난삼아 준 향수, 또 하나는 거리를 걷다가 강매당한 연고형 향.

리쿠손이 선택한 것은 강매당한 물건이었다. 서도의 향은 전부 냄새가 독하기 때문에 값이 다소 저렴한, 향이 살짝 옅은 제품이 오히려 나았다. 무엇보다 교쿠오에게서 받은 향수를 뿌린다는 건 생각도 할 수 없는 일이었다.

땀 냄새를 감출 만큼만 바른 뒤 리쿠손은 억지웃음을 지었다.

장사에 미소는 필수, 손님 앞에서는 결코 끊이지 않아야 할 표정.

어머니의 말이 떠올랐다.

예정보다 빨리 돌아온 리쿠손을 보고 교쿠오는 어떤 표정을 지을까. 그 자리에 예전 상사가 있다면 다소 불편해지겠지만 어쩔 수 없다. 리쿠손은 허리띠를 꽉 졸라 묶고 방을 나섰다.

"오랜만에 뵙습니다."

리쿠손은 지극히 자연스러운 태도로 넓은 방에 들어섰다. 안에서는 교쿠오와 그 부하들, 그리고 손님들이 가벼운 식사를 즐기고 있었다. 급사들이 바쁘게 드나들며 요리를 날라 오는 중이었다.

저녁 식사 치고는 아직 이른 시간인데 꽤나 호화로웠다.

그 손님들의 얼굴을 리쿠손이 잊을 리가 없었다.

다박수염에 외알 안경을 낀 사내는 라칸. 말할 필요도 없는 예전 상사. 그 옆에는 부관 온소音操가 있다. 리쿠손이 라칸 밑에서 일하기 전부터 있던 사내였다. 리쿠손이 부관으로 들어오자 겨우 살았다면서 눈물로 감사하던 일이 기억난다.

유능한 사람이지만 운이 나빠 툭하면 꽝 제비를 뽑곤 한다. 사실 그것은 라칸 밑에 들어간 시점에서 이미 포기하는 수밖에 없다.

온소는 리쿠손을 발견했는지 가볍게 고개를 숙이고 라칸에게 귓속말을 했다.

라칸은 여전했다. 시치미 뚝 뗀 얼굴로 리쿠손을 보고 있지만, 아마 온소가 가르쳐 주지 않았다면 리쿠손이 왔는지 알아차리지도 못했으리라. 라칸의 눈에 자신이 어떻게 비치는지 가끔 묻고 싶을 때가 있다.

라칸이 손짓으로 리쿠손을 부르고 있긴 한데, 경솔하게 다가가도 되는 걸까. 리쿠손은 교쿠오의 눈치를 살폈다. 탁자의 중심에 앉은 서도의 영주 대행은 인사하러 가라는 듯 손을 흔들었다.

아무래도 불편한 자리다. 온소가 뭐라고 말로 표현하기 힘든 얼굴로 리쿠손을 보고 있었다. 넌 대체 어느 편이야, 하고 묻는 듯했다. 상사와 예전 상사, 입장상 어느 쪽을 우선해야 하는지 뻔히 알면서.

반면 라칸으로 말할 것 같으면 전혀 신경 쓰지 않고 튀김을 먹는 중이었다. 뒤에서 처음 보는 시녀가 먼저 음식을 먹고 라칸에게는 그야말로 체면 차릴 정도로만 건네주었다. 독 시식인 것 같은데 시녀가 너무 많이 먹어서 라칸에게 가는 양은 거의 찌꺼기에 가까웠다.

왕제도 서도에 와 있다고 들었는데 이 자리에는 없다. 이 식사 자리는 공적 모임이 아닌 듯했고, 라칸은 그냥 초청을 받아서 아무 생각 없이 온 모양이었다. 온소의 초점 잃은 눈을 보니 원래 거절했어야 할 자리였다는 사실을 리쿠손은 알 수 있었다.

"그, 뭐냐… 리쿠손, 그 찐빵을 먹고 싶다만."

순간 머뭇거렸기에 리쿠손이라는 이름을 잊어버린 줄 알았는데 아니었다. 그리고 그 찐빵이란….

“온소는 무슨 찐빵인지 모르겠다는구나. ‘그 찐빵’이라고 했는데.”

아니, ‘그 찐빵’이라는 말로 알아들을 수 있을 리가 없지 않나. 찐빵을 먹고 싶어서 리쿠손을 불렀던 건가.

리쿠손은 과거의 기억을 더듬었다.

“단것 말씀이시군요.”

“그래.”

“소가 들어 있습니까?”

“안 들어 있던 것 같더군.”

소 때문에 달콤한 건 아닌 모양이다.

“국물 같은 걸 끼얹어 먹는 음식입니까?”

“맞아, 맞아. 끼얹었어. 그 하얀 게 맛있지.”

리쿠손은 짐작이 되었다.

“라칸 님, 리우리우 반점의 튀긴 찐빵을 말씀하시는군요.”

“그랬던 것 같아.”

전에 가게에서 한 번 먹어 본 후, 여러 번 심부름을 갔던 곳이었다.

“온소 공, 튀긴 춘권에 설탕이 들어간 연유를 곁들여 주십시오.”

"알겠다."

라칸은 앞에 놓여 있는 춘권을 보고 찐빵을 떠올린 모양이었다.

"연유를 곁들인 튀김빵, 그것 참 맛있겠네요."

독 시식 담당으로 보이는 시녀가 눈을 번쩍였다. 그리 시녀다워 보이는 풍모가 아닌데, 라칸이 또 어디서 주워 온 걸까.

"취에 씨, 시식 양을 조금만 줄여 주시면 안 될까요?"

"이런, 실례했네요."

과식하는 그 독 시식 담당 시녀의 이름은 취에인가 보다. 온소의 태도로 볼 때 평범한 독 시식 담당이라기보다는 다른 곳에서 빌려 온 인재로 간주하는 편이 좋을 듯했다.

그나저나 오랜만에 만났는데 이런 대화라니, 라칸은 변함없이 라칸이다.

"라칸 님, 내일 간식으로 준비하겠습니다."

"오늘 저녁에 먹고 싶어."

"무리한 주문 좀 하지 마세요. 식사 모임 중이라고요."

온소는 목소리를 낮춰, 떨떠름하게 잔소리를 늘어놓았다. 제멋대로인 라칸을 돌보는 건 참 힘들겠다고 생각하면서 리쿠손이 곁눈질로 보니 온소가 이쪽을 날카롭게 노려보았다.

"변함없으시군요."

리쿠손이 머쓱함을 모면하기 위해 온소에게 말을 걸었다.

"그래, 여전하시지. 자넨 서도에 꽤나 익숙해진 모양인데."

온소는 리쿠손의 볕에 그을린 피부와 풍기는 향을 눈치챈 모양이었다. 도성에 있을 때는 향을 풍기고 다니는 일이 없었으니 말이다. 땀 냄새를 가리기 위해서였지만, 어차피 말해 봤자 변명으로밖에 들리지 않으리라.

"리쿠손은 방금 전 먼 곳에서 막 돌아온 참이네. 좀 봐주게나."

교쿠오가 고기를 물어뜯으며 온소를 달랬다. 이야기가 들렸나 보다.

"그, 그렇습니까."

느닷없이 교쿠오가 말을 거는 바람에 온소는 얼굴이 파래졌다. 설마 자신에게 말을 걸 줄은 상상도 못 했으리라.

"요리는 입에 맞소이까? 뭔가 원하는 게 있으면 지금 만들어 오라 할 수도 있는데."

"리우리우 반점의 튀김빵이 있을까요?"

라칸은 사양하지 않고 내뱉었다. 도성의 튀김빵이 서도에 있을 리가 없다.

"호오, 어떤 튀김빵인지?"

교쿠오가 묻는 통에 결국 설명은 리쿠손의 몫이 되었다. 위장이 쿡쿡 쑤시고 아팠다.

한동안 이런 상황이 이어지겠구나, 하고 리쿠손은 앞날을 예견하며 한숨을 내쉬었다.

3 화 : 별저와 잊힌 남자

교쿠엔의 별저는 지내기 편한 장소였다. 어떤 곳인가 하니 녹음이 가득하다.

서도가 있는 술서주는 온통 사막으로만 둘러싸인 심상*이 강하지만 사실은 대부분 초원이라고 한다. 건조하지만 그렇다고 전부 모래는 아니고, 풀 종류가 자랄 수 있을 정도의 수분은 있다. 물론 물은 귀중하다.

'전에 묵었던 곳은 본 저택이었나?'

그곳도 녹음은 많았다. 저택 정원에 풍성한 녹색 나무들이 늘어서 있다는 것만으로도 부의 상징이 된다. 물론 큰 강이 가까이서 흐르고, 바다도 그리 멀지 않은 도성 백성으로서는 부족하게 느껴지지만….

※심상 : 이미지.

'마음의 위안은 되네.'

정원은 중앙의 양식과 비슷하지만 낯선 식물이 많았다. 무심코 약효가 있는지 없는지 확인하게 되는 건 마오마오의 천성이다.

"아가씨, 일단 짐부터 놓고 오자. 난 긴 여행에 완전히 지쳐버렸어."

돌팔이 의관이 지친 얼굴로 마오마오를 바라보았다.

"그러게, 냥냥. 일단 준비된 방으로 가서 누가 저택을 탐험할지 가위바위보로 정하는 게 어때?"

티엔요우도 돌팔이 의관과 같은 의견인가 보다.

호위인 리하쿠는 마오마오 일행 세 사람의 몇 걸음 뒤에서 걸어오고 있었다.

준비된 의무실은 저택과 떨어진 별채에 있었다. 병은 부정한 것이라고 인식되기 때문에 장소에 불평할 수는 없었다. 오히려 사람이 많이 지나다니는 장소에 위치할 경우, 환자가 왔을 때 감염되지 않도록 주시해야 한다.

"공소의 의무실에서도 생각했는데, 왠지 특이한 건물인걸."

돌팔이 의관이 신기하다는 듯 별채를 보았다. 확실히 리국에서 말하는 일반적인 별채와는 모습이 상당히 다르다. 물론 서도에는 서도의 건축 양식이 있지만, 이것은 굳이 말하자면….

"예배당이라는 건가?"

벽돌로 지어진 건물을 만져 보며 티엔요우가 말했다.

"예배다앙? 뭐야, 그게?"

돌팔이 의관에게는 낯선 단어이리라. 리국에서는 그리 자주 쓰이는 말이 아니다. 세상 물정을 잘 모를 돌팔이 의관은 몰라도 이상하지 않다.

"사당 같은 거예요."

마오마오가 가르쳐 주었다.

"아하, 기도하는 곳이구나."

"서도는 다양한 신앙이 들어와 뒤섞이는 곳이니까요."

별채 안으로 들어가니 위층까지 통으로 뚫린 넓은 방이 나왔다. 신앙의 대상으로 보이는 무언가는 하나도 없고, 기둥 장식에 희미하게 신앙의 흔적이 남아 있는 게 전부였다.

원래는 신심 깊은 사람이 살던 곳이었는지도 모른다. 그러나 교쿠엔의 별저가 된 후, 헐리지는 않았지만 예배당으로서의 기능은 잃어버린 모양이다.

"넓이가 딱 좋네. 오, 다른 짐도 전부 도착했어. 으음… 너무 많은데, 이거. 전부 정리하긴 힘들겠어. 그냥 전부 상자 속에 내버려 둘까?"

"그러게. 그보다 빨리 가위바위보나 하자! 누가 탐험하러 나갈까?"

방금 전까지의 마오마오였다면 티엔요우의 이야기에 흔쾌히

응했으리라. 하지만 잘 생각해 보니 만일 자신이 이긴다 해도 다른 두 사람이 과연 제대로 일을 할 수 있을까 싶다. 티엔요우가 이기는 건 왠지 짜증나고, 돌팔이 의관이 이기면 또 다른 의미에서 불안해진다.

결국 마오마오는 제일 재미없는 행동을 취했다. 소매를 걷어붙이고 수건으로 입 주위를 감쌌던 것이다.

“자, 탐험은 나중에! 우선 짐 정리부터!”

“어? 아까는 탐험 나가는 데 긍정적이지 않았어?”

“아가씨, 여행 때문에 지쳤으니 천천히 하면 안 될까?”

“안 돼요!”

마오마오는 두 사람의 의견을 튕겨 냈다.

오랜 시간 배 여행을 하는 사이 가져온 약이 부패했을지도 모른다. 쓸 수 있는 약과 쓸 수 없는 약을 구분하고, 부족한 만큼을 보충할 필요가 있었다.

“일단 지금 있는 짐을 다 정리하기 전까지는 밖에 못 나가요.”

“에이~”

돌팔이 의관이 눈썹을 팔자로 축 늘어뜨리고 입을 삐죽였다.

티엔요우도 귀찮은 눈치였지만, 마지못해 움직이기 시작했다.

“아가씨, 난 뭘 하면 돼?”

한가해 보이는 대형견 리하쿠가 고개를 내밀었다. 할 일이 없으면 바닥에 드러누워 복근 운동이라도 할 것 같은 분위기였다. 그렇다면 힘쓰는 일을 맡겨 볼까.

"입구에 놓여 있는 상자를 이리로 가져다주실 수 있나요?"

"알았어. 아니, 이거 무거운데?"

리하쿠도 애를 먹는 모양이었다.

"무거우니까 거기 방치해 뒀겠죠. 아니, 그 상자. 뭔가 이상한데요?"

마오마오는 상자 앞으로 다가가 섰다. 뚜껑을 열고 안을 들여다보니 대량의 왕겨와 고구마가 들어 있었다.

"저희 짐이 아니네요."

아무래도 이건 너무 무겁다. 리하쿠도 혼자 들긴 무리였다.

"어쩌지? 짐수레라도 빌려다 옮겨 놓을까?"

"아뇨, 아무나 여기 관할 사람한테 가져가라고 해야겠는데요."

대체 누구에게 말하면 좋을까, 하고 마오마오는 고개를 갸웃거렸다. 그때 정원 쪽에서 누군가가 손을 흔들며 다가왔다.

"어이~ 혹시 우리 짐이 잘못 섞여 오지 않았어?"

딱히 이렇다 할 특징이 없는 남자였다. 굳이 말하자면 평범해 보이는 남자로, 그럭저럭 깔끔한 생김새에 나이는 스물서넛 정도 되었을까.

'…어디서 본 적이 있나?'

마오마오는 고개를 갸웃거렸다.

다가온 상대도 마오마오를 보더니 놀란 표정을 지었다.

"너, 너는!"

남자는 요란하게 반응하며 마오마오에게 삿대질을 했다.

"라한의 여동생인지 아닌지 모를 녀석!"

"아닌 녀석이에요."

역시 어디서 이런 대화를 나눴던 기억이 있다.

'누구였더라?'

마오마오는 상자 속에 꽉 찬 고구마를 내려다보았다. 그러자 라한의 이름이 떠올랐다.

"…라한네 형이었던가요?"

얼굴은 기억 속에서 아리송했지만 아마 맞을 것이다.

"라한이 나중에 태어났거든! 왜 내가 부속품 취급인 건데!"

이 시원스러운 대꾸는 역시나 한 번 만난 적이 있는 라한의 형이었다. 평범한 생김새에 반응이 척하면 척이라는 점밖에, 마오마오의 기억 속에는 남아 있지 않았다.

얼굴은 완전히 잊고 있었다.

"이름도 모르는데요."

"내 이름은…."

"딱히 이름을 알려 주실 필요는 없어요."

최근 들어 돌팔이 의관의 이름을 간신히 외운 참이었다. 달리 기억해야 하는 사람들이 잔뜩 있다.

"좀 들어! 이름 좀 들어 달라고!"

마오마오는 들을 생각이 없었다.

"그보다 여긴 어떻게 오신 거죠?"

원래는 중앙에서 고구마를 키우던 사람이다.

마오마오의 질문에 라한네 형은 뭐라고 말하기 힘든 표정을 지었다. 리하쿠는 해가 될 만한 인물은 아니라고 판단했는지 입 다물고 지켜보고 있었다.

"아버지 대신 이 녀석 키우는 법을 서도에 알려 주라면서 끌고 오지 뭐야…."

라한네 형은 다소 의미심장한 말투로 말했다. 이 녀석이라면서 고구마를 가리키고 있었다.

"라한에게 속아서 끌려오셨나요?"

"아, 아니거든!"

참 알기 쉬운 사람이다. 그리고 라한도 변함없이 몹쓸 놈이다.

"라한의 친아버지가 어떻게 됐는데요?"

농업이 취미인 라한의 아버지, 즉 라 아무개 씨가 어떻게 됐다는 말일까. 밭을 위해서라면 어디든 다 갈 법한 분위기였는데.

"…북쪽 땅에서 고구마를 키우던 실험을 들켜서 그쪽 밭을 벗어나지 못하게 됐어."

"실험?"

"고구마는 수확량이 쌀의 몇 배는 되니까, 사람과 땅이 남아도는 자북주에서 키워 보려고 했거든."

"네."

진시가 식량 대책을 이래저래 짜내고 있었다. 라한도 고구마를 팔려고 궁리했던 것 같다.

"하지만 고구마는 남쪽에서 올라온 작물이라 북쪽에서는 잘 안 자라지. 솔직히 말해서 못 키우겠지만, 아버지가 '북쪽 한계선이 어딘지 알아볼 가치가 있다'고 해서 그냥 입 다물고 있었거든."

"아니, 그거, 지금 할 일은…."

아무리 마오마오라도 너무 위험한 사상이라는 사실은 이해할 수 있었다. 앞으로 식량 위기가 올지도 모르는데 그렇게 호기심만으로 사람과 땅을 낭비해서는 곤란하다.

'그 온화해 보이는 얼굴로….'

뤄먼과 분위기가 닮은 남자였지만, 취미에 몰두하면 주위가 아예 안 보이는 성격인가 보다.

"아무리 그래도 밭 전체에 고구마만 심는 건 위험한 것 같아서, 여기… 봐."

고구마가 들어 있던 상자 옆에 있는 다른 상자에서 무언가를 꺼내 던졌다.

"감자? 그러니까 마령서인가요?"

토실토실 묵직하고 동그란 감자였다. 이것도 비교적 새로운 식재료인 듯, 녹청관 할멈이 젊은 시절에는 시장에 나돈 적 없다고 들었다.

"그래, 이 감자라면 춥고 척박한 땅에서도 키울 수 있다면서 나한테 마령서도 쥐여 주더라고. 라한은 아버지의 자상한 모습밖에 모르니 크게 신경 안 쓰겠지만, 아버지도 솔직히 제정신은 아니야."

라한의 아버지, 즉 라 아무개 씨 역시 결국은 라 일족의 일원인 모양이다. 온화해 보이는 외모에 마오마오도 속을 뻔했다.

"마령서라면 한 해에 두 번 수확할 수 있으니 아버지가 지금쯤 옮겨 심느라 헉헉거리고 있을 거야. 아마 고구마의 수확량을 얼버무리기 위해 마령서 심는 양을 죽어라 늘리고 있겠지."

"감자 종류에 대해 잘 아시네요."

평범하게 생긴 라한네 형은 반응이 재미있다는 것 말고 별다른 장점이 없는 줄 알았더니 의외로 야무진 사람이었다.

"대단한데. 전문 농민이잖아."

"노, 농민?!"

리하쿠는 이야기의 반도 못 알아들었을 게 뻔한데도 라한네 형의 등을 철썩철썩 때렸다. 라한네 형은 뭐라고 대꾸하고 싶은 눈치였지만 기침을 하느라 무슨 말을 할 수가 없었다.

참고로 돌팔이 의관은 말투가 자꾸 거칠어지는 라한네 형을 보고 낯을 가리는지 다가오질 않는다. 티엔요우로 말하자면 너무 평범한 남자라 전혀 흥미가 생기지 않는 모양이었다.

"…그렇다면 이 감자는 식량이 아니라 씨감자로 가져오신 건가요?"

"그래. 나한테 키우는 방법을 지도하라잖아. '형은 평생 같은 땅에만 얽매여 살 생각이야?'라더니! 결국 밭을 일구는 건 똑같잖아!"

평범한 사람도 평범한 사람 나름대로 바깥 세계를 동경하다가 그만 속아 넘어가 여기까지 온 모양이었다. 하지만 씨감자 상자를 찾아 쫓아온 모습은 너무나 농민 그 자체였다. 투덜거리긴 하지만, 그러면서도 맛있는 작물을 키워 줄 듯했다.

'농업 지도라….'

그렇다면 라한네 형은 농촌 지역에 갈 예정이겠지.

"농촌에 가실 때는 저도 데려가 주세요."

"왜 또?"

"조사하고 싶은 게 있어서요."

정말 듣던 중 반가운 소리였다. 라한네 형이 없었다면 리쿠손에게라도 부탁할 생각이었다.

'리쿠손의 저 차림새….'

진흙으로 더럽혀진 복장을 보니 농촌 시찰을 하고 온 모양이었다. 도성에서 굳이 서도로 뽑혀 온 남자가 농촌에서 대체 뭘 하던 걸까.

'납세에 부정행위가 없는지, 농작물 수량을 확인하러 갔나?'

아니면….

'황해 발생이라도 감지했나?'

도성 서쪽에서 황해가 일어났다.

그렇다면 황충은 그보다 더 서쪽에서 날아왔을 가능성이 높다. 황해는 황충이 비교적 적은 시기에 처리하는 게 중요하다.

'벌레에는 그렇게까지 관심 없지만….'

문득, 전에 자주 이야기를 나누던 벌레 좋아하는 소녀가 떠올랐다.

"오늘도 잘 부탁하네, 의관 공."

웃는 얼굴로 응대하는 진시가 있는 곳은 별저의 가장 호화로운 객실이었다. 양털을 풍족하게 사용해 짠 푹신푹신한 융단에는 섬세한 문양이 수놓아져 있었다. 장막은 비단인지 바람에 날릴 때마다 시원스러운 광택이 나타났다.

마오마오는 진시가 머무는 객실에 올 때마다 소재와 방 구조, 그리고 시장가치가 궁금해지곤 했다.

'맛있겠다.'

탁자 위에는 과일이 담긴 접시가 놓여 있었다. 굵직한 포도알은 차갑게 식혀, 표면에 결로가 맺혀 있었다. 저 탱글탱글한 열매를 입에 넣고 깨물면 달콤한 과즙이 입 안 가득 퍼지겠지.

'독 시식 안 시켜 주려나?'

아쉽게도 지금 마오마오가 맡은 일은 독 시식이 아니다. 그 담당은 진시의 직속 시녀인 타오메이가 맡았다. 오늘은 소란스러운 취에가 없는 모양이다. 그리고 바료도 안 보이지만, 살랑살랑 흔들리는 장막 너머가 수상하다.

스이렌과 가오슌은 벽 쪽에 서 있었다.

돌팔이 의관은 늘 그렇듯 진시 앞에서 긴장했다.

"네헤에! 그, 그럼 시작하게씁니다."

여전히 말을 더듬는 돌팔이 의관은 늘 그렇듯 형식적인 진찰을 했다.

이 자리에 티엔요우는 없다. 고관에게 실례를 범하는 인간이기 때문에 왕진에 따라오지 못하는 것으로 되어 있었다.

묘하게 눈치 빠른 티엔요우이니 돌팔이 의관과 마오마오가 함께 왕진을 나가는 일을 이상하게 생각할 수도 있겠지만, 아직까지는 별말이 없다. 암묵적으로 양해하고 입을 다물고 있는 걸까, 아니면 진시 측에서 손을 써서 납득할 만한 이유를 제시한 걸까. 그 점은 너무 깊이 생각하지 말자.

'뭐, 어느 쪽이든 상관없어.'

마오마오는 할 일이 있었다. 진시가 왜 별저에 있는지에 대한 의문은, 지금은 생각하지 않는다. 괴짜 군사가 같은 저택에 없다는 사실만으로도 만만세다.

“그럼 아가씨, 난 먼저 갈게.”

“알겠습니다.”

아무 의문도 없이 돌아가는 돌팔이 의관. 호위 리하쿠도 함께 돌아갔다.

진시가 아주 약간 반짝이는 분위기를 뿜어냈다.

“차 준비를 해 줘.”

“알겠사옵니다.”

타오메이가 준비를 하러 갔다.

“자, 앉으렴.”

스이렌이 눈치 빠르게 의자를 가져다주었기에 마오마오는 얌전히 앉았다. 아무리 그래도 포도에 손을 뻗을 만큼 뻔뻔하진 않았기에, 돌아갈 때 좀 나눠 달라고 스이렌을 향해 간절히 기원했다.

“새로운 일터에는 익숙해질 것 같나?”

“인간은 변하지 않았으니 환경에 적응할 뿐입니다.”

마오마오는 솔직하게 대답했다. 그리고 서도에 어떤 약이 있는지도 확인하고 싶었다. 배를 타고 오는 동안 사용했던 약을 확인해 보니 줄어든 품목은 멀미약보다 오히려 해열제였다.

남쪽 항로를 타고 왔기에 한여름처럼 찌는 듯 더웠다. 게다가 배 안은 제대로 환기도 되지 않아서 현기증을 호소하는 환자가 늘어났다. 더위를 먹은 데에는 약보다 수분 보충이 낫다. 하지만 마오마오가 없는 사이 돌팔이 의관이 감기라고 진단하고 해열제를 준 게 원인인 모양이었다.

그래도 돌팔이 의관이 처방해 준 해열제가 맛이 없어서 환자들이 싫어도 물을 많이 마셔야 했으니, 결과적으로는 더위 먹은 증상에 효과가 있었던 듯했다.

'항상 그렇지만 기가 막히게 운이 좋단 말이야.'

감탄이 나온다. 참고로 부족한 약은 서도에서 새로 사 준다고 들었다.

'사실은 그거 사는 데 따라가고 싶지만….'

서도에서 어떤 약이 팔리는지 실제로 확인하고 싶었다.

하지만 마오마오는 달리 할 일이 있었다.

주위를 흘끔거리면서 진시의 옆구리를 보았다. 어떻게 말을 꺼내야 할지 알 수 없었기에 일단 다른 이야기를 하기로 했다.

"라한의 연줄로 고구마와 감자 농가 사람이 와 있더군요."

라한이 저지른 일이다. 술서주에서 고구마와 감자 재배가 성공하면 샤오에도 바로 수출할 생각이리라. 술서주는 샤오와 가깝다. 운송비는 최대한 아끼는 편이 좋다.

"고구마와 감자 농가? 마오마오, 네 사촌이라고 들었다만?"

"타인입니다."

마오마오는 오해가 없도록 단언했다.

"라한의 친형이라고 들었는데?"

“저와 라한은 타인이니까요.”

진시는 미묘한 표정을 지으면서도 일단 납득한 모양이었다.

“와 있는 건 사실이다. 난 또 라 일족답게 더 특징적인 인물이 왔을 줄 알았는데, 뭐랄까….”

“면식이 있습니까?”

“얼핏 봤던 것뿐이다. 라한이 데려와서 배에 태울 때 봤지.”

즉, 라한네 형이 한창 속고 있을 때라는 얘기다.

“평범한 사람이죠.”

“평범하더군.”

라한네 형에 대한 평가는 진시도 같은가 보다.

하지만 라한네 형의 존재를 알고 있다면 이야기가 빠르다.

“저도 함께 농촌에 가 보고 싶은데, 허가를 내려 주실 수 있을까요?”

“농촌이라. 네가 가 주면 고맙겠다만, 의관 보조 일은 어쩌고?”

진시는 자기 옆구리를 툭툭 쳤다.

‘그건 자업자득이잖아.’

솔직히 붕대 가는 방법은 본인도 알고 있으니 빈번하게 진찰할 필요도 없다.

“배치가 변경되어 티엔요우라는 자가 와 주었으니, 어떻게든 되지 않을까 생각합니다.”

진시의 화상 흉터 이야기는 일단 제쳐 두었다. 인격에 문제는 있지만 티엔요우의 일솜씨는 그럭저럭 신뢰할 수 있다.

"으음… 알았다."

진시는 간신히 불평을 꾹 참은 목소리였다.

"농촌은 황해 때문에 여러 가지 문제가 있으니 조만간 누군가를 보낼 생각이긴 했다. 마침 잘됐는지도 모르겠군."

"어떤 문제가 있나요?"

마오마오는 고개를 갸웃했다. 진시가 갖고 있는 문제는 너무 많아서 대체 어느 문제인지조차 알 수 없었다.

진시는 가오슌을 돌아보았다. 가오슌이 탁자에 술서주 지도를 펼쳤다. 지도 곳곳에 먹으로 동그라미가 쳐져 있었다.

"이게 뭐죠?"

"농촌 지역의 위치다."

"…술서주의 넓이에 비해서는 적군요, 역시."

"자잘한 농지가 점점이 분포하고 있지만, 어느 정도 규모가 되면 돌보기가 어려워진다는 모양이다. 원래 서도 이외의 지역에는 인구가 그리 많지도 않고, 교역이 성행하고 있으니 식량은 수입으로 해결하는 양이 많지."

말라붙은 토지가 많고 수원도 한정적이다. 마오마오가 갈 수 있는 곳이라고 해 봐야 제일 가까운 농촌 정도가 아닐까.

'리쿠손이 갔던 곳도 같은 마을일 것 같은데?'

리쿠손도 바빠 보였다. 한가하게 농촌 시찰이나 할 틈은 없을 테니 제일 가까운 마을을 골랐으리라.

"그리고…."

가오슌이 조심스레 붓을 진시에게 건넸다. 진시가 크게 동그라미를 그렸다.

"여기가 방목지다."

"…방목지."

방목, 즉 가축을 풀어 키우는 곳이다. 서도라면 소가 아니라 염소나 양이리라.

"농민이 방목하는 곳도 있지만, 마을을 만들지 않는 유목민들이 전전하는 장소도 있지."

"그렇군요."

진시는 마오마오에게 설명한다기보다는 자기 머릿속으로 정리하면서 이야기하는 듯했다.

"전에 황충 구제에 대한 고시를 내렸던 일을 기억하느냐?"

"네. 해로운 새를 잡는 일을 금지하고, 벌레 먹기를 권장하고, 농촌 지역에 살충제 만드는 방법을 가르치셨죠."

마오마오도 살충제 부분에서 일을 도왔다. 가능한 한 해당 지역에서 구할 수 있는 재료로 만들 수 있는 약을 여러 종류 고안하여 조제서를 작성했다.

"음. 그것은 리국 내, 물론 술서주에서도 하고 있었…다만…."

진시가 말을 흐렸다.

마오마오도 왠지 진시의 오산이 무엇인지 알 듯한 기분이었다.

"농민이라면 살충제로 벌레를 죽인다고 해 봤자 자기 밭이 끝이겠지요."

"그거다."

그리고 술서주의 조그마한 밭뙈기들에 비해 초원은 광대하다. 농민들이 초원까지 해충 구제를 나갈 리가 없다. 게다가 유목민으로 말하자면 그런 지령이 아예 전달되지 않았을 가능성이 높다.

'설령 전달됐다 해도….'

가축이 먹을지도 모르는 풀에 농약을 뿌릴 리는 없고, 그렇다고 황충을 한 마리 한 마리 잡아 죽일 수도 없으리라.

'…….'

미처 다 구제하지 못한 황충의 수는 그다음 세대에 몇 배로 늘어난다.

하지만 마오마오는 고개를 갸웃했다.

"죄송합니다. 작년에 리국 서쪽에서 소규모 황해가 일어났었죠? 그건 서도 부근도 포함되었던가요?"

"그게, 술서주에서는 황해 보고가 올라오지 않았다."

진시도 의아한 표정을 지었다.

"하긴 서도 부근은 교역이 중심이고 농사 규모가 작으니 농작물 피해는 적었겠지만…."

"황해를 입었어도 이상하진 않을 테죠."

마오마오는 작년 가을 일을 떠올렸다. 마치 괴롭히기라도 하듯 진시가 황충을 보낸 바람에 수백 마리는 계측했던 기억이 있다. 그때 라한은 황충이 북아련에서 계절풍을 타고 오는 게 아닌가 하고 슬쩍 언급했었다.

그리고 북아련에 가장 가까운 땅은 바로 이 술서주다.

'황충이 우연히 안 나타났던 건가?'

아니면….

'숨겼나?'

마오마오는 진시의 안색을 살폈다. 진시의 얼굴은 딱히 당황하는 기색 없이 그저 차분하기만 했다. 이미 얻은 정보를 재확인한 것 같기도 했다.

진시 외의 다른 사람들 얼굴도 확인하려 했지만 스이렌과 타오메이, 가오슌은 표정에 아무것도 드러내지 않았다.

'혹시 술서주가 흉년이 든 걸 감췄다면….'

마오마오는 마음속으로 신음하고 싶어졌다.

'교쿠요 황후의 오라비겠군.'

아버지 대행으로 서도를 다스리고 있는 남자 교쿠오. 교쿠요 황후와 복잡한 관계가 있는 모양이었지만, 일개 약사와는 상관없는 일이라는 생각에 그냥 무시했었다.

리쿠손이 농촌에 갔다가 옷이 더러워진 채 돌아온 일도 그것과 상관이 있을까.

마오마오는 왠지 근질거리는 기분이었다. 생각하자니 머릿속이 뒤죽박죽 복잡해지지만 해결하지 않으면 뒷맛이 찜찜하다. 그렇다면 바로 행동에 나서는 편이 낫다.

"갑작스럽지만 내일 바로 농촌에 다녀와도 될까요?"

"정말 너무 갑작스럽군. 물론 서두르는 편이 좋긴 하다만."

진시는 난색을 표했다. 그에 대응하듯 가오슌이 나섰다.

"달의 귀인이시여."

"무슨 일이냐, 가오슌?"

"샤오마오를 출발시키시겠다면, 며칠만 더 기다려 주셨으면 합니다."

"준비가 필요한가?"

"아뇨, 며칠 후에 바센이 이쪽에 도착할 예정입니다."

오랜만에 그 이름을 듣는 기분이었다. 그러고 보니 바센 혼자만 육로를 통해 서도로 오고 있다고 들은 적이 있다.

"샤오마오의 호위로 그 녀석을 붙이면 됩니다."

"알겠다. 그때까지 이것저것 준비를 해 두지."

이야기가 정리된 모양이었다.

마오마오는 한숨을 내쉬고, 돌팔이 의관이 기다리는 의무실로 돌아가려 했지만….

“잠깐 기다려.”

“무슨 일이시지요?”

“**배**의 상태가 신경이 쓰이니, 진찰을 좀 해 줬으면 한다만.”

진시가 싱긋 웃었다.

‘역시 이렇게 되는구나.’

“안쪽 방에서 기다리고 있겠다.”

미리 이야기를 들었는지 스이렌과 타오메이는 따라 들어오려 하지 않았다.

“…알겠습니다.”

‘바센이 빨리 오면 좋겠네.’

마오마오는 조금 귀찮다고 생각하면서 새로 만든 연고를 꺼냈다.

약사의 혼잣말

4 화 ⁝ 바센 청춘기 전편

꽤액꽤액, 우는 소리가 났다.

바센은 눈앞에 있는 하얀 새를 바라보았다. 노란 부리, 동그란 눈동자, 보들보들한 깃털.

"여기서 이별이다, 죠후야."

바센은 요 몇 개월 동안 달의 귀인에게서 몇 가지 밀명을 받아 수행하고 있었다. 그중 하나가 이 하얀 새, 집오리와 관련된 일이었다.

집오리는 말할 필요도 없이 가금류다. 사육하기 쉽고, 알도 잘 낳는다.

밀명이란 바로 이 집오리 사육이었다.

처음에는 농담인 줄 알았다. 명색이 황족의 호위를 맡은 일족인데 그런 자신에게 맡겨진 일이 집오리 돌보기라니. 달의 귀인이 자신을 저버린 게 아닌가 하는 생각마저 들었다.

하지만 그렇지 않았다.

"가금류 사육, 이것은 국가의 근심을 덜기 위한 계책이다. 너라면 잘 해낼 수 있으리라 믿는다."

달의 귀인이 그렇게까지 말하는데 할 수밖에 없다. 그것이 작년 말의 일이었다.

지침은 이미 정해져 있었다. 먼저 바센이 할 일은 집오리 사육을 잘 아는 자에게 가르침을 구하는 것이었다.

그리하여, 어떤 곳에 드나들기 시작한 게 올 초의 일이었다.

도성 북서쪽에 '홍매관紅梅館'이라는 시설이 있다. 도사가 되기 위해 출가한 자들이 모이는 장소다. 도사라 하면 보통 수행자라는 의미가 짙게 느껴지지만, 이곳의 도사는 다소 특이하다. 진심으로 신선이 되기를 꿈꾸는 자들이 많다고 한다.

그 일환으로 가축 사육이 있었다. 바센은 처음 담당자에게 들었을 때 귀를 의심했다.

"도사는 채식주의라고 들었습니다만?"

"신선은 불로장수하죠. 솔직히 채소만 먹다가는 죽습니다."

뻔뻔한 대답이 돌아왔다. 사전에 담당자가 고령의 남자라는 말을 듣기는 했지만, 의복에 깃털이 묻어 있고 더럽혀져 있다는 점만 무시하면 확실히 피부 탄력이 좋고 등도 반듯하게 편 자세였다. 불로까지는 아니라 해도 장수 연구만큼은 확실한 듯했다.

예전의 바센이었다면 여기서 반론했겠지만, 이래 봬도 요 몇 년 동안 성장한 몸이다. 그 이상한 약사와 같은 부류라고 생각하기로 했다.

그리고 바센의 예상은 틀리지 않았다. 홍매관은 도사들의 수련 장소라는 말이 무색한, 연구자 집단이라는 사실을 금방 알게 되었다. 그들은 도사로서의 교의에서 벗어난 행동을 하고 있었던 것이다. 하지만 도움이 되는 연구였기 때문에 위에서도 눈감아 주는 모양이었다.

"집오리는 연간 알을 150개 정도 낳습니다. 잡식성이라 뭐든 다 먹고, 생후 반년만 지나면 바로 알을 낳을 수 있죠. 닭도 비슷하지만 황충을 먹이려면 체구가 큰 집오리를 키우는 게 나을 겁니다. 새끼 때부터 계속 같은 먹이를 먹이면 그 먹이만 찾게 되지만, 성장에 치우침이 생기기 때문에 이것은 바람직한 방법은 아닙니다. 다만 문제가 있다면 집오리는 닭처럼 알을 부화시키지 않고…."

뭔가 길을 탐구하는 사람이라면 누구나 말이 길어지는 법인가, 하고 바센은 생각했다. 가끔 달변이 되는 그 마오마오라는 약사나, 라한이라는 문관이 떠올랐다.

홍매관은 부지가 넓고 그 대부분이 논밭이었다. 도사들도 도복이 아니라 온통 작업복 차림이었다. 다들 하얀 입김을 내뿜으며 밭일을 하고 있었다.

“…그런 연유로 저는 연구가 바쁘기 때문에 안타깝게도 당신을 도와드릴 수는 없습니다.”

노인은 길을 가면서 한없이 이야기를 늘어놓다가 그런 말로 끝을 맺었다.

“아니, 그게 무슨 소리야?”

“그러니 제가 아니라 지금 일을 맡겨 놓은 제자들에게 배우십시오. 저 오두막에 있을 겁니다. 그럼 이만.”

“자, 잠깐!”

노인은 연령이 느껴지지 않는 걸음걸이로 잽싸게 가 버렸다.

바센은 할 수 없이 오두막으로 향했다. 오두막 곳곳에서 김이 피어오르고 있었다.

“미안한데, 집오리에 대해 물어보고 싶어서….”

바센은 엉성하게 붙어 있는 문을 열었다. 안에서 뜨끈한 공기가 훅 피어올랐다.

“아, 네. 선생님께 말씀 들었습니다.”

쭈뼛거리는 심약한 목소리가 들렸다. 자욱한 흰 공기 안쪽으로 자그마한 체구의 사람 그림자가 보였다.

“다, 당신은?!”

간소한 옷을 입은 여성이었다. 자수는커녕 염색도 되어 있지 않은 소박한 옷차림에 머리에는 비녀나 보요도 꽂혀 있지 않고, 그저 끈으로 묶기만 했다.

하지만 연지도 백분도 바르지 않은 그 얼굴은 전에 봤을 때보다 생기가 돌았다.

"리, 리슈 비전하?"

"…이, 이젠 비가 아니에요. 바, 바센 님."

눈앞에 나타난 것은 가냘픈 아가씨였다. 두 번이나 황제의 비로 후궁에 들어갔던 우卯 일족의 아가씨.

"당신이 어째서 여기에?"

그 말을 하고 나서 바센은 더 재치 있는 말을 할 수는 없었던 걸까, 하고 후회했다. 이러니 매번 누나 마메이에게 야단을 맞을 수밖에.

리슈는 본래 상급 비였으나 후궁에서 추방되었다. 바이냥냥이라는 여자가 일으킨 사건 때문이었지만, 궁정을 소란스럽게 만들었다는 사실은 변함없었기 때문에 리슈는 후궁을 나갈 수밖에 없었다.

어디로 갔는지, 뭘 하고 있는지.

바센에게는 그조차도 알려 주지 않았다. 다만 만나고 싶으면 무훈을 올리라고, 주상은 말씀하셨다.

어떻게 하면 좋을지 알 수가 없어, 바센은 근처 사원에 금품 등을 몇 번 기부함으로써 마음을 억누르고 있었다. 어느 사원에 몸을 의탁하고 있는지도 알려 주지 않았으니 말이다.

생각지도 못했던 재회에 바센은 머리가 전혀 돌아가질 않았다.

“아, 네. 전 후궁에서 추방된 몸이에요. 친정에 돌아갈 수도, 전에 있던 사원으로 돌아갈 수도 없었죠. 그래도 주상께서 안배해 주셔서 이 홍매관에 신세를 지게 되었습니다.”

“아니, 그래도 하필이면….”

리슈의 옷은 군데군데 더럽혀져 있었다. 단순한 진흙 얼룩이 아니라, 가축의 분뇨 같은 것도 묻어 있었다.

무엇보다 이 오두막 안에는 바센과 리슈밖에 없다. 이렇게 젊은 여성과 단둘이 있어도 되는 건지, 당황스럽다.

“시중드는 자는 없는 겁니까? 전에 있던 그 시녀는요?”

너무나 달라진 모습에 바센은 동요했다. 계속 마음에 걸렸던 리슈가 눈앞에 나타난 것은 물론이고, 그 변한 모습도 무척이나 혼란스러웠다.

“…카난 말씀이신가요? 이미 내보냈답니다. 그녀에게도 미래가 있으니까요. 좋은 혼처를 소개해 달라고 주상께 부탁드렸죠.”

리슈는 긴 속눈썹을 내리깔며 미소를 지었다. 바센은 주먹을 꽉 부르쥐었다.

“그, 그럼 당신은 지금 혼자서….”

“안심하세요. 할멈 한 명이 붙어 있으니까요.”

"한 명뿐입니까?"

"네, 이젠 무거운 옷을 입고 비녀를 꽂을 필요가 없잖아요."

리슈의 말은 자학적으로 들렸다. 하지만 동시에 그 표정은 후련해 보였다.

여심을 모르는 바센은 어떻게 반응해야 할지 알 수가 없었다. 리슈는 여전히 조신하고 사랑스럽다. 그리고 그런 불우한 상황에서도 일을 하고 있다. 그 가냘픈 손가락이 오물로 얼룩져 있었다.

"리슈 님, 당신은 이런 곳에 어울리는 분이 아닙니다. 바로 다른 일로 바꾸어 달라고 말해 봅시다!"

바센 나름대로는 최대한의 배려가 담긴 말이었다. 하지만 리슈는 고개를 가로저었다.

"아, 아뇨. 마음은 감사해요. 하, 하지만, 저는 지금 상황을…."

"지금 상황을?"

바센이 되물음과 동시에 꽥꽥거리는 묘한 울음소리가 들려왔다. 뒤를 돌아보니 그곳에는 수십 마리의 집오리가 있었다.

"어?"

집오리들은 바센을 둘러싸고 고개를 갸우뚱거렸다. 마치 값어치라도 매기는 듯한 눈빛으로 보이는 건 기분 탓일까.

한편 집오리들은 리슈에게는 바짝 다가갔다. 리슈는 집오리들의 깃털을 손끝으로 쓰다듬어 주었다.

"처, 처음엔 집오리 돌보기 같은 건 못 할 줄 알았어요…. 하지만 이렇게 알부터 부화시키니, 이 아이들은 저를 부모라고 생각하고 계속 졸졸 따라다녀요. 그, 그런 습성이 있기 때문이라고, 선생님이 알려 주셨어요…."

집오리, 부화, 선생님이라는 말을 듣고 바센은 겨우 리슈가 노인이 말하던 제자라는 사실을 깨달았다.

"리슈 님, 그럼 당신이?"

"네. 집오리의 알 부화 방법을 알려 주라고 말씀하셨어요."

리슈는 집오리들에 둘러싸여 다소 마음이 편안해졌는지, 더듬지 않고 또렷하게 말했다.

"저어, 바센 님?"

"무, 무슨 일이십니까?"

바센은 저도 모르게 상관에게 예를 올리는 자세를 취했다.

리슈는 바센을 흘끔흘끔 쳐다보며 치맛자락을 꽉 움켜쥐었다.

"이, 이제 와서 여쭙긴 그렇지만, 다친 곳은 괜찮으신가요?"

바센은 완전히 잊고 있었다. 리슈에게 바센의 마지막 기억은 부상으로 만신창이가 된 모습이었으리라.

"부상에는 익숙합니다. 신경 쓰지 마십시오."

바센은 그 지극히 당연한 걱정이 묘하게 기뻤고, 동시에 부끄러웠다. 그러고 보니 리슈 앞에서 멀쩡한 모습을 보인 적이 없다는 생각이 들었다.

"저 때문에… 그런 부상을 입으셨는데, 저는, 감사 인사도 하지 못하고…."

"리슈 님."

따끔따끔한 듯, 간질간질한 듯 불편한 기분이 들어 바센은 난처해졌다. 안 되지, 안 돼. 고개를 가로젓고 다시 일 생각으로 돌아갔다.

"그럼 리슈 님, 제게 가르침을 내려 주십시오."

"아, 네에…."

리슈는 어딘가 모르게 아쉬움이 남은 얼굴로 대답했다.

먼 옛날 황해가 일어났을 때, 집오리가 메뚜기를 전부 잡아먹었다는 전승이 있다. 전승은 전승일 뿐이니 진심으로 믿는 것도 문제지만, 그렇다고 그 전승이 전부 지어낸 이야기도 아닐 것이다.

실제로 집오리는 벌레를 잡아먹는다. 잡식성이니 평소에는 사람이 먹다 남긴 음식을 먹이고, 황해가 들면 황충을 잡아다 먹이면 된다. 심지어 개중에는 평소에도 직접 벌레를 잡아먹는 개체가 있다고 한다.

농민들 입장에서도 사육 조류가 늘어나서 곤란할 일은 없다.

그런 연유로 농촌에 집오리를 보급하기로 했는데, 여기서 문제가 생긴다.

보급할 오리를 어디서 구한단 말인가. 오리는 생물이다. 늘리고 싶다고 그렇게 쉽게 늘릴 수 있는 대상이 아니라고 생각했다.

"이렇게 알은 항상 사람의 체온보다 온도가 조금 높은 장소에 놓아둡니다. 또, 한쪽 면만 지면에 닿아서는 안 되기에 시간마다 뒤집어 주어야 합니다."

리슈는 늘어놓은 알을 조심스럽게 뒤집었다. 알 아래에는 짚이 깔려 있고, 또 그 밑에는 부엽토인 듯 부드러운 흙이 있었다.

"온도가 너무 높아도, 또 너무 낮아도 알은 부화하지 않기 때문에 피부로 직접 느끼라고 하셨습니다."

"피부로 말인가요?"

"네, 네에. 그리고 습기도 중요해요."

"습기요?"

오두막 안은 여름의 후덥지근한 공기와도 닮아 있었다. 바깥은 하얀 입김을 토할 정도로 추운데 오두막 안은 수증기로 뿌옇게 보일 정도였다.

"근처에 온천이 솟기 때문에, 거, 거기서 뜨거운 물을 끌어오고 있어요."

리슈는 오두막 바닥에 깔려 있던 멍석을 들추었다. 바닥에는 수로가 나 있었고 물, 아니 온천물이 흐르고 있었다.

"기온이 낮으면 아궁이에 불을 땝니다. 항상 지켜보고 있어야 하므로 세 사람이 당번제로 돌아가며 하고 있습니다."

확실히 혼자 하기는 힘들어 보인다. 당번제라 해도 규중 아가씨인 리슈에게는 너무 무거운 짐이 아닐까.

"괜찮으십니까, 리슈 님?"

"뭐, 뭐가 괜찮으냐는 말씀이세요?"

"당신 같은 분은 본래 다른 곳에 계셔야 마땅하고, 시녀도 충분히 거느리실 수 있을 겁니다. 설령 도사라 해도 우 일족의 아가씨라는 사실은 변함이 없으니까요."

주상은 리슈를 친딸처럼 예뻐했다고 한다. 바이냥냥이라는 여자가 일으킨 사건에 휘말린 리슈는 본래 피해자다. 처우를 개선해 주어야 한다고 바센은 생각했다.

"바센 님… 저를 걱정해 주시는 건가요?"

"거, 걱정이 아니고! 그저 당신의 당연한 권리를…."

"그, 그렇겠죠. 저 따위를 걱정하실 이유가…."

"아뇨, 그런 게 아니라!"

바센은 말 한마디 제대로 할 줄 모르는 자신의 입을 저주했다. 달의 귀인이었다면 여성을 더 능수능란하게 대했을 텐데, 하고 생각하니 분해졌다.

스스로가 한심해진 바센은 오두막 벽을 향해 고개를 숙였다.

“바센 님, 괘, 괜찮으세요?”

리슈가 걱정스러운 듯 바센의 얼굴을 들여다보았다. 아니, 지금은 오히려 바센이 리슈를 걱정하고 있는 상황이다.

“리슈 님… 당신은 충분히 고통을 겪으셨습니다. 얼마든지 원하는 삶의 방식을 택하셔도 됩니다.”

내가 지금 무슨 말을 하고 있는 걸까, 하고 바센은 생각했다. 원하는 삶의 방식, 그게 대체 무엇이란 말인가. 바센 자신이 살아가는 방식은 가문의 사명으로서 황족, 달의 귀인을 지키는 일. 좋고 싫음 따위는 거기에 존재하지 않는다. 그런데도 리슈에게는 잘난 체하며 ‘원하는 삶의 방식’ 같은 소리를 지껄여 대다니, 너무 얄팍해서 실감도 안 나는 말이다.

“바센 님….”

리슈는 말문이 막힌 듯했다.

어이가 없을지도 모른다. 그 자리에서 생각나는 대로 주저리주저리 설교 비슷한 말을 늘어놓는 바센의 모습이. 빨리 배울 것이나 배우고 돌아가야겠다고 바센은 생각했다.

“저, 저는, 아직 제가 좋아하는 게 뭔지 모르겠어요. 지금까지 살면서 좋아하는 일은커녕 스스로 살아가는 방식을 택한 적도 없었는걸요.”

“그럼, 지금부터라도….”

"네, 그래서 전 조금 더 이 일을 해 보려 해요."

리슈는 쪼그리고 앉아 오리 알을 뒤집었다.

더러워진 옷, 간소한 머리 모양, 화장도 하지 않은 얼굴.

그래도 리슈는 전에는 본 적 없는 희미한 미소를 머금고 있었다.

5 화 바센 청춘기 후편

작은 꽃 같은 여성이라고 생각했다. 건드리면 부러져, 덧없이 꽃잎이 흩어지고 마는.

바센은 말을 탄 채 길 옆을 내려다보았다. 작고 파란 꽃이 피어 있었다.

꽃은 보고 즐기는 대상이라고만 생각했는데, 정작 꽃은 보고 즐기는 사람 없이도 살아갈 수 있었다.

하얀 입김을 내뿜으며 바센이 향하는 목적지는 농촌이었다. 옆으로 마차가 나란히 달리며 바구니에 담긴 집오리들을 나르고 있었다. 집오리 알을 부화시켜서 어느 정도까지 키운 뒤 농촌으로 보내는 일. 그 일을 대체 몇 번이나 반복했을까.

"굳이 바센 님이 오리 배달까지 직접 하실 필요는…."

부하들이 걱정하며 그렇게 말한 적도 있었다. 쓸데없는 짓 같아 보인 모양이었다. 그런 이야기는 달의 귀인도 했었다. 하지만 바센은 알면서도 하는 일이었다.

"내게 주어진 일을 할 뿐이다. 일이 마음에 들지 않는다면 다른 일을 하겠나?"

"아, 아닙니다."

딱 잘라 말하니 부하들도 입을 다물었다. 그 얼굴에는 여전히 하고 싶은 말이 남은 눈치지만.

그러나 아무리 둔한 바센이라도 뒤에서 무슨 소리가 나올지는 짐작이 간다. 마 일족의 차남이라느니, 벼락출세한 방계라느니, 환관의 아들이라느니. 아버지 가오슌은 방계 출신이다. 그리고 달의 귀인을 모시기 위해 마馬라는 이름을 버리고 환관 흉내 내기를 벌써 7년 가까이 하고 있다.

아버지가 모욕당하는 건 화가 난다. 하지만 여기서 바센이 처벌을 내린들 무슨 소용이 있을까. 마 일족이기 때문에 황족의 측근이 되었을 뿐이다, 그리고 그 권력을 업고 유세하는 인간들이라는 말을 듣는 게 고작이겠지.

바센은 감정적으로 행동했다가 실수한 적이 여러 번 있다. 전에 같은 부서에 바센보다 나이가 많은 어느 무관이 있었다. 무관은 자신은 푸대접을 받고, 마 일족인 바센은 특별 취급을 받고 있다고 말했다. 바센은 울컥 화가 치밀었고, 결국 두 사람은 거의 결투에 가까운 모의 시합을 벌이게 되었다.

결과적으로 상대의 오른팔과 갈비뼈 세 대를 부러뜨리고 말았다. 뼈가 폐에 꽂히지는 않았고 오른손도 깔끔하게 부러진 덕분에 후유증이 남지는 않았으나 상대는 무관직을 그만두었다. 나이도 어리고 아직 한창 성장할 바센에게 패배한 게 분했는지, 아니면 뼈가 부러질 정도로 훈련한 적이 없어서 그랬는지는 모르지만.

달의 귀인이라면 아무리 훈련이라 해도 절대 방심하지 않는다. 심지어 바센을 검 한 자루로 이리저리 농락할 것이다. 가오슌이라면 검 실력이 부족하다고 야단치며 빈틈을 노려 사정없이 찌르고 들어올 것이다. 또, 어린 시절에는 검술로 누나에게 툭하면 졌었다.

그래서 바센은 자신이 힘만 셀 뿐 검술에는 그리 능하지 않다고 생각했지만, 그토록 힘자랑을 해 대던 무관은 눈 깜짝할 사이 쓰러져 버렸다.

여성이 상대일 경우 힘 조절을 해야 한다고 생각했는데, 남성일 때도 마찬가지라는 사실을 알게 되었다. 상대가 망가지게 된다는 사실을 인식했다. 누가 뭐라 떠들어도, 결코 가볍게 손을 대서는 안 된다는 사실을 마음속에 깊이 아로새겼다.

"망가뜨리면 안 돼…. 그 녀석들은 쉽게 망가지니까."

바센은 중얼중얼 혼잣말을 하면서 마차에서 집오리를 내려 농민에게 건넸다. 실수로 집오리를 목 졸라 죽이지 않도록 세심한 주의를 기울이면서.

"오리는 반드시 암수 한 쌍으로 내주겠다. 알은 비싸게 사겠지만, 부화시켜서 오리를 더 늘려도 좋다. 단 바로 잡아서 고기로 먹을 생각은 하면 안 된다. 알겠지?"

바센은 힘주어 말했다. 원래 집오리를 키우던 농민들도 있었기에 자세히 가르쳐 줄 필요가 없어서 그나마 다행이었다. 벌레를 잡아먹는 짐승이니 해충을 먹일 것, 먹이가 부족할 때는 잔반이나 채소 찌꺼기, 그리고 잡초도 먹일 수 있다는 사실은 알려 주었다.

하지만 아무리 주의를 준다 해도 모든 사람들이 다 말을 잘 들으리라는 보장은 없다. 바센을 좋은 봉이라고 생각하는 자도 있으리라.

농촌 지역을 다 돌고, 이제 집오리 배달은 끝난 줄 알았으나….

"삐약."

집오리 새끼 한 마리가 남아 있었다.

"또 너냐, 쵸후?"

바센은 어이가 없는 표정으로 새끼 오리를 바라보았다. 부리에 까만 점이 하나 찍혀 있는 새끼 오리다. 무슨 착각을 했는지 바센이 자신의 부모라고 생각하고 있다. 아무래도 리슈와 재회한 바로 그날 부화하면서 마침 바센의 얼굴을 봐 버린 모양이었다.

홍매관에 갈 때마다 뒤를 졸졸 따라온다. 그래서 이 녀석만은 '죠후舒鳧'라는 이름으로 불러 주기로 했다. 의미는 말 그대로 '집오리'라는 뜻이었다.

"죠후야, 너도 알고 있겠지? 너 역시 농촌에 가서 그 몹쓸 해충들에게 철퇴를 가해야 할 입장이라는 것을. 계속 이렇게 날 따라오면 안 돼. 지금은 곧 도래할 출병의 날에 대비해 계속 몸을 키워야 하는 거다. 잡곡을 먹고, 풀을 먹고, 벌레를 먹고 더 커지는 거야."

"삐약."

새끼 오리는 날개를 펼치고 울었다. 이야기를 듣는 것 같기는 했지만 그래도 집오리는 집오리다. 곧 바센의 얼굴도 잊어버리겠지.

그렇게 생각했는데.

새끼 오리를 농촌으로 날라다 주고 또다시 새끼 오리를 키웠다. 그런데 몇 번을 반복해도 죠후는 계속 따라올 뿐, 농촌에 남지 않았다. 바센을 따라 나와서 함께 돌아간다. 농촌에 놓고 오려고 몇 번 시도해 보았지만 매번 농민을 물어뜯고, 말 머리 위에 올라타서 함께 돌아가자며 날개를 퍼덕인다. 무관을 상대로도 계속 반항하고 물어뜯기도 했다. 어느새부턴가 '죠후 씨'라고 부르는 무관도 생겼다.

죠후의 깃털도 어느덧 노란색에서 흰색으로 바뀌었다. 부리의 검은 점은 여전했다. 낯선 자는 광견처럼 물어뜯고, 바센 앞에서는 충견이 된다.

오늘도 바센은 죠후를 어깨에 태운 채 돌아왔다. 죠후를 돌려보내기 위해 홍매관에 들러야 한다.

"…그렇지."

바센은 서쪽을 보았다. 해가 지면서 하늘이 붉게 물들었다.

달의 귀인이 서도로 갈 일정이 정해졌다. 홍매관에 가는 건 다음이 마지막이리라. 집오리들을 데리고 가는 곳곳마다 있는 농촌에 나눠 준 뒤, 바로 서도로 향할 것이다.

이번 서도 원정은 길어질 예정이라고 들었다. 짧아도 몇 개월, 길면 반년 이상.

"반년이라."

바센은 한숨을 내쉬며 홍매관 안으로 들어가 말에서 내렸다. 홍매관에만 오면 심란해진다. 넓은 밭에 가축을 놓아 키우는 그 광경은 목가적인데도, 괜히 심장이 뛴다.

부하들에게 마차 정리를 맡기고 집오리 오두막으로 향했다. 발걸음이 신기하게도 점점 빨라졌다.

매번 있으리라는 보장도 없는데 자꾸만 리슈를 찾게 된다. 몸집이 작고 가냘프지만 두 다리로 굳건히 서 있는 그 모습을 발견하면 안도와 동시에 불안이 느껴지는, 정말이지 기묘한 기분이 든다.

그리고 오늘로 말하자면….

"바, 바센 님?"

바센의 심장이 크게 뛰었다. 소박한 옷을 입은 여성, 리슈가 바구니를 나르고 있었다.

바센의 어깨에 앉아 있던 죠후가 폴짝 뛰어내려 집오리 오두막 안으로 걸어갔다.

"리슈 님, 오늘의 보고를 드리겠습니다."

바센은 가슴을 누르고 쿵쿵 뛰는 심장을 향해 진정하라고 타일렀다. 그리고 지도를 꺼내서 오늘 다녀온 마을들에 동그라미를 쳤다. 이로써 주변 농촌은 전부 망라했다.

집오리의 알 부화는 홍매관뿐만 아니라 다른 장소에서도 하고 있었다. 집오리를 보급하는 일도, 바센이 없어도 다른 사람이 할 수 있게 해 놓았다.

"더는 나눠 줄 곳이 없는데, 이제부터는 어떻게 하시나요?"

리슈가 바센을 흘끔 보았다.

"다음번에는 키우고 있는 녀석들을 전부 데리고 서쪽으로 갈 겁니다. 그리고 제가 이곳을 찾아오는 일도 다음번이 마지막입니다."

"…네?"

리슈가 눈을 깜빡였다.

"제 본래 임무는 달의 귀인의 호위입니다. 달의 귀인께서 서쪽으로 가시니 저도 따라가야죠."

"달의 귀인께서, 또 서도로요?"

달의 귀인이 서도로 간다는 이야기는 이미 공공연히 알려져 있었으나 이미 출가한 몸인 리슈가 모르는 건 당연한 일이었다.

작년에도 이맘때쯤 서도로 갔던 일을, 당시엔 아직 비였던 리슈는 기억하고 있었다.

"당신을 처음 만났던 곳도 서도였지요."

예전의 자신이 리슈를 어떻게 생각하고 있었는지를 지금 떠올리니 부끄러워진다.

"…그때도 절 구해 주셨죠."

서도의 연회. 여흥에 끌려 나온 사자. 그리고, 습격당한 리슈.

탁자 밑에 숨어서 떨고 있던 귀여운 여인. 소문으로는 정조관념 없는 악녀라고 들었다. 하지만 그곳에 있던 것은 그저 박복하고 가냘픈 여인이었다.

앞으로 리슈가 과연 살아갈 수나 있을지 걱정이 된다. 어머니는 죽었고, 아버지는 리슈를 정치의 도구로 쓰려 했다. 그 아버지 또한 리슈의 출가와 함께 지위를 잃었다.

괜찮을까.

바센은 리슈가 출가한 후 계속 그 생각을 했다.
홍매관에서 재회한 이후로 그 생각은 더욱 깊어졌다.
"…않겠습니까?"
바센은 무의식적으로 자신의 입에서 튀어나온 말에 놀랐다.
"네?"
"저와 함께 홍매관을 나오시지 않겠습니까?"
무슨 말을 하는 거지. 바센은 스스로가 내뱉은 말에 혼란에 빠졌다. 얼굴이 새빨개진 바센은 리슈에게서 고개를 돌렸다.
리슈 또한 고개를 숙이고 있었다. 뺨이 발그레했다.
쓸데없는 소리를 한 건 아닐까. 방금 전으로 시간을 되돌릴 수는 없을까. 바센은 숨이 가빠졌다.
"아, 아뇨! 아무것도 아닙니다!"
"아무것도?"
리슈가 속내를 헤아리려는 듯 바센을 쳐다보았다. 리슈의 뺨에서 홍조가 스윽 사라졌다.
"그, 그럼 이만. 다른 곳에도 보고를 해야 해서!"
바센은 리슈의 얼굴도 보지 못하고 돌아 나왔다.

바센은 집에 돌아오자마자 자기 방에 틀어박혀 고개만 푹 숙였다.
"뭐 하는 거냐, 이게…."

책상에 엎드린 채 머리를 부여잡고 때때로 벅벅 긁으며 신음만 했다. 그런 가운데 문이 활짝 열렸다.

“뭐 하니?”

“누님?!”

바센의 누나 마메이였다. 마메이는 이미 시집간 몸이지만 마 일족의 본가에 살고 있다. 남편이자 바센의 매형인 사람은 마 일족의 혈통으로, 주상과 관련된 호위 일을 아버지와 함께 매형도 맡고 있다. 바센이 마 가문의 당주에 적합하지 않다고 판단될 경우 매형이 집안을 이으리라.

솔직히 바센으로서는 달의 귀인 호위에만 전념할 수 있기 때문에 그러는 편이 오히려 고마울 테지만 또 드러내 놓고 기꺼워할 수도 없는 노릇이다.

현재 당주는 의붓할아버지지만 실무는 거의 바센의 모친인 타오메이가 맡아서 한다. 골치 아픈 이야기인데, 마 가문의 본가 후계자가 상속권을 박탈당한 후 방계인 아버지 가오슌이 그 자리에 양자로 들어갔다. 타오메이는 원래 쫓겨난 본래 후계자의 약혼자였으며 마 가문의 실무에 종사하고 있었기 때문에 그대로 아버지와 결혼하게 되었다. 어머니가 아버지보다 여섯 살 연상인 이유도 거기에 있다.

그리고 타오메이에게서 교육을 받은 누나는 앞으로 마 가문 안에서 타오메이의 역할을 맡게 될 것이다.

마 일족은 황족의 호위라는 입장이기 때문에 남자가 언제 죽어도 그 자리를 누군가가 대신하기 쉬운 구조로 만들어져 있었다. 바센이 죽으면 다른 사람이 그 역할을 맡는다.

바센은 본래 달의 귀인의 호위여서 본가에 돌아오는 일은 거의 없었다. 하지만 최근 들어 다른 임무를 맡는 바람에 마메이를 마주치는 일이 잦아져서 조금 거북했다.

"무슨 일이시죠?"

"동생의 상태를 보러 온 자상한 누님에게 그 태도가 뭐니?"

마메이와 바센은 '자상하다'는 말을 두고 커다란 견해 차이가 있는 모양이었다.

"아니, 그런데 너한테서 지독한 냄새가 나는데."

마메이는 일부러 그러는 듯 코를 틀어막았다. 예전부터 땀 냄새가 심하다는 이야기를 자주 들었던 바센으로서는 늘 있는 일이었지만 최근 들어 짚이는 데가 있었다.

"오리 때문인가?"

가금류와 늘 함께 있으니 아무래도 냄새가 밸 수밖에 없다.

"오리? 아, 무슨 황해 대책인가 하는 그거구나. 정말 도움이 되긴 할까?"

"누님, 지금은 잡히는 대로 이것저것 시도해 보는 상황이니 찬물을 끼얹지 말아 주십시오."

"어머, 미안."

마메이는 딱히 미안한 기색도 없이 바센의 방 안을 둘러보기 시작했다.

"누님, 용건이 없으면 나가 주시죠."

"어머, 언제부터 그렇게 건방진 소리를 하게 됐지?"

바센의 이야기를 들을 생각은 없는지 마메이는 침대에 앉았다. 바센은 방에서 체력 단련을 할 때도 있기 때문에 가구는 최소한으로만 갖춰 두고 있었다.

"너, 물건을 좀 늘리는 게 어떠니?"

"아뇨, 거치적거리니까 싫습니다."

"흐응~ 이건 너무 인기 없는 남자의 방 같은데."

누나의 말은 항상 예리한 칼날 같았다.

"…인기 없는 것과 방은 아무 상관없지 않습니까?"

바센은 인상을 찌푸리며 대꾸했다.

"상관이 있지. 게다가 너도 이제 나이로 따지면 슬슬 아내를 맞아도 괜찮을 시기인데, 좋은 사람도 없어?"

"누, 누님! 갑자기 무슨 말씀을!"

바센은 의자에서 벌떡 일어났다. 그 기세에 의자가 자빠졌다.

"일단 차기 당주는 너라고 의견이 모아져 있으니, 형식적으로라도 아내를 맞아들이지 않겠느냐고 할아버님이 말씀하신단 말이야. 언제 죽을지 모르니 아이를 낳아 뒀으면 한다고."

"아, 아이라니, 그건…."

"응, 사실 너한테는 별 기대 안 해. 그래서 바료랑 취에 씨가 무리해서라도 노력해 준 것 아니겠어? 한 셋쯤은 더 낳아 줬으면 좋겠지만 뭐, 어렵겠지. 하지만 그런 가족의 존재만 믿고 넌 독신을 고수하는 건 체면상 좀 그래. 겉으로나마 아내가 필요하다고. 그렇지 않으면 얕보일 거라는 게 할아버님 말씀."

"말씀은 잘 알겠습니다만…."

바센에게는 골치 아픈 이야기다.

"누님도 제게 빨리 결혼하라고 하시는 거죠?"

"그런 건 아니야."

"네?"

그럼 마메이는 대체 무슨 말을 하고 싶은 걸까, 바센은 고개를 갸웃했다.

"넌 나랑 똑같아서 어머님이나 아버님, 바료처럼 누군가가 결혼 상대를 골라 줬을 때 납득하고 받아들이는 성격이 아니잖아. 그러니까 할아버님이나 다른 누군가가 상대를 들이밀기 전에, 좋아하는 사람이 있다면 확실히 밝혀 두라고 말하러 온 거야."

"조, 좋아하는 사람?!"

"아, 역시 정곡을 찔렸나 보네. 그럴 것 같았어."

마메이는 심술궂게 히죽히죽 웃었다.

"무, 무슨 말씀을 하시는 건가요? 누, 누님."

"그래, 그래. 괜찮아, 얼버무리려 애쓰지 않아도 얼굴에 다 쓰여 있어."

바센은 무심코 양손으로 뺨을 만져 보았다. 기분 탓인지 뜨거웠다.

마메이는 침대에 벌렁 드러누웠다.

"딱히 널 놀리러 온 건 아니야."

"……."

마메이는 누운 채 눈을 감았다.

"어머님, 아버님, 그리고 바료도 스스로 자기 상대를 선택하지 않았지. 정략결혼을 한다 해도 자기 나름대로 잘 처리할 수 있는 성격이기 때문이었을 거야. 하지만 난 달라. 부모가 정한 상대, 친척이 정한 상대 같은 건 죽어도 싫어. 그래서 누가 정해 주기 전에 내가 정했지!"

바센은 마메이의 남편을 떠올렸다. 남편은 마메이보다 열두 살 연상이다. 마메이가 여덟 살 때 그 사람을 자기 남편으로 삼겠다고 지명했던 일은 바센도 기억하고 있다. 주위 사람들은 다 웃었지만 그 8년 후, 마메이는 선언을 실현시켰다.

매형을 만날 때마다 바센은 늘 미안한 마음이 든다.

마메이가 검지를 힘차게 세웠다.

"넌 나랑 똑같아. 정략결혼에 고분고분 수긍할 성격이 아니지."

"그, 그건…."

"가능하다 해도 그야말로 형식적일 뿐이야. 어머님, 아버님처럼 뭐든 다 잘해 나갈 수도 없고 바료랑 취에 씨처럼 타협하고 살아갈 수도 없지. 설령 바센 넌 괜찮을지 몰라도 부인은 절대 행복해지지 못할걸."

"꼭 그렇다고 할 수는…."

바센은 확실하게 부정할 수 없었다. 가족이 자신의 아내로 골라 준 사람은 절대 나쁜 사람이 아닐 터였다. 바센 자신도 아내가 된 사람을 아껴 주리라.

하지만 머릿속에는 길가에 피어난 들꽃 같은 여성의 모습이 떠올랐다.

"거봐. 너 지금 누구 생각하는 사람 있지?"

"아, 아닙니다!"

바센은 얼굴이 시뻘게져서 부정했다. 마메이는 히죽히죽 웃었다.

"아무래도 상관은 없지만 하나만 말해 둘게. 만약 마음에 둔 사람이 있다면 네 마음을 똑바로 전하도록 해. 차인다 해도 제대로 시원하게 차여야지, 안 그러면 너 같은 녀석은 평생 미련을 못 버릴 거야."

바센은 입을 다물었다. 부정할 수 없었다.

"아무리 장점이라고는 괴력밖에 없고 앞뒤 생각 없이 내달리는 바보라도, 넌 내 동생이야. 결정할 때는 확실하게 결정해야 한다."

"바료 형님한테는 그런 말 안 하시면서…."

"바료는 바료 나름대로 각오한 바가 있으니까 그렇지."

바센은 무슨 말인지 모르겠다고 생각했다.

마메이는 할 말을 다 쏟아 내고 후련해졌는지 침대에서 일어났다.

"그럼, 난 이만."

"……."

바센은 입을 우물거리며, 방을 나가는 마메이의 뒷모습을 지켜보았다.

"앗, 하나만 더 확인할게."

"뭐죠?"

"…상대가 유부녀는 아니지?"

바센은 고개를 돌린 채 움직임을 멈췄다.

"이젠… 유부녀가 아닙니다!"

"이젠?"

바센은 굳이 되묻는 마메이가 얄미웠다.

집오리들이 꽥꽥 울며 바센을 둘러쌌다. 그 중심에는 부리에 검은 점이 있는 쵸후가 있었다. 다른 집오리들에 비해 쵸후는 몸집이 훨씬 컸다. 다른 집오리들이 차례차례 농촌으로 파견 나가는 동안 쟈후만 계속 남아 있었기 때문이었다.

바센은 갓 지은 옷을 입었다. 어차피 더럽혀질 테니 낡은 옷을 입는 편이 나을지도 모르지만, 마음을 새롭게 다지기 위해 새 옷을 입기로 했다.

쟈후가 꽁지깃을 흔들며 바센의 길을 인도했다. 목적지를 알고 있는 모양이었다.

부화 오두막에서는 김이 피어올랐다. 늘 그렇듯 온천과 아궁이 불로 안을 덥히는 중이었다. 그것은 바센이 요청한 일로, 덕분에 집오리 부화 수가 몇 배나 늘었다.

오두막에서 나온 사람을 보고 바센은 자세를 반듯하게 고쳤다. 한순간 리슈인 줄 알았는데 아니었다. 리슈와 교대로 부화 오두막을 지키고 있는 도사였다. 중년 여성이며, 바센과는 여러 번 얼굴을 마주친 적이 있다.

"바센 님, 준비는 다 되었답니다."

여도사는 바구니를 가져왔다. 바구니 속에서 집오리들이 울고 있었다.

"바센 님이 오시는 건 오늘이 마지막이라고 들었습니다. 부디 이 아이들을 잘 부탁드립니다."

여도사는 고개를 깊이 숙였다. 연구자 도사도 있는가 하면, 집오리들을 자기 자식처럼 살뜰히 보살피는 도사도 있다. 오리까지도 이렇게 애정을 쏟아 키우는 도사라면 리슈에게도 못되게 굴지는 않을 거라 믿고 있다.

그러나 이 여도사에게는 미안한 일이지만 바센의 머릿속에는 실망이라는 두 글자가 무겁게 내려앉았다.

바센은 다음에 오는 게 마지막 방문일 거라고 리슈에게 말했다. 하지만 언제 온다고는 말하지 않았다. 그리고 리슈가 일부러 바센의 일정에 맞춰 줄 이유는 없었다.

바센은 주먹을 꽉 부르쥐었다. 그리고 자신의 생각이 짧았다는 사실에 절망하면서 바구니를 짐마차에 실어 날랐다. 쇼후는 지루해졌는지 어디론가 가고 없었다. 마부까지 거들어, 셋이 함께 바구니를 운반했다.

"내가 당번이라 미안하네요."

"무, 무슨 말이십니까?!"

여도사의 말에 바센은 당황했다.

"후후, 이런 아줌마보다 리슈 같은 젊은 애가 오는 게 더 좋지 않아요? 말솜씨가 좀 없어서 이야기 나누기가 어렵긴 해도."

"아, 아뇨!"

"당신도 말투가 꼭 리슈 같네요."

여도사가 깔깔 웃었다. 그 웃는 모습에는 왠지 기품이 있어, 도사가 되기 전에는 좋은 집안 출신이었으리라는 느낌이 들었다.

"리슈는 너무 어쩔 줄 몰라 하죠. 나도 조금만 더 젊었으면 짜증이 나서 마구 야단쳤을지도 몰라요."

"네?"

"꼭 옛날의 나를 보는 것 같아서 왠지 한심해지는걸요."

여도사는 바구니 속 집오리들을 어루만졌다.

"물론 괴롭히진 않아요. 홍매관에는 어쩌다 왔는지 몰라도, 자기 발로 찾아오는 괴짜가 아닌 다음에는 다들 심상찮은 곡절이 있는 사람들이니까. 나는 속세를 떠난 지 20년도 넘어서 그 애가 원래 어떤 사람이었는지 몰라요. 알고 싶지도 않고. 자꾸 넘어져서 알을 깨지만 말아 줬으면 할 뿐이지."

여도사가 마차에 바구니를 실었다.

"자, 이게 마지막. 이 집오리들은 어디로 가나요?"

"서쪽으로 갑니다."

바센은 육로를 통해 서도로 향할 예정이다. 그 여로 도중에 집오리들을 나누어 주기로 했다.

"그럼, 건강하렴. 벌레를 열심히 잡아먹고 좋은 알을 낳아서, 가능한 한 오래 살아야 한다."

여도사의 말에 집오리들이 대답이라도 하는 듯 울었다. 결국은 짐승이기 때문에 제 역할을 다하지 못하면 고기로 잡아먹힐 수밖에 없는 운명이다. 농민들에게 애완동물을 키우라고 할 수는 없다.

바센은 이 여도사가 어쩌다 홍매관에 들어왔는지 궁금했지만 굳이 입 밖에 내어 묻지는 않았다. 도사 또한 심상찮은 곡절이 있을 터이므로.

“꽤액.”

죠후가 바센의 다리를 부리로 찔렀다.

“뭐지? 어디로 가자는 거야?”

바센이 묻자 죠후는 바센의 옷을 부리로 물고 잡아당겼다.

“어딜 좀 데려가고 싶은 모양이네요. 뒷일은 내가 할 테니 가 보는 게 어때요?”

“괜찮을까요?”

바센은 마부 쪽을 흘끔 쳐다보았다. 마부는 고개를 끄덕였다.

죠후는 꽁지깃을 흔들며 뒤뚱뒤뚱 앞으로 걸어갔다. 때때로 바센이 따라오고 있는지 확인하려는 듯 뒤를 돌아보았다. 집오리는 생각보다 똑똑한 생물인 모양이었다.

죠후가 향한 곳은 작은 연못이었다. 마르고 시든 풍경이 이어지는 가운데 연못 주위에는 녹색이 보였다. 그 안에 하얀 옷을 입은 여성이 쪼그리고 앉아 있었다.

“리슈 님?”

바센이 말을 걸자 여성이 고개를 들었다. 손에는 따고 있던 풀 새싹이 들려 있었다.

“바센 님… 혹시 오늘이 마지막 날인가요?”

리슈는 놀라서 방금 딴 새싹을 떨어뜨렸다. 쇼후가 그 새싹을 쪼았다. 집오리가 좋아하는 풀인 모양이었다.

생각지도 못하게 마주친 리슈 앞에서 바센은 굳어 버렸다. 기쁜 반면, 어떤 이야기를 나누어야 좋을지 알 수가 없었다. 전날 밤 그렇게나 연습했는데.

"리슈 님!"

"네."

"나, 날씨가 좋군요!"

"네, 네에?"

리슈도 혼란스러운 눈치였다. 하늘은 흐렸고, 비는 내리지 않지만 어쨌든 맑은 날씨는 아니었다.

무슨 이야기를 해야 할지 리슈도 모르는 모양이었다. 두 사람 사이에 잠시 침묵이 흘렀다. 쇼후가 한가운데에 서서 바센과 리슈를 교대로 쳐다보았다.

""저, 저기!""

때를 못 맞췄다. 두 사람이 동시에 서로에게 말을 걸고 말았다.

"마, 말씀하십시오, 리슈 님."

"어, 바센 님이 먼저…."

"""……."""

둘 다 우물쭈물하는 가운데 쇼후만 혼자 새싹을 쪼아 먹고 있었다.

바센은 주먹을 부르쥐고, 어금니를 꽉 깨물고, 미간에 주름을 잡고 나서야 겨우 입을 열었다.

"리슈 님, 저와 함께 서도에 가시지 않겠습니까?"

모처럼 새로 지은 옷은 마차에 짐 싣는 일을 하느라 다 더럽혀지고 말았다. 손에는 장신구는커녕 꽃 한 송이도 들려 있지 않았다.

마메이는 상대가 누구인지까지는 묻지 않았으나 이런 한심한 꼬락서니의 바센을 보면 나중에 몹시 야단을 칠 것이다. 그래도 이 행동만큼은 칭찬해 줄 게 분명하다.

주상과 달의 귀인께 부탁드리자. 주상 또한 리슈를 마음에 들어 하신다. 성심성의껏 고개를 숙여 보자.

바센의 심장이 빠르게 쿵쿵 뛰었다. 호흡이 거칠어지고 내쉬는 숨이 하얗게 물들었다. 리슈는 자신을 어떻게 보고 있을까, 바센은 조심조심 확인했다.

리슈는 얼굴을 붉혔다. 입술을 꾹 깨물고, 풀즙으로 더럽혀진 손으로 치맛자락을 꽉 쥐고 있었다.

"리슈 님?"

"…바센 님."

리슈가 앙다물었던 입을 벌렸다. 눈동자가 촉촉하고, 코를 벌름거리고 있었다.

"저, 저는, 갈 수 없어요!"

"갈 수 없다고요?"

바센은 표정이 무너지려는 것을 꾹 참았다. 거절당할 건 뻔히 알고 있었다. 오히려 느닷없이 이런 말을 꺼내는 게 정신 나간 짓이라고 봐야 했다.

리슈 또한 감정을 감추려 하지만 잘 감춰지지 않는 듯했다. 눈에 눈물이 고이고 입은 꽉 다물고 있었다. 양손은 주먹을 너무 꽉 쥐는 바람에 손톱이 살에 파고들었다.

자신의 솔직한 마음을 전하는 일. 마메이는 확실히 말하라고 했지만, 어쩌면 이건 실수가 아니었을까. 바센의 행동은 리슈를 괴롭게만 한 모양이었다.

"리슈 님, 방금 드린 말씀은…."

잊어 달라고, 그렇게 말하려던 때였다.

"저, 저도 사실은, 가고 싶어요!"

간신히 눈물을 흘리지 않으려 애쓰며 리슈가 고개를 들었다.

"하, 하지만, 알고 있어요. 전 어리석고 세상 물정도 몰라서, 어딜 가든 누군가에게 이용당할 거예요. 이곳 홍매관에 데려와 주셨던 것도 그런 절 배려해서였겠죠."

확실히 리슈 말대로 홍매관에 사는 건 온통 세상이라는 울타리에서 벗어난 괴짜들뿐이다. 인간 자체에 흥미가 없기 때문에 리슈의 아버지처럼 이용하지도 않고, 그렇다고 괴롭히지도 않는다.

"그런 제가 바센 님과 함께 서도에 가면 발목만 잡을지도 몰라요."

"리슈 님…."

"바센 님은 지… 아니, 달의 귀인을 위해 일하세요. 전 짐일 뿐이에요. 주위에서 절 어떻게 보는지, 조금은 알게 됐어요."

바센을 올려다보는 리슈의 눈에는 아직도 눈물이 고여 있었다. 하지만 흘러내리지는 않았다. 리슈가 필사적으로 눈을 깜빡이며 눈물방울이 흘러내리지 않도록 막고 있었기 때문이었다.

"저는 바센 님 덕분에 힘을 낼 수 있어요. 그때, 떨어지던 저를 받아 준 바센 님의 말. 저는 그것만으로도 계속 열심히 살아갈 수 있어요."

죠후가 걱정스러운 듯 리슈의 다리에 머리를 비벼 댔다. 리슈는 죠후의 머리를 한 번 쓰다듬었다. 그리고 한순간 고개를 숙였다가 다시 들었을 때, 리슈의 눈에 더는 눈물방울이 남아 있지 않았다.

"저는 단순한 도구가 아니라, 스스로 생각하고 움직일 수 있는 사람이 되고 싶어요."

바센은 리슈의 눈동자 속에서 희미하게 타오르는 불꽃을 보았다. 아직은 연약하고 가냘프다. 하지만 그 안에는 강해지고 싶은 의지가 보였다.

"카난과 할멈, 주상, 아둬 님, 달의 귀인. 그리고 바센 님. 그 외에도 많은, 정말 많은 분들이 저를 걱정해 주셨죠. 하지만 저는 제 불행만 생각하고, 주위에 감사 인사조차 하지 않았어요."

실제로 리슈는 덧없고 가냘픈 꽃 같은 여성이다. 주위를 돌아볼 여유 따윈 없었으리라.

"그건 당신의 입장을 생각해 보면 어쩔 수 없는 일이었을…."

"제 응석을 더 이상 받아 주지 마세요, 바센 님. 제 나름대로 생각한 일이니까요. 제 입장에서는 어쩔 수 없었다고 끝날 수 있는 일도, 바센 님에게는 돌이킬 수 없는 일이 될지도 모르잖아요?"

"……."

바센은 말문이 막혔다. 황족의 호위란 때로는 목숨을 걸어야 하는 일이다. 리슈를 지키면서 할 수 있는 간단한 일이 아니다.

"저는 서도에 갈 수 없어요. 하지만…."

리슈는 다시 한번 죠후를 쓰다듬었다.

"제가 제 스스로에게 더 자신감을 가질 수 있게 되면…."

리슈가 시선을 슬며시 피했다.

"다시 한번, 홍매관에 와 주시겠어요?"

리슈의 뺨이 붉어졌다. 달리 하고 싶은 말이 있는 것 같기도 했지만, 그 이상은 아무 말도 하지 않았다.

바센도 얼굴이 벌게졌다. 입만 딱 벌린 채 잠시 넋이 나갔다. 리슈가 무슨 의도로 그런 말을 했는지 이해하니 전신의 피가 치솟는 듯했다.

"무, 물론입니다!"

바센은 무심코 몸을 앞으로 기울이다가 하마터면 쵸후를 밟을 뻔하고, 다급히 발을 들었다.

"그때 저는 더 믿음직스러운 남자가 되겠습니다. 당신은 짐이 될 거라고 했지만 제 팔은 100근, 200근 정도는 가볍게 들어 올릴 수 있습니다. 그래도 불안하다면 그 2배, 아니 3배는 들 수 있도록 단련하겠습니다."

리슈가 스스로를 '짐'이라고 여기며 근심하지 않도록. 아무리 기대도 결코 쓰러지지 않도록.

연못 수면이 물결치며 반짝였다. 쵸후는 옆에 나 있던 어린 풀을 쪼아 먹고 있었다. 어린 풀 속에 작은 꽃봉오리가 보였다.

봄이 가까워지긴 했지만 아직 겨울의 추위가 남아 있다. 리슈는 지금 겨울 안에 있다.

짓밟히고, 뜯기고, 쪼이는 가운데에서도 필사적으로 꽃을 피우기 위해 살아가고 있다.

바센이 방해해서는 안 된다. 기다리자. 봄이 와서 꽃을 피울 날을.

그 꽃을 맞이하러 가기 위해서는 자신 역시 할 일을 해야 한다.

"서쪽에 다녀오겠습니다. 달의 귀인을 지키고, 나라를 지키고, 당신도 반드시 지키겠습니다. 그 누가 기대도 쓰러지지 않는 남자가 되어서 돌아오겠습니다."

리슈가 눈을 가늘게 떴다.

"네. 무운을 기도하고 있을게요."

희미하게 꽃향기가 나는 듯했다. 어린 풀의 꽃봉오리는 아직 피어나지 않았고, 어디에도 꽃 같은 건 없는데.

하지만 부드러운 봄 빛깔을 띤 미소를, 리슈가 짓고 있었다.

약사의 혼잣말

6 화 농촌 시찰 전편

바센이 서도에 도착한 것은 마오마오 일행이 도착하고 나서 사흘 후의 일이었다.

마오마오는 형식적으로나마 마중을 나가는 편이 좋겠다는 생각에 별저 현관으로 향했으나….

"뭔가요, 그건?"

바센을 보자마자 제일 먼저 한 말은, 고생했다는 말과는 너무나 동떨어져 있었다.

"뭐냐니, 쵸후다."

"아니, 쵸후라뇨. 그야 보이는 그대로 맛있게 생긴 집오리이긴 한데요."

흙먼지투성이로 나타난 바센의 어깨에는 어째서인지 집오리가 올라앉아 있었다. 새하얀 깃털과 노란 부리, 어디서나 흔히 볼 수 있는 집오리다. 특징이 있다면 부리에 검은 점 하나가 찍혀 있다는 것 정도였다.

"호오, 이것 참 멋진 선물을 갖고 왔군요. 자, 시동생이여. 어서 그것을 내놓도록 해요. 이 형수가 저녁거리로 요리해 줄 테니."

취에가 두 손을 쥐었다 폈다 했다.

"이건 먹는 게 아니야!"

바센이 다가오는 취에를 제지했다.

'이 두 사람, 이래 봬도 형수와 시동생 사이이긴 하지.'

상태를 보니 늘 취에가 바센을 놀려 먹는 모양이었다.

"그럼, 뭐죠? 애완용인가요?"

집오리는 바센을 꽤 잘 따랐다. 날개로 바센의 머리를 붙잡고 부리로 머리카락 정리를 해 주고 있었다.

"달의 귀인의 명으로 집오리를 부화시켜 농촌에 보급하고 있었다. 죠후도 농촌에 놓고 올 예정이었는데, 나를 너무 잘 따르는 나머지 떼어 놓을 수가 없었지."

"그랬군요."

그나저나 '죠후'라는 이름을 붙여 준 시점에서 바센 스스로도 꽤나 귀여워하고 있는 모양이었다. 집오리도 지능이 있는지 바센의 어깨에서 내려오자 바닥에 똥을 쌌다. 머리도 나쁘지 않은 듯했다.

"바로 달의 귀인께 가야 하는데, 누가 죠후를 좀 맡아 줄 사

람이 없나?"

"저요, 저요."

취에가 힘차게 손을 들었다.

"다른 사람은 없나?"

"글쎄요, 마땅히…."

마오마오의 입 안에도 침이 가득 고였다.

'라한 집에서 옌옌이 만들어 줬던 오리고기 요리, 정말 맛있었는데.'

욕망에 패배할지도 모른다.

'돌팔이 의관한테 맡길까?'

아니, 그보다 더 적임자가 있다.

"아는 농민에게 부탁해 볼게요."

"농민? 서도에 지인이 있나?"

"아뇨, 중앙에서 파견된 농민인데요."

바센은 고개를 갸웃했지만 그게 사실이니 어쩔 수 없다. 아무튼 오리 돌보는 일은 라한네 형한테 맡기기로 했다.

바센이 도착하고 나서 이틀이 더 지난 후에야 겨우 마오마오는 농촌 시찰 나가는 일을 허락받았다.

"아가씨, 약 비축분은 아직 좀 있으니까 그렇게 서둘러 갈 필요는 없어. 안 그래도 낯선 땅까지 왔는데 심지어 더 먼 변두리까지 굳이 갈 것도 없잖아."

돌팔이 의관은 대충 둘러댄 변명을 곧이곧대로 믿고 걱정스러운 얼굴로 마오마오를 바라보았다. 의관 보조 관녀가 일터를 벗어나 시찰을 나가기 위해서는 합당한 이유가 필요하다.

"괜찮아요. 미지의 약을 찾을 수 있을지도 모르고요."

반은 진심이다. 술서주는 화앙주와 식생이 다르다. 어떤 식물, 동물이 어떤 약효, 독성을 갖고 있을지 모르는 일이다.

마오마오는 약간 가슴이 두근거렸다. 재미있는 약이 있으면 좋겠다는 생각이 들었다.

최소한의 짐을 챙겨서 자루에 넣었다. 무슨 일이 있을 때를 대비한 돈으로 사금과 은 알갱이를 이미 받았다. 다른 나라와의 무역이 잦은 술서주에서는 금 그 자체를 선호한다고 한다.

"흐응~ 이런 걸 관녀한테 시키는구나~"

티엔요우가 의심의 눈초리를 보냈다.

"그렇죠, 평범한 일은 아니에요. 하지만 전 원래 의술보다는 약사로서의 기술을 높이 평가받아서 들어온 거라 그런 이야기를 자주 들었어요."

'벌레를 죽이는 약을 만들어야 하니까.'

"흐응~ 약사라. 난 또 냥냥은 연줄로 들어온 줄로만 알았지."

티엔요우는 계속 말꼬리를 잡았다.

"요 녀석, 그러면 못써. 사람을 자꾸 그렇게 의심하면 안 되지."

'아니, 돌팔이 당신은 의심 좀 해.'

세상에 중용의 길을 걷는 사람은 그리 많지 않다.

"아저씨가 그렇게 말씀하신다면 어쩔 수 없지. 다녀와요~"

티엔요우는 그 이상 트집을 잡을 생각은 없는지, 환자용 침대에 누운 채 손을 흔들었다.

돌팔이 의관도 마오마오에게 간식이 든 꾸러미를 건네준 뒤 손을 흔들었다.

"그럼, 다녀오겠습니다."

"그래, 여긴 맡겨 둬."

리하쿠가 있으니 돌팔이 의관은 안심이다.

"늦었군."

"시간 맞춰 왔는데요."

별저 입구에서는 바센과 취에가 기다리고 있었다. 바센이 도착하기를 기다리라고 했던 건 리하쿠 대신 호위로 붙여 주기 위해서였던가.

'다른 사람은 아무도 없나?'

마오마오는 주위를 둘러보았다.

"저기, 이게 전부인가요? 같이 씨고구마와 씨감자를 운반할 사람이 있다고 들었는데요."

고구마와 감자와 함께 라한네 형이 따라올 예정이었는데 여기 있는 말은 두 필뿐이다.

"씨고구마와 씨감자를 실은 마차는 어디 있나요?"

마오마오의 질문에 취에가 손을 들었다.

"설명해 드리죠. 씨고구마와 씨감자는 마차로 운반하지만 속도가 너무 느려서 먼저 보냈답니다! 크게 특징 없는 얼굴의 담당자가 그렇게 말하더라고요. 그리고 제가 여기 있는 이유로 말하자면 마오마오 씨와는 이미 친우, 아니 마음의 벗. 모르는 땅에 가서 불안할 것이 걱정돼 취에 씨가 탄원했답니다."

"그러니까 재미있어 보여서 따라왔다는 말이군요."

크게 특징 없는 얼굴의 담당자란 라한네 형을 말하는가 보다. 그러고 보니 취에는 아직 라한네 형과는 면식이 없었다.

마오마오의 물음에 취에는 긍정 대신 줄줄이 엮인 깃발을 꺼냈다.

"바센 님은 왜 농촌 시찰을 가시는 건가요?"

마오마오는 일단 예의상 물어보았다.

"달의 귀인의 명령이다. 똑바로 호위하고 오라 하시더군. 서도에서 라칸 님이 폭주하시기라도 했다가는 곤란해지니까."

"……."

솔직히 리하쿠가 나았지만, 그 말은 도저히 꺼낼 수가 없었다.

바센은 그 아저씨와 마오마오의 관계를 알고 있는 듯한 말투였으나 일단 태도가 달라지진 않았으니 무시해도 좋을 것 같다.

'요즘은 모르는 사람이 오히려 적겠지.'

마오마오는 자신이 인정하기 싫은 일을 주위에서 인지하고 있다는 사실을 느끼고 있었다. 그 괴짜 군사의 행동을 계속 감출 수도 없다.

'하지만 남인걸.'

마오마오가 이 인식을 바꿀 일은 없다.

"달의 귀인의 호위로는 아버님이 계신다. 문제는 없겠지."

바센은 마치 스스로를 타이르듯 말했다. 진시가 최근 자신을 멀리하는 이유에 의문을 품고 있는 모양이었다.

'괜히 욕구 불만에 빠지지 않으면 좋으련만.'

마오마오는 바센의 정신 상태가 걱정스러웠지만 의외로 안정된 것 같기도 했다. 오히려 선보나 다소 어른스럽고 차분해진 듯 보였다.

"우리 시동생, 왠지 한 꺼풀 벗은 것 같은데요~?"

"뭐, 뭐야, 갑자기."

취에가 바센을 쿡쿡 찔렀다. 마오마오와 같은 생각이 든 모양이었다.

아무튼 진시의 호위로는 가오슌이 남아 있다. 진시는 또 진시대로 서도에 적이 있을지도 모르지만, 그리 쉽게 손을 댈 수는 없을 것이다.

'원정 나온 곳에서 암살 소동이라도 일어날 경우, 곤란해지는 건 그 땅의 영주니까.'

교쿠오라는 인물이 어떤 자인지는 몰라도 중요한 손님을 위험에 빠뜨리는 짓은 하지 않을 거라 믿을 수밖에.

"그럼, 바로 출발할까요?"

취에가 활기차게 웃으며 말 등자에 발을 걸쳤다. 하의로는 치마가 아니라 바지를 입고 있었다.

"그러지. 마을이 있는 곳까지는 여기서 10리* 정도다. 네 시간이면 도착하겠지."

"마차를 추월할 것 같은데, 중간에 어디 들렀다 가면 안 되나요?"

취에가 태평하게 물었다.

"…안타깝게도 도성과 다르게 찻집이 별로 없어. 말과 함께 길가의 풀을 뜯어 먹겠다면 말리지는 않겠지만."

취에가 가볍게 말을 던져도 바센은 크게 언성을 높이지 않았다.

※10리 : 약 40킬로미터.

'그래도 형수라서 그런가?'

바센 나름대로 경의를 표하는 방식인 듯했지만, 취에는 사람에 따라 태도가 달라지는 일이 딱히 없다.

"그럼, 마오마오 씨는 어느 쪽에 타시겠어요?"

"글쎄요…."

말은 두 필. 마오마오는 혼자 말을 탈 줄 모르니 어느 쪽이든 뒤에 얹혀 가야 한다. 어느 쪽이든 상관없지만.

"자, 마오마오 씨는 취에 씨 뒤에 타세요. 바센 씨의 안장은 딱딱해서 앉기 불편하답니다. 그와 달리 취에 씨의 안장은 충격 흡수를 중시해서 만든, 무두질이 잘된 가죽이기 때문에 장시간 앉아서 가더라도 안장에 쓸린 상처가 나지 않는 고급품이죠. 자, 어느 쪽을 고르겠어요?"

마오마오는 두말 할 것도 없이 취에를 가리켰다.

"잠깐만. 그런 안장이 왜 있는 거지? 말은 빌린 거잖아?"

"네, 달의 귀인께서 배려해 주셨거든요. 가끔은 일을 잘할 때도 있다니까요."

"이봐, 그게 무슨 무례한 말이야!"

진시를 내려다보며 칭찬하는 말투가 마음에 들지 않았는지 바센이 버럭 화를 냈다. 이럴 때는 평소의 바센이다.

"무례고 뭐고, 달의 귀인께서 바센 씨를 호위로 붙이겠다고 하셨을 때 여성 동행자도 필요하지 않겠느냐고 진언했더니 눈이 번쩍 뜨인 표정을 지으시던데요? 네, 바로 그거예요. 그 누구보다 눈치 빠른 취에 씨가 마오마오 씨를 지원하게 되는 거라고요. 마오마오 씨의 마음은 통나무보다 뻔뻔하지만, 몸은 연약해서 얻어맞으면 죽을 수밖에 없죠. 힘 조절 못하는 바센 씨에게만 맡겨 두면 안 된다는 사실을 깨달은 취에 씨에게, 달의 귀인도 감사하셨다니까요."

'네, 맞으면 죽어요.'

마오마오는 체육계가 아니다. 독에는 강해도 물리적으로 맞는 데에는 약하다.

"그러니 시동생은 어서 감사하고 취에 씨, 또는 형수님이라 부르세요."

"…으윽."

아무리 고민해 봐도 말로는 취에를 이길 수 없는 바센은 고개만 푹 숙이는 수밖에 없다.

승자가 정해지고, 세 사람은 출발했다.

그렇다고 뭐가 달라진 건 없었다.

서도에서 더욱 서쪽으로 가다 보면 아무것도 없는 초원이 쭉 펼쳐진다. 일행은 일단 지면이 어느 정도 드러나 있는, 길 같은 곳을 더듬어 찾아갔다. 도중에 대상隊商으로 보이는 집단과도 스치곤 했다.

유목민 천막도 보였다. 아이들이 염소와 양을 돌보고 있었다.

'저게 지평선이라는 건가?'

아버지 뤄먼이 말한 적 있었다. 세계가 사실은 구球라는 설이 있다고. 그 증거로 땅이 넓게 펼쳐진 곳에서는 지평선이 어렴풋한 곡선을 이룬다고 한다. 실제로 마오마오의 눈에도 그렇게 보였다.

사실인지 아닌지는 알 수 없지만 세계가 구로 되어 있다면 별이 움직이는 이유도 설명할 수가 있다고 한다. 더 귀 기울여 들었으면 좋았을 것을, 마오마오는 거의 잊어버렸다. 지금 생각해 보면 뤄먼이 이국으로 유학을 갔을 때 얻은 지식 중 하나였을 텐데, 너무 아까운 일이다.

초원의 기온은 봄치고 낮은 편이다. 햇볕이 잘 드는 건 좋지만 바람에 체온을 다 빼앗긴다. 공기도 건조하다. 표고도 꽤 높은지, 공기가 다소 희박했다.

"마오마오 씨, 자요."

취에가 걸치라며 외투를 건넸다. 안감이 양 모피로 되어 있어 바람이 통하지 않는다. 예쁜 자수도 있어, 도성에서 입고 다녀도 괜찮을 법한 고급품이었다.

취에가 입고 있는 외투는 마오마오에게 준 것보다는 수수하지만 마찬가지로 따뜻해 보였다. 눈에 띄기 좋아하는 취에치고는 장식이 얌전했다.

바센도 수수하지만 실용적인 외투를 입었다. 고삐를 쥔 손이 곱지 않도록, 웬일로 장갑 달린 갑옷토시 같은 것도 착용했다.
받은 외투를 입고, 또 취에와 밀착한 덕분에 몸은 따뜻했지만 드러난 부위는 태양과 바람에 바로 노출된다.
'언니가 준 연고가 도움이 됐네.'
햇볕이 따갑고 건조한 곳에서는 볕에 탈 염려가 있다. 마오마오는 타지 않도록 연고를 발랐지만 취에는 어떨까. 피부색이 원래 좀 가무스름한 편이긴 해도 피부 자체에 탄력은 있다.
"취에 씨, 햇볕에 타는 걸 막아 주는 연고가 있는데 쓰시겠어요? 건조 방지도 되고요."
마오마오는 일단 물어보았다. 다 떨어지면 서도에 있는 재료로 조제하면 된다.
"와, 정말요? 취에 씨는 원래 까무잡잡해서 좀 타도 별로 눈에 안 띄긴 하지만, 그래도 받을 수 있다면 받고 싶어요."
"그럼, 도중에 쉴 때 드릴게요."
바센은 중간에 들를 만한 장소가 없다고 했지만 말을 쉬게 할 필요는 있다. 먹이는 곳곳에 풀이 잔뜩 나 있으니 상관없으나 기왕이면 물 마실 곳이 가까운 장소가 좋다. 마침 시냇가가 보였다.
"저기서 잠깐 쉬어 가자."
바센이 말을 걸었다.
"네에, 네에~"

"알겠습니다."

도착한 시내는 시내라기보다는 커다란 물웅덩이 같았다. 수심이 얕고 흐름도 거의 없다. 큰비가 내려서 일시적으로 만들어진 시내일까.

주위에는 띄엄띄엄 나무가 있었다. 나무 아래 그림자에 커다란 바위가 있고, 무슨 문양이 새겨져 있다. 중계 지점이라는 표식인 모양이었다.

마오마오는 물가에 있는 나무들을 멀찍이서 바라보았다.

'석류나무인가?'

잎사귀 모양이 석류인 듯했다. 가지에 새라도 앉아서 쉬고 있는지 바스락거리는 소리가 났다.

야생마 여러 마리가 물을 마시고 있었다. 또 새도 보였다.

"뱀이 있을 것 같네요."

"네? 있을까요?"

취에와 둘이서 찾아보았지만 뱀은 없었다. 뱀굴 같은 것을 파 보았더니 쥐가 나왔다. 식량을 가져왔기 때문에 잡아먹지 않고 놓아주었다.

물가에는 키 큰 풀이 나 있었다. 마황이나 감초 등이 생식한다는 사실은 이미 조사해서 알고 있었지만 이 근처에는 없는 모양이었다. 있어도 그리 많은 양을 기대할 수는 없다.

'음… 역시 어려우려나.'

하지만 독특한 냄새가 나는 풀을 찾았다. 풀과 나무의 중간쯤 되는 키의 식물로, 쑥과 비슷했다. 쑥과 비슷한 효능이 있다면 벌레 쫓는 데 쓸 수 있을지도 모른다. 마오마오가 모를 뿐이지 정말 생약일 수도 있으므로 일단 채집했다. 그 외에도 신경 쓰이는 풀을 몇 가지 손에 넣었다.

"마오마오 씨, 밥 준비 다 됐어요~"

취에가 손뼉을 쳤다.

일행은 깔개에 앉아 빵에 고기와 초절임 채소를 끼운 음식을 먹었다.

마오마오는 말을 타고 앉아 있기만 했는데도 땀을 꽤 흘렸는지, 몸이 생각보다 더 수분과 염분을 필요로 했다. 초절임 채소가 무척이나 맛있게 느껴졌다.

바센은 다 먹어 치우자마자 지도를 보며 품에서 지남어指南魚*를 꺼내 물에 띄웠다.

마오마오와 취에는 그 모습을 지켜보았다.

"초원에서도 지도가 도움이 되나요?"

마오마오는 솔직하게 궁금한 것을 물었다.

"없는 것보다는 낫겠지만, 표지로 삼을 만한 게 거의 없긴 해요. 자석과 태양의 위치를 보니 조금 더 북쪽을 향해 이동하는

※지남어(指南魚) : 나침반 대용으로 쓰이던 물고기 모양의 얇은 철조각.

편이 좋을 것 같네요. 가로막는 것이 없으니 집이 보이면 거기가 목적지가 되겠죠."

취에는 까불까불하지만 유능한 사람이다. 지리도 잘 아는 모양이다. 그에 반해 바센은 약간 거북한 듯 시선을 피했다.

"…한 가지 질문이 더 있는데요."

"네에, 네에. 뭔가요, 마오마오 씨?"

"현지 안내인은 없나요?"

솔직히 더 빨리 물어봤어야 할 일이라고 마오마오는 생각했다.

그냥 가까운 농촌에 다녀올 뿐이고, 이곳은 결국 리국 안이니 딱히 안내인 같은 건 필요치 않을 거라고 생각했는데 그런 게 아니었다.

같은 나라 안에서도 멀리 떨어질 경우 안전하다고 확신할 수는 없다. 그 땅에 정통한 현지인이 필요하다.

"…그 말에 대한 답변 말인데요."

취에가 주위를 흘끔 돌아보았다.

바센도 날카로운 눈빛으로 주위를 보고 있었다. 검 자루를 쥐고 있는 모습은 아무리 봐도 임전 태세다.

'불길한 예감이 드는데.'

취에가 마오마오 앞으로 나섰다.

"자, 자. 마오마오 씨는 그대로 움직이지 말아요."

어느 틈엔가 모르는 남자들에게 둘러싸여 있었다. 지저분한 차림새의 남자들은 독특한 억양으로 리국의 언어를 지껄였다. 간단히 말하자면 협박으로, 즉 돈을 내놓으라는 말이었다. 겸사겸사 여자도 놓고 가라고 했다.

누가 봐도 도적이다.

'여자로서 이용 가치가 있나?'

마오마오도 취에도 그렇게까지 용모가 빼어난 편은 아니다. 팔아 봤자 그리 대단한 금액을 쳐 주지는 않을 것이다.

엉뚱한 생각을 하고는 있지만 마오마오의 심장은 사실 쿵쿵 뛰었다. 진정시키기 위해 천천히 숨을 들이마셨다 내쉬었다.

"마오마오 씨, 눈을 감고 있어도 돼요. 무슨 일이 있으면 취에 씨가 유부녀의 색기를 발휘해서 적들을 농락할 테니까요!"

취에는 자신만만하게 납작한 코를 한껏 추켜올렸다.

그렇다고 마오마오는 눈을 감고 싶지는 않았다. 들고 있던 짐 속에서 바늘과 벌레 쫓는 약을 꺼냈다. 대단한 공격을 할 수는 없겠지만 적을 겁먹게 할 수는 있을 듯했다.

하지만 취에의 미인계도, 마오마오의 바늘도 필요 없어 보였다.

뚜둑, 하는 둔탁한 소리가 났다. 마오마오의 옆으로 도적 1이 날아갔다.

퍼억, 하는 불길한 소리가 났다. 도적 2가 팔을 붙잡고 나뒹

굴었다.

빼걱, 하고 부서지는 소리가 났다. 침과 피와 부러진 이를 내뱉으며 도적 3이 땅바닥에 쓰러졌다.

연극 속 칼싸움 장면도 이보다는 길지 않을까 싶었다. 손톱만큼도 봐주지 않았다. 너무 순식간에 벌어진 일이라 제대로 묘사하기도 힘들 정도였다.

바센은 검 자루에 손을 짚고 있었다. 하지만 짚었다고 꼭 검을 빼 든다는 보장은 없다.

'맨손으로 다 때려눕힌 건가….'

마오마오는 완전히 넋이 나가 버렸다. 호흡을 몇 번 가다듬은 후에야 겨우 제정신이 돌아와, 다급히 바센에게 뛰어갔다.

"손을 보여 주세요!"

"그, 그래."

바센이 놀라면서 장갑을 벗고 손을 내밀었다. 그 주먹에 뼈가 부러진 흔적은 없었다. 손목도 멀쩡해 보였다.

바센은 힘도 세지만 통증에도 무감각하다고 들었다. 그래서 망설임 없이 힘을 휘두를 수 있으나 그것은 동시에 늘 부상을 끼고 산다는 이야기도 된다.

'왜지?'

그렇게나 끔찍한 소리가 연이어 났으니 때린 본인의 주먹도 아프지 않을 리가 없다. 하지만 전혀 문제가 없는 데에는 이유가 있었다.

마오마오는 바센이 벗은 장갑을 집어 들었다. 얼핏 보기에는 양털을 굳혀서 만든 물건이니 부드러울 것 같지만, 그 중심은 묵직했다. 금속 조각이 들어 있는 모양이었다.

바센의 괴력과 금속이 든 장갑.

뻗어 있는 도적들이 불쌍해졌다.

그 도적들로 말할 것 같으면 취에가 꼬물꼬물 움직이며 열심히 결박하고 있었다. 셋을 한꺼번에 묶은 뒤 그 위로 발을 걸치고 휴우, 하면서 이마의 땀을 닦는다.

"그 사람들, 이제 어떻게 되는 건가요?"

마오마오가 순수한 의문을 던졌다.

"어떻게 되긴 뭘 어떻게 되겠어요. 끌고 갈 수는 없으니 방치해 둬야죠. 마을에 도착하면 거기다 인계해 달라고 하고요."

취에가 관심 없다는 표정으로 말했다.

"하지만 좀 불안한데."

바센은 미간에 주름을 잡고 팔짱을 꼈다.

"맞아요."

웬일로 바센과 의견이 맞는 일이 다 있다고 마오마오는 생각했다. 방치해 뒀다가 늑대 같은 짐승에게 습격당할지도 모른다.

'그렇게 되면 아무리 도적이라 해도 꿈자리가 사납겠지.'

바센은 도적들에게 다가가 팔을 움켜쥐었다. 그러자 또다시 뻐걱뻐걱 둔탁한 소리가 났다.

'…….'

바센이 말하는 불안이란 도적이 도망칠 수도 있다는 뜻이었던가 보다. 양팔이 사정없이 꺾이는 바람에 실금을 하는 도적도 있었다. 다리가 아니라 팔을 부러뜨린 이유는 연행할 때 제 발로 걷게 하려는 의도일 터였다.

'나는 그래도 순한 편이라니까.'

마오마오는 새삼 그렇게 생각하면서 앞으로 나쁜 짓을 하지 않으면 좋겠다는 마음으로 도적들을 바라보았다.

그 후 마오마오 일행의 여정은 평화롭기 짝이 없었다.

'벌레가 더 많을 줄 알았는데.'

초원이니 어느 정도는 있었다. 하지만 대량 발생이라고 할 정도는 아니고, 가끔 튀어 오르는 게 눈에 띌 정도였다.

'황해라는 건 기우였나?'

서도에서 황해가 발생하지 않았다면 그보다 더 좋은 일은 없다.

다음 휴식 장소에 도착할 무렵, 씨고구마와 씨감자와 함께 앞서 출발했던 라한네 형 일행과 합류했다. 어째서인지 짐마차 끄는 말 위에 집오리가 타고 꽥꽥거리며 지휘를 하고 있었다.

"쟈후, 너도 온 거냐…."

"꽤액!"

집오리는 바센을 보자마자 말 머리 위에서 날개를 퍼덕이며 뛰어내렸다. 집오리의 눈이 반짝반짝 빛나고, 등 뒤로 꽃잎이 흩날리는 착각까지 느껴졌다.

"집에 놔두고 오려고 했는데, 아무리 떼어 놓아도 계속 따라오는 거야."

라한네 형이 변명했다. 애당초 마오마오가 돌봐 달라고 떠맡기고 온 집오리라 세게 나갈 수도 없다.

"굉장히 잘 따르네."

라한네 형의 반응은 느긋하기 그지없었다.

"저 집오리, 머리도 굉장히 좋고 벌레도 잘 잡아먹으니 도움이 될 거다."

"태평하고 좋네요."

마오마오 일행은 도적을 만났는데 말이다.

"왜 그래? 원래도 막 내뱉는 말투이긴 했는데 한층 더 가시가 돋쳤잖아."

라한네 형의 말이 신경 쓰였지만, 일단은 도중에 무슨 일이 있었는지 설명하기로 했다.

"저희는 도적을 만났다고요."

"뭐? 그런 일이 있었어?"

라한네 형은 이야기를 들으며 얼굴이 새파래졌다.

'보통 이런 반응이겠지.'

도적에게 습격당했는데도 아무렇지 않아 보이는 취에를 보고 마오마오는 실감했다. 그런 상황에 익숙하다고나 할까, 예상 범위 내의 일이었다고나 할까, 그런 반응이었다.

선발대는 짐마차 한 대에 라한네 형 외에도 호위 같아 보이는 무관이 두 명, 조수로 보이는 농민 세 명, 그리고 안내 담당 현지인이 두 명 있었다. 추가로 집오리가 한 마리.

마오마오는 어느 역할이 몇 명 있으면 타당한지는 모르지만 안내 담당 두 명은 많다고 느꼈다.

'원래 이쪽에 한 명 올 예정이었던 게 아닐까?'

그러고 보니 안내인이 없다는 사실에 대해 물어볼 기회를 어느 틈엔가 놓쳤다.

두 번째 휴식이 끝나니 농촌까지는 금방이었다. 흐르는 개천을 중심으로 가옥이 늘어서 있고, 주위로 밭과 나무들이 보였다. 취락 주위에는 완만한 산이 있었다. 마오마오가 아는 산과는 다르게 초원이 봉긋하게 솟아오른 느낌으로 오히려 언덕에 가까웠다.

하얗게 점점이 보이는 것은 양인 듯했다. 검은 건 소일 수도 있겠다.

가옥 수로 미루어 볼 때 인구는 많아야 300명 정도이지 않을까 싶었다.

가까이 다가가니 양들이 메에에 울며 맞이해 주었다. 복슬복슬한 양도 있고, 털이 다 깎여 볼품없어진 양도 있었다. 한창 양털을 깎던 중인가 보다.

아이들도 든든한 노동력인지 양의 똥을 주워 바구니에 넣고 있었다.

"뭐지, 저건?"

"양의 똥은 연료가 된다더군요. 또 바닥에 깔면 따뜻하다고 합니다."

바센이 똥 줍는 아이들을 기이하다는 시선으로 쳐다보기에 마오마오가 설명해 주었다. 솔직히 머리에 집오리를 태우고 있는 시점에서 오히려 '뭐지, 저건?' 하는 시선을 받을 사람은 바센인데 말이다.

"똥을?!"

"뭐야, 몰랐나요~? 우리 시동생도 참~"

취에는 바센을 놀려 먹는 것을 잊지 않았다. 놀릴 때는 늘 '시동생'이라고 부르나 보다.

마을은 수로와 벽돌 외벽으로 둘러싸여 있었다. 아까 도적과 조우한 일을 생각하면 가끔 마을에도 쳐들어오는 모양이었다.

마을 입구에서 바센이 이야기를 나누고 있었다. 이미 전령이 와 있었는지 쉽게 들여보내 주었다. 집오리가 머리에서 뛰어내려 바센의 뒤를 따라 걸었다.

촌장인지, 높은 사람 같아 보이는 인물이 마중을 나왔다.

"아~ 잠깐 죄송한데요~"

바센이 입을 열기도 전에 취에가 나서서 소곤소곤 말을 걸었다. 촌장으로 보이는 사람의 눈이 번득였다.

안내인 두 명 중 한 명이 불려 세워졌다. 어째서인지 취에는 히죽히죽 웃고, 안내인의 안색은 점점 나빠졌다.

불온한 분위기가 주위에도 퍼졌다. 취에의 뒤에는 선발대의 호위 무관이 서 있었다. 취에는 생글거렸고, 안내인도 차분하기는 했지만 아무리 봐도 연행되어 갈 듯했다.

'그랬구나~'

마오마오는 팔짱을 끼고 안내인이 어디로 끌려가는지 확인했다.

"이봐, 저거 지금 뭘 하는 거야?"

딴죽 걸기 담당, 아니 라한네 형이 마오마오에게 물었다.

"아마 값을 깎는 교섭을 하고 싶은가 봐요. 안전한 길을 물어봤는데 도적이 나왔으니까요."

"아~ 하지만 그건 그냥 트집 아냐?"

"트집일지도 모르지만, 무조건 안전할 거라면서 특별히 가르쳐 준 길이라 할증 요금까지 낸 모양이거든요."

"뭐라고? 하지만 길이라고 해 봤자 초원밖에 없던데, 속는 놈도 속는 놈이잖아!"

맞는 말이다. 물론 마오마오가 멋대로 그렇게 말하고 있을 뿐 사실은 그냥 지어낸 말이다. 라한네 형에게 도적과 관련된 화제는 상당히 자극적이다. 이렇게 다른 이야기로 얼버무리는 게 낫다.

그러저러한 이야기를 나누다 보니 바센이 촌장과 함께 걸어왔다. 뒤에는 집오리. 꼭 강아지 같다.

"촌장이 숙박할 곳을 안내해 주겠다는군."

돌아온 바센이 말했다.

"알겠습니다."

"잘 부탁드립니다."

라한네 형은 바센에게 공손히 말했다. 원래는 좋은 집안 장남이니 예의는 알고 있으리라. 라한이 가족을 배반하지 않았다면 무관 정도까지는 올라갈 수 있었을 텐데.

"알았다. 그런데…."

바센이 라한네 형을 돌아보았다.

"뭐라고 불러야 하지?"

바센은 라한네 형의 이름을 모르는 모양이었다.

"오!"

라한네 형의 얼굴이 기대로 차올랐다. 기다렸다는 듯 눈도 반짝반짝 빛났다.

"라한네 형이라고 부르면 될 것 같습니다."

마오마오가 잽싸게 대답했다.

"이봐!"

라한네 형이 손등으로 마오마오의 어깨를 철썩 쳤다.

"알겠다. 라한네 형이라고 부르면 되겠지. 기억하기 쉬워서 좋군."

"잠깐, 거기!"

라한네 형은 예의도 잊어버리고 바센에게 소리를 질렀다.

"네, 말 그대로 라한의 형입니다. 라한에 대해서는 알고 계시겠지만 그자만큼 기묘한 성격도 아니고, 평범한 사람이니 해가 되진 않습니다. 농사꾼으로서는 전문가이니 맡겨 두시면 됩니다."

"뭐가 평범하다는 거야! 누가 농사꾼이야!"

농사꾼이 아니라면 대체 뭘까. 그렇게 광대한 고구마밭 일을 돕고 있다는 사실에 조금 더 자긍심을 가져도 좋을 텐데.

"알겠다. 라칸 님의 혈육이라면 정중히 모셔야겠군."

바센이 마오마오 쪽을 흘끔 쳐다보았으나 신경 쓰지 않기로 했다. 바센의 안에서 마오마오는 논외로 분류된 모양이었다.

'그런 부분에서는 호감이 간다니까.'

마오마오를 대하는 바센의 태도는 거리낌이 없지만, 덕분에 편하다.

"저어…."

아까 그 촌장 같은 사람이 조심스럽게 말을 걸었다. 역시 촌장이었던가 보다.

"안내해 드려도 될까요?"

"음, 미안하군. 부탁하네."

촌장이 안심한 표정으로 일행을 마을 중앙에 있는 광장으로 안내했다.

"그럼, 이곳을 사용해 주십시오."

유목민들이 쓸 법한 이동식 천막이었다.

"수년 전 마을에 정착한 사람이 원래 쓰던 천막입니다만, 아직까지 충분히 쓸 만하고 안을 따뜻하게 데워 놓았습니다. 여성분은 그 옆의 작은 천막을 이용해 주십시오."

안을 들여다보니 정말로 따뜻했다. 그물처럼 짠 골조에 양모천을 씌운 천막이었다. 바닥에는 융단이 깔려 있고, 중앙에는 난로가 만들어져 있었다. 창이 없으니 공기가 탁해질 것 같지만 난로 위에 원통형 기둥이 있고 그곳을 통해 연기를 내보내는 모양이었다. 난로 옆에 쌓여 있는 갈색 덩어리는 아까 아이들이 주워 모으던 양의 똥인 듯했다.

융단에는 정성스럽게 문양이 수놓아져 있었다. 농촌 나름대로 손님에게 신경 써 주었다는 사실을 알 수 있었다.

"마침 접어서 넣어 두기 전이라 다행입니다."

촌장이 중얼거렸다.

"접어서 넣어 두기 전이라고요?"

마오마오가 물었다.

"바로 얼마 전에 손님이 다녀갔거든요."

"혹시 리쿠손이라는 사람 아니었나요?"

"아, 네. 아는 분이십니까?"

역시, 하고 마오마오는 고개를 끄덕였다.

리쿠손은 대체 뭘 하러 왔을까. 결국 그 후로 리쿠손을 만나지 못했기에 확인도 못 했다.

"오늘은 이미 늦었으니 식사를 하고 쉬도록 해야겠군. 천막 앞에 호위를 세워 둘 테니, 문제없겠지?"

바센이 마오마오에게 확인했다.

"네, 문제없습니다."

마오마오는 자신의 짐을 들고 작은 천막으로 이동했다. 신발을 벗고 올라서니 푹신푹신한 촉감이 느껴졌다. 융단 밑에 양모 천이 몇 겹씩 깔려 있었다. 마오마오는 걸치고 있던 외투를 벗어서 벽의 튀어나온 부분에 걸었다. 그리고 융단에 큰대자로 드러누웠다.

'아차, 이러면 안 되지.'

천막 안은 따뜻하고 융단은 부드럽다. 무심코 꾸벅꾸벅 졸뻔하던 마오마오는 자신의 뺨을 철썩 때렸다.

마오마오가 벌떡 일어나자 때마침 취에가 들어왔다.

"마오마오 씨, 편안해 보이네요. 취에 씨도 늘어져서 게으름 좀 피울게요."

취에는 벌렁 누워서 눈을 가늘게 떴다. 그러고는 나른하기 짝이 없는 표정을 지었다.

"취에 씨, 자기 전에 좀 물어봐도 될까요?"

마오마오는 오늘 하루 궁금했던 점을 머릿속에서 정리했다. 그러면서 이유는 모르겠지만 무릎을 꿇고 앉았다. 취에도 무릎을 꿇고 앉아 서로 마주 보았다.

"네에, 네에. 뭔가요, 마오마오 씨?"

취에는 평소와 다를 바가 없었다.

"취에 씨 말이에요, 혹시 도적을 부추겨서 일부러 습격하게 한 것 아닌가요?"

마오마오의 물음에도 취에의 표정은 전혀 바뀌지 않았다.

"그게 무슨 말인가요, 마오마오 씨?"

취에가 고개를 갸웃했다.

"질문이 잘못됐네요. 바꿔 말하면, 도적이 올 것을 미리 예상하고 실제 피해를 줄이기 위해 후발대인 우리를 미끼로 삼았던 거죠."

취에의 표정은 여전히 변함없었다.

"무슨 근거로 그렇게 생각했나요?"

마오마오를 곤란하게 하기 위해 자꾸 묻는 게 아니었다. 그저 대답을 듣는 게 즐거운 듯했다.

"네, 우선 첫 번째. 왜 선발대와 후발대로 갈라졌는가. 저를 배려해서 가능한 한 이동 시간을 줄여야겠다고 생각했을 수도 있겠죠. 지, 아니, 달의 귀인이 앉기 편한 안장을 마련해 주셨다는 점에서도 알 수 있는 일이에요. 하지만 갈라져서 이동한다 해도 선발대에 안내인이 둘이나 있는데 그중 한 명이 우리와 동행하지 않았다는 건 부자연스럽다는 생각이 들었어요."

"호오, 호오."

취에는 지도 보는 재주가 뛰어난 듯하지만 처음 가는 지역이라면 당연히 안내인이 있는 편이 훨씬 낫다. 그러니 일부러 데려가지 않았다고 생각할 수 있었다.

"두 번째, 이 외투예요."

마오마오는 벽에 걸려 있는 외투를 가리켰다.

"그 외투, 마음에 안 들었어요?"

"너무 따뜻해서 정말 잘 입었어요. 하지만 한 가지 마음에 걸렸던 게, 옷이 화려하고 아름답다는 점이었죠."

"화려하고 아름답다뇨?"

마오마오는 취에가 입고 있는 외투를 바라보았다.

"취에 씨는 요란한 걸 좋아하니까, 외투가 두 벌 있으면 요란한 쪽을 자기 몫으로 고를 거라 생각했어요. 하지만 취에 씨가 고른 건 비교적 수수한 옷이었죠."

"그건 그렇지만, 취에 씨한테도 최소한의 분별력이란 건 있습니다요."

취에의 말투는 농담조였다.

"네, 취에 씨가 더 좋은 옷을 제게 건네기에 달의 귀인께 받은 옷이라고 생각했어요. 편안하게 앉아서 갈 수 있는 안장 이야기도 했으니 전 당연히 달의 귀인이 주신 외투인 줄로만 알았죠. 하지만 아니었던 거예요."

마오마오가 건네받은 옷은 촉감이 좋은 외투였다. 섬세한 그 자수는 멀리서 봐도 비싼 물건이라는 사실을 알 수 있었다.

"이렇게 좋은 옷을 입고 있으니 도적에게는 마침 좋은 봉이 지나간다고 선전하는 것이나 마찬가지죠. 취에 씨가 비교적 수수한 외투를 입은 이유는 봉의 시녀쯤 되는 역할이라고 보여 주기 위해서였고요."

"후후후, 원래 취에 씨의 역할은 마오마오 씨의 시녀나 마찬가지인걸요. 그럼, 마오마오 씨의 말은 제가 마오마오 씨를 습격당하게 만들기 위해 일부러 좋은 외투를 입히고, 선발대와 후발대를 갈랐다는 건가요?"

"저를 노렸다기보다는 표적을 하나로 좁혀 줬다고 봐야겠죠."

취에가 눈을 깜빡거렸다.

"농촌으로 향하는 짐마차 부대를 한꺼번에 노리려면 대인원이 필요해요. 무관이 있으니 이쪽의 전투력은 늘어나지만, 도적에 익숙지 않은 사람도 있을 거예요. 괜히 겁을 줬다가 앞으로의 일에 지장이 생길지도 모르고, 인질을 잡힐 가능성도 적지 않죠."

평범하게 생긴 라한네 형은 건강해 보이긴 하지만 싸움에 익숙한 것 같지는 않다. 남들만큼 겁도 먹을 거라고 마오마오는 생각했다.

"만약 선발대와 후발대 둘로 갈라지는데, 인원이 적은 쪽에 돈이 될 만한 인간이 있다고 생각하면 도적은 그쪽을 노리겠죠. 여자 둘에 남자 하나. 바센 님은 솔직히 실력은 괴물급이지만 생김새는 동안인 데다 무관치고는 그리 체구가 큰 편도 아니잖아요. 그리고 '여자는 두고 가'라고 말했던 건 팔기 위해서가 아니라 몸값을 받아 낼 목적이었겠죠?"

설마 도적도 막상 맞붙어 보니 사람 가죽을 쓴 곰이 있으리라고는 상상도 못 했을 것이다. 바센은 사자를 죽인 남자다.

"하지만 마오마오 씨, 만약 마오마오 씨의 가설이 옳다고 할 경우 취에 씨는 어떻게 도적을 꾀어 낸 걸까요? 아무리 마오마오 씨가 좋은 옷을 입고 있다고 해도 그렇게 숨어서 기다렸던 것처럼 딱 맞춰 나타날 수가 있었을까요?"

"그래서였겠죠. 아까 안내인 한 사람과 이야기를 나눴던 게.

세 번째, 취에 씨는 마을에 도착하자 안내인 중 한 명과 대화를 했어요. 처음부터 안내인이 수상하다고 싶고 있었던 게 아닐까 싶네요."

마오마오는 얼굴이 새파래졌던 안내인을 떠올렸다.

"선발대가 떠나기 전 취에 씨는 안내인 두 사람에게 각각 다른 이야기를 한 게 아닌가요? 후발대가 어떤 물가에서 물을 마실지. 지도를 보여 주고 어디서 휴식을 취하면 좋을지 확인하는 척하면서 상대에게 휴식할 지점을 알려 줄 수가 있었을 거예요."

안내인이 어떤 연락 수단을 취했는지는 모르지만, 도적에게 정보를 흘릴 방법은 얼마든지 있었으리라.

'마치 바이냥냥의 비둘기처럼.'

"애당초 안내인으로 도적과 연결고리가 있을 법한 수상한 사람이 고용됐겠죠. 취에 씨는 각각 다른 휴식 지점을 두 사람에게 알려 주고, 어디서 습격당하는지를 확인했을 겁니다. 어느 안내인이 범인인지를 확실히 하기 위해서가 아니었던가요? 물론 둘 다 범인일 가능성도 있지만요."

취에는 항복했다는 듯 두 손을 들었다.

"한 사람한테만 그랬어요. 다른 한 명은 신분이 확실한 사람이라서."

"달의 귀인의 명령이었나요?"

전에 마오마오는 진시에게 자신을 도구로 사용해 달라고 말한 적이 있었다. 그러니 이런 사용 방법을 예상 못 했던 건 아니다. 하지만 진시답지 않다는 생각이 들었다.

"아니에요. 외투를 준비한 건 나니까."

"그랬군요."

그렇다면 아닐지도 모른다. 취에는 진시와는 다른 명령 체계로 움직이는 게 아닐까.

"마오마오 씨가 너무 똑똑해서 취에 씨는 참 난감하네요."

"취에 씨가 무슨 생각을 하는지 모르니 저도 난감한데요."

서로 한숨을 내쉬었다.

"마오마오 씨, 부탁이 두 가지 있어요."

"뭔가요?"

"취에 씨는 명랑하고 즐거운 취에 씨니까, 취에 씨로서 평소와 다름없이 취에 씨 취급을 해 주세요."

취에는 스르륵스르륵 깃발을 꺼냈다.

"…무슨 뜻인지는 모르겠지만 알겠습니다."

마오마오는 깃발을 받아 들고 어떻게 해야 하나 생각하며 손끝으로 잡고 늘어뜨렸다.

"마오마오 씨. 취에 씨의 또 한 가지 부탁. 질문해도 괜찮을까요?"

"뭔가요?"

"화려하고 고급스러운 외투가 달의 귀인이 보낸 선물이 아닐 거라는 생각은 어떻게 했나요?"

취에는 순수한 의문을 품은 모양이었다.

"그분이 제게 보낸 물건이라면 입기는 편해도 장식은 덜한, 실용적인 옷일 거라고 생각했거든요."

"그랬나요?"

"점점 그렇게 되어 가고 있더라고요."

이전에 비해 마오마오의 취향을 더 잘 파악하게 된 진시였다.

취에는 눈을 가늘게 뜨며 천막 입구를 돌아보았다.

"잠시 죄송합니다."

천막 밖에서 여성의 목소리가 들렸다.

"네, 들어오세요."

마오마오가 말하자 입구에 걸린 양모 천이 들춰졌다.

"실례합니다."

중년의 여성이 안을 들여다보고 있었다. 손에는 고삐가 쥐어져 있다.

"말씀하신 대로 염소를 세 마리 정도 준비했는데, 어떻게 할까요?"

"네에, 네에. 고마워요. 자, 값은 여기."

취에는 여성에게 금을 쥐여 주었다. 아무래도 천막에 들어오기 전에 부탁해 놓은 모양이었다.

‘염소를 가지고 돌아갈 수가 있나?’

먹을 거라면 잡아서 고기로 만들어 놓은 것을 사는 편이 저렴할 테고, 굳이 세 마리나 필요도 없는데 말이다. 집오리까지 모여서 아주 시끌벅적해졌다.

취에는 염소의 고삐를 쥔 채 짐을 뒤져 묵직해 보이는 주머니를 꺼냈다.

“뭐죠, 그게?”

“소금이에요~ 이 근방에는 바다도 없고 암염도 나지 않으니 소금이 귀중하거든요. 염소들은 소금을 참 좋아하죠.”

“그걸로 뭘 할 생각인데요?”

마오마오는 도무지 의도를 읽을 수가 없었다.

취에가 히죽 웃었다.

“교섭할 거예요, 염소와 소금을 가지고. 취에 씨는 평화주의자이기 때문에 가능한 한 온건한 방법으로. 졸리지만 일 좀 하고 올게요. 마오마오 씨는 지친 몸을 쉬고 계세요.”

취에는 마오마오 쪽으로 등을 휙 돌리고, 염소들을 끌고서 밖으로 나가 버렸다.

7 화 ⁝ 농촌 시찰 후편

라한네 형이 흙을 가만히 내려다보고 있었다. 그러더니 손을 뻗어 감촉을 확인하고, 가끔 입에 넣었다가 뱉기도 했다.

"어떠세요?"

마오마오가 옆에서 라한네 형의 얼굴을 훔쳐보았다. 농가의 아침은 일찍부터 시작된다. 해가 겨우 뜨기 시작한 시간이었지만 라한네 형은 이미 일어나 있었다. 마오마오는 너무 지친 바람에 제대로 잠을 이루지 못하다가 일찍 일어난 농민이 내는 소리를 듣고 나왔다.

장소는 어제 도착한 농촌의 밭. 허가는 이미 어제 촌장에게 받았으므로 라한네 형은 마음대로 흙을 관찰하고 있었다.

밭에는 보리 싹이 나 있었다. 양이나 염소가 뜯어 먹지 않을까 걱정이 되었지만 방목될 때 외에는 울타리 안에 가둬 놓으니 괜찮을 것 같기도 했다.

"흙은 나쁘지 않아. 물도 잘 빠지고. 오히려 흙이 좀 덜 비옥했으면 할 정돈데."

"영양분이 없는 게 낫다고요~?"

취에가 고개를 불쑥 내밀었다.

'어제 늦게 자던 것 같았는데.'

한밤중이 다 되어서야 천막에 돌아온 취에였다. 교섭인지 뭔지가 길어져서 그랬는지 몰라도 본인은 활기가 넘친다.

어떤 교섭을 했는지 마오마오는 물어보지 않는 편이 나을 듯했다. 취에도 평소와 다름없이 대해 달라고 했으니 그냥 입 다물기로 했다.

라한네 형은 자리에서 일어나 밭 전체를 둘러보았다.

"고구마와 감자는 다른 채소들과 달라서 땅이 척박할 때 더 잘 자라지. 고구마는 영양이 지나치면 잎사귀만 무성해져서 고구마 자체가 잘 크지 못해. 마령서는 병에 걸리기 쉬워지고."

"그랬군요~ 그런데 아침에 빵만 먹는 건 좀 부족하니까 죽도 추가할게요."

"아, 그래 주면 고맙…."

취에가 고구마 껍질을 깎고 있었다.

"뭘 깎고 있는 거야!"

라한네 형이 전광석화 같은 움직임으로 고구마를 빼앗았다. 취에가 "와~아~" 하면서 빙글빙글 돌았다.

"이건 씨! 고! 구! 마! 씨고구마라고! 먹! 지! 마!"

"하지만 여긴 보리밖에 없잖아요. 가져온 쌀도 얼마 안 되니 고구마를 넣는 게 좋을 것 같은데요."

"고구마죽, 맛있겠네요."

마오마오도 슬슬 출출해졌다. 아침엔 빵보다 소화 잘되는 죽이 더 좋다.

"이건 심는 거! 먹으면 안 돼!"

라한네 형은 마치 어린애를 꾸중하는 듯한 말투로 야단을 쳤다. 왠지 곱슬머리 안경과 말투가 비슷한 건 형제이기 때문일까. 근처에서 자고 있던 양들이 시끄럽다는 듯 "메에~" 하고 울었다.

"아… 이건 이제 씨고구마로 못 쓰겠네…."

껍질을 깎은 고구마를 보고 라한네 형이 한탄했다.

"그럼, 아침으로 먹죠."

"…할 수 없지."

"부족하니까 세 개쯤 더 추가해서."

"안 돼! 안 된다고!"

라한네 형이 재빨리 취에를 막았다. 마오마오는 주먹을 불끈 쥐며, 평범한 이 사람이 활약할 수 있는 장소가 있었다는 걸 실감했다. 누군가에게 딴죽을 걸 때 라한네 형은 비로소 생기가 넘친다.

"아침은 그렇다 치고, 그래서 결과적으로 재배할 수 있을 것 같나요?"

마오마오 입장에서는 두 사람의 만담 공방을 계속 보고 싶기도 했지만, 이야기를 진행시켜야 한다. 그 질문에 라한네 형은 팔짱을 꼈다.

"여기도 자북주랑 비슷하단 말이지. 자북주만큼 북쪽은 아니지만 기후를 고려하면 고구마보다는 마령서가 낫겠어. 이 부근은 화앙주보다 추우니까."

"…하긴, 이곳은 좀 추운 것 같네요. 서도는 여기보단 따뜻했는데."

'귀가 살짝 시렵네.'

마오마오는 코를 틀어쥐고 힘을 주어 귀로 공기를 내보냈다.

"이곳은 표고가 서도보다 상당히 높다고 하더라고."

"그런 것 같아요."

"그런가요?"

취에가 품에서 지도를 꺼냈다.

"취에 씨는 지도 보는 건 특기지만 높이 같은 건 안 쓰여 있거든요. 어쩐지 공기가 희박한 느낌이더라니."

"난 아버지에게 이런저런 이야기를 들어서 알고 있거든."

평범한 사람이 흐흥, 하고 당당하게 가슴을 폈다.

"서도는 사막에 가까워서 낮 기온이 높잖아요. 그런데 이쪽은 낮에도 썰렁하네요."

마오마오는 같은 술서주 안에서도 상당히 기후가 다르다는 사실을 새삼 실감했다.

"역시 잘 안 자랄까요?"

"글쎄. 사실 고구마를 키운다면 봄에서 초여름에 걸친 화앙주의 기온이 제일 좋지. 이쪽은 사막이든 고원이든 적절한 온도라고 할 수가 없어. 시험 삼아 키워 볼 가치는 있을지도 모르지만, 그냥 마령서를 키우는 게 무난할 것 같은데…."

라한네 형의 표정은 석연치 않았다. 뭔가 납득이 안 간다는 표정을 지으며 성큼성큼 밭 가운데로 들어가, 보리를 밟기 시작했다. 심은 시기가 늦었는지 아직 풀 같아 보였다.

"무슨 짓이에요? 그러다 야단맞아요~"

라고 말하면서도 취에는 그냥 방관하고 있었다.

"야단치고 싶은 건 오히려 나야! 보리가 분얼分蘖*이 하나도 안 됐잖아. 보리밟기를 한 번도 안 해 준 거 아냐?"

"보리밟기?"

마오마오는 고개를 갸웃거리며 게처럼 옆으로 걸어가는 라한네 형을 쳐다보았다.

"보리는 이렇게 밟아서 분얼을 촉진시켜 줘야 해. 그러면 뿌

※분얼(分蘖) : 화본과 식물 줄기의 밑동에 있는 마디에서 곁눈이 발육하여 줄기, 잎을 형성하는 일.

리도 잘 뻗고, 쓰러지지도 않는다고. 그런데 이 밭은 그런 흔적이 없어! 아니, 다른 밭도 다 그래! 분얼하면 이삭을 많이 맺는데! 수확량도 늘어나는데, 저 초라한 밭은 다 뭐야!"

"역시 농민이군요."

"누가 농민이야!"

'당신 말고 누가 또 있겠어요?'

라한네 형은 우스꽝스럽게 게걸음을 걸으며 보리를 계속 밟았다. 본인의 의향과는 상관없이 완전히 농민 기질이 몸에 배어든 사람이다. 취에는 재미있어하며 라한네 형을 따라 보리를 밟기 시작했다. 이렇게 된 이상 마오마오도 합세하지 않으면 끝나지 않을 듯했다.

셋이서 게걸음을 걷고 있으니 잠에서 깬 마을 사람들이 모여들어, 손님들의 기행을 멀찍이서 구경하기 시작했다.

"너희 대체 뭐 하는 거야…."

구경꾼들 속에는 얼굴을 찌푸린 바센도 있었다. 어처구니가 없다는 눈으로 쳐다보고 있지만, 어깨에 집오리를 얹은 남자에게서 그런 소리를 듣고 싶지는 않다고 마오마오는 생각했다.

"여기 농사는 농사라고 할 수가 없어!"

융단에 앉은 라한네 형이 발언했다.

"식사 중이니까 조금만 조용히 해 주세요~"

취에가 다람쥐처럼 빵을 베어 물었다.

천막으로 돌아온 마오마오 일행은 일단 아침 식사를 하기로 했다.

납작하게 구운 빵 위에 양 꼬치구이와 만두가 담겨 있었다. 난로 위에는 냄비가 놓여 있고, 양고기와 밀면이 들어 있는 탕이 끓고 있었다. 음료는 차라고 하기엔 너무 연한 색이었으며 물 대신 염소젖이 들어가 있어, 마오마오가 아는 차와는 달랐다.

'유제품과 가축의 고기가 중심이고, 채소는 별로 없네.'

이곳이 농촌이 아니라면 곡류도 더 적었으리라.

식사는 큰 천막 안에 모두 모여서 했다. 취에의 죽은 채 완성이 되지 않았기 때문에 저녁때 먹기로 했다. 참고로 이미 껍질을 다 깎은 고구마는 얇게 썰어서 난로에 구웠다.

바센이 난로 앞에 앉아 있었으므로 취에와 마오마오, 라한네 형도 따뜻한 장소를 찾아서 앉았다. 호위 무관을 비롯해 같이 온 다른 사람들은 그 주위로 빙 둘러 앉았다.

뜨거운 탕은 약간 싱거웠기 때문에 취에에게 소금을 받아서 한 꼬집 넣었다. 꼬치구이는 도성 노점에서 파는 것보다 훨씬 맛있었다.

그릇 대용 빵은 딱딱하기 때문에 조금씩 찢어서 탕에 찍어 먹었다. 가열한 건락*을 얹어 먹으니 맛이 좋았다.

채소는 탕과 만두 속에 체면치레 정도로만 들어 있을 뿐이었기에 양이 부족했다.

“그러니까 왜 제대로 키우질 않는 거냐고. 그렇게 튼튼이 보리를 밟아 주면 나중에 수확량이 얼마나 늘어나는지 알아?”

“네, 그렇겠네요. 그 건락 안 드실 거면 주세요.”

“인마! 맘대로 갖다 먹지 마!”

취에가 재빠른 동작으로 라한네 형에게서 건락을 빼앗아 갔다.

‘굳이 그럴 필요도 없는데.’

건락이라면 잔뜩 남아 있는데, 취에는 그냥 놀리려고 그러는 모양이었다.

마오마오 일행은 식사를 하면서 방금 전 밭에서 했던 일에 대해 이야기를 나누었다.

“이번에 여기 온 목적이 시찰이라고 들었는데. 그래서 뭘 어떻게 할 생각인가, 라한네 형?”

바센의 머릿속에서는 이미 라한네 형이라는 이름이 정착되어 있었다. 평소였다면 그래도 더 진지하게 이름을 물었을 텐데, 무슨 초법칙적 장치 같은 힘의 지배하에 놓인 모양이었다.

“아니, 그러니까 내 이름은….”

※건락 : 치즈.

"씨고구마를 가져왔으니 어느 정도는 심을 생각이었던 거죠?"

마오마오가 잽싸게 끼어들었다.

"그야 괜찮은 자리가 있으면 심어야지. 라한도 그러라고 했고. 부탁을 받은 이상, 아무리 못난 동생의 말이라도 들어줘야 하지 않겠어?"

'글러 먹은 피붙이를 둔 사람치고는 멀쩡한 말을 하네.'

하지만 라한네 형에게서는 자꾸만 놀려 먹고 싶게 만드는 분위기가 풍겼다.

"보리밭 얘기는 들었는데, 그래서 무슨 문제라도 있는 건가?"

"엄청난 문제야. 여기 녀석들, 밭을 제대로 일굴 생각이 있긴 한 거야?"

라한네 형은 목을 축이려는 듯 탕을 들이켰다.

"나는 문외한이라 잘 모르겠는데, 그 보리밟기인지 뭔지를 안 한 게 그렇게 심각한 일인가?"

바센의 의견에는 마오마오도 찬성이었다. 보리밟기란 확실히 보다 질 좋은 보리를 수확하기 위해 하는 일이지만, 그걸 안 한다고 보리가 아예 안 자라는 건 아니다. 다른 일이 바쁘면 생략할 수도 있는 작업이리라. 무엇보다 술서주의 농업에서 주된 분야는 목축이다.

"보리밟기 말고도 그래. 키우는 방식이 여기저기 다 달라. 직파법을 써 왔다는 건 알겠는데 그럼 균등하게 씨를 뿌려야 할 거 아냐? 너무 늦게 심은 데도 있어. 비료도 골고루 뿌려 주지 않으면 흙 색깔이 얼룩덜룩해져."

"까다롭네요. 고구마 드실래요?"

"이건 까다로운 게 아니야! 그리고 고구마는 질렸어!"

마오마오는 취에에게서 군고구마를 받아서 먹었다. 그냥 먹어도 달고 맛있지만, 거기에 유락*을 약간 바르면 더 부드럽고 맛있어진다. 취에도 입에 맞는지 슬그머니 고구마를 세 개나 통으로 썰어서 굽고 있었다.

라한네 형이 하고 싶은 말이 뭔지는 알겠지만, 마오마오에게도 반론할 말이 있다.

"지방에 따라 농작업 방식이 다른 게 아닐까요? 원래 축산을 주류로 하는 곳에서 곡물은 크게 필요하지 않을 테니까요. 필요하지 않으면 기술 면에서는 발전이 없잖아요."

"그건 그래. 내 말은, 그래도 이건 너무 무성의하다는 거야. 저래서는 큰 수확을 기대할 수도 없어. 여기 사람들은 기술도 없으면서 농사를 대충 짓기까지 해."

"달리 수입이 있으면 문제없을 텐데. 그렇게까지 신경 쓸 일인가?"

바센도 염소젖차를 마시며 반박했다.

※유락 : 버터.

"그 러 니 까~"

"다른 곳에서 수입을 충분히 얻을 수 있는데도, 왜 굳이 무성의하게 농사를 짓느냐 이 말인가요?"

마오마오는 라한네 형이 하고 싶은 말이 무엇인지 알 것 같은 기분이 들었다.

"그, 그거야."

라한네 형이 겨우 이해했느냐는 얼굴로 약간 안도의 빛을 띠었다.

"난 무슨 말인지 모르겠는데."

"잘 모르겠어요. 취에 씨도 이해할 수 있도록 더 쉽게 설명해 주세요."

바센과 취에가 각자 설명을 요구했다.

"방목으로 먹고살 수 있다면 계속 방목을 하면서 이동하면 되잖아요. 굳이 눌러앉아서 밭을 일구게 되면 가축을 키우기가 그만큼 어려워지니까요. 즉, 방목보다 정착이 더 유리했다고 봐야겠죠."

"건강을 해칠 수도 있으니까 말이지. 이동하면서 살다 보면."

"네. 이 천막의 주인에게도 해당되는 말이지만, 유목민에서 농민이 되는 건 드물지 않은 일인가 봐요. 무슨 피할 수 없는 곡절이 있어서 농민이 되었는지, 아니면 농민이 되는 게 더 이점이 많았는지 모르지만 만약 후자라면 수확량을 늘려야겠다고 생각하지 않을까요?"

마오마오의 설명을 듣고 라한네 형은 "맞아, 맞아." 하고 고개를 끄덕였고, 다른 두 사람은 멍한 표정을 지었다.

"설명하기가 힘든데, 이해하시겠어요?"

"뭐랄까, 이상하다는 건 알겠는데…."

"말로 표현하기가 힘드네요."

마오마오는 끙끙거리며 다 식은 고구마를 집어 먹었다. 이곳에 간식은 전혀 없기 때문에 고구마의 단맛이 훨씬 강렬하게 느껴졌다.

"……."

문득 마오마오는 천막 입구를 바라보았다. 아이 둘 정도가 손님에게 흥미가 있는지 안을 들여다보고 있었다. 아직 열 살 전후의 소년소녀인 걸 보니 아마 남매인 모양이었다.

"먹을래?"

아이들은 조금 동요하면서도 처음 보는 고구마로 손을 뻗었다. 그리고 한 입 먹어 보더니 말 그대로 눈을 휘둥그렇게 떴다.

"하나 더… 먹어도 돼?"

남매가 눈을 똥글똥글 굴리며 마오마오를 쳐다보았다.

"먹어도 되는데, 질문 좀 해도 될까?"

기왕 생긴 기회이니 정보 수집이나 해 두기로 했다.

아침 식사가 끝난 뒤 일행은 남매와 함께 마을을 돌아보았다.

“너희 가족은 밭을 제대로 일구고 있니? 대충 하는 것 아니야?”

취에가 거리낌 없이 물었다.

“밭을 대충?”

“대충?”

남매 둘이 서로 얼굴을 마주 보았다.

“취에 씨, 아이들은 알아듣기 힘들지 않을까요?”

“그런가요, 마오마오 씨?”

취에는 군고구마를 아이들에게 더 나누어 주었다.

“…대충인지 아닌지는 모르겠지만, 밭을 만들면 돈을 받을 수 있대.”

“돈을 받을 수 있다고? 보리를 팔아서?”

남매 중 오빠 쪽이 고개를 가로저었다.

“저기, 그게 아니고, 키우지 않아도 받을 수 있으니까 편하다고….”

“이 녀석들! 손님한테 가까이 가면 안 돼!”

마을 어른 한 명이 말을 거는 바람에 남매는 놀라서 도망쳤다. 고구마는 야무지게 든 채로.

“앗, 잠깐.”

마오마오가 불러 세웠지만 이미 늦었다. 두 남매는 어디론가 사라져 버렸다.

'키우지 않아도 돈을 받을 수가 있다고?'

뭔가 이상한 이야기였다. 만약 사실이라면 보리를 가꿀 필요도 없을 텐데.

"죄송합니다, 아이들이 무슨 실수라도 하진 않았나요?"

"아뇨, 전혀."

그래도 마을 사람은 미안한 듯 마오마오 일행에게 사과했다. 그럴 거면 말이나 걸지 말지. 이야기를 물어볼 아이들은 이미 가고 없는데.

아이들이 말했던 '돈을 받을 수 있다'는 말이 무슨 의미인지 확실히 알고 싶었다.

'뭔가를 감추고 있는 것 같지는 않은데.'

마오마오는 고개를 갸웃거리며 계속해서 마을을 산책했다. 보아하니 평화롭고 아무것도 없는 마을이었다. 상점도 없고 거의 자급자족 분위기다. 열흘에 한 번 정도 행상인이 온다고 한다.

마을 사람들은 친절하다. 무슨 나쁜 짓을 하는 것 같지는 않았다.

'아이들이 착각했고, 우리가 생각이 지나쳤는지도 몰라.'

하지만 마오마오 외에도 뭔가 석연치 않아 보이는 표정을 지은 남자가 여기 한 명 더 있다.

"이봐요, 형씨~ 표정이 너무 험상궂어요~ 웃어요, 웃어."

취에가 라한네 형에게 한마디 했다.

라한네 형은 눈을 가늘게 뜨고 마을 밭을 둘러보고 있었다. 손에는 씨고구마가 든 천 자루가 들려 있다.

라한네 형으로서는 시찰이라고는 했지만 혹시 새로운 작물을 보급시킬 수 있지 않을까 싶어 찾아온 입장이었다. 새로운 작물을 키울 사람이, 조금이나마 의욕이 있는 인재이길 바라는 마음이 드는 건 당연하다.

라한네 형은 스스로 농민이라 불리는 건 부정하면서도 농업에 대해서는 태도가 아주 진지하다는 모순을 품은 평범하고 선량한 사람이다.

본인은 평범한 사람이 아니라고 주장하지만 그 행동 원리는 정말로 평범하다.

'가업을 잇기 싫어하는 장남은 어디에나 있는 법이지.'

하지만 라한네 형에게 그 사실을 지적하면 화를 낼 것이다.

솔직히 따로따로 흩어져서 각자 행동하는 편이 탐문 수사에는 더 효율적일 거라고 생각하지만 그렇다고 제멋대로 움직일 수도 없다. 남존여비 정신은 이 술서주에서도 강하기 때문에 외지인 여자가 잘난 척하며 혼자 돌아다니는 걸 좋게 보지는 않을 것이다. 호위가 곁에 있어도 마오마오가 주체적으로 돌아다녀서는 안 되겠지.

'뭐, 취에 씨는 혼자 멋대로 잘 돌아다니지만.'

그 자유인은 달리 할 일이 있다면서 어디론가 가 버렸다. 성격은 특이하지만 스이렌이 인정한 인물이니 문제는 없을 거라 생각하고 싶다.

마오마오는 라한네 형이나 바센 둘 중 하나를 교묘하게 유도해서 탐문 수사로 끌고 가야겠다고 생각했다. 그 경우 하나를 고르라면 라한네 형을 선택할 것이다. 왜냐하면 바센의 뒤에는 계속 집오리가 졸졸 따라다녀서 마을 사람들이 이상한 눈으로 쳐다보기 때문이다.

마오마오가 딱히 유도하지 않아도 라한네 형은 마오마오가 하는 일에 멋대로 따라와 주었다. 그래서 우선 해충이 있는지 없는지부터 마을 사람에게 물어보기로 했다.

"벌레 때문에 해를 입는 일 말이지?"

"음. 작년에 꽤 심하지 않았어?"

"으음… 그야 매년 벌레 피해를 입긴 하지. 작년에도 당연히 있었고 피해가 크긴 했는데, 그래도 어떻게든 됐어. 이렇게 굶지 않고 살 수 있는 것도 다 영주님 덕분이야."

영주님. 교쿠엔을 말하는 모양이다.

해충 피해가 크긴 했지만 그렇다고 밭의 농작물을 전부 갉아먹는 정도는 아니었다는 뜻일까.

"호오…. 그럼 하나 더 묻고 싶은데, 저기 밭은 누구 거지? 주인을 만나 보고 싶어서."

라한네 형이 보리밭을 가리켰다.

"저기? 아, 저긴 니엔젠念眞 씨네 밭이야. 마을 구석에 있는 집에 사는 영감님이지. 옆에 사당이 있으니까 금방 찾아갈 수 있을걸."

"고맙군, 가 볼게."

"아니, 내가 가르쳐 주긴 했는데 당신들 진짜 니엔젠 씨를 만날 생각이야?"

마을 사람이 난색을 표했다.

"그럴 생각인데, 무슨 문제라도 있나?"

"으음… 딱히 막진 않겠지만. 그 영감님 만나 보면 좀 당황할걸. 뭐, 나쁜 사람은 아니니까 당신들이 신경 안 쓴다면 상관은 없겠지."

묘하게 마음에 걸리는 말투였다. 괜히 더 신경이 쓰인다.

마오마오 일행은 마을 사람이 가르쳐 준 장소로 향했다.

"죄송한데요."

마오마오가 라한네 형의 옷자락을 붙잡았다.

"왜?"

"그 밭이 왜 궁금하신 건가요?"

"보면 몰라? 저 밭만 예쁘잖아."

"예쁘다뇨?"

밭 말고 다른 것을 묘사할 때 쓰는 편이 더 나을 듯한 단어지만 라한네 형의 표정은 매우 진지했다.

"다른 밭은 엉망진창인데 그 밭만 예쁘게 구획이 나눠져 있어. 보리도 제대로 밟아 놓아서 보리가 튼튼하게 자랄 거야."

"그렇군요."

듣고 보니 그렇게 보이기도 했지만, 안타깝게도 마오마오는 보리에 큰 관심이 없다.

'맥문동은 이 부근에는 안 나나 보네.'

보리와 관련된 생약이 떠올랐다. 뭐, 이것은 '보리 맥麥' 자를 쓰긴 하지만 사실 보리와는 아무 상관도 없고 그냥 덩이뿌리 모양 때문에 붙은 이름이다. 보리라면 맥각*을 약으로 쓰는 경우도 있지만, 독성이 더 크다. 게다가 아직 이삭이 열리지 않았기 때문에 관심이 가지 않는다.

'이 근처에는 제대로 된 식물이 안 나나?'

마오마오는 만성적 생약 부족에 빠질 것 같은 기분이었다. 의관 보조 관녀가 된 후로 수많은 약을 봐 온 만큼 그 반동도 크다.

'약, 약을 보고 싶어….'

※맥각 : 맥각균이 벼과 식물의 이삭에 기생하여 형성된 균핵.

그런 생각을 하고 있었더니 갑자기 발작이 솟구쳤다. 호흡이 헉헉 거칠어졌다. 오는 길에도 괜찮은 약초를 만나지 못했는데.

"자, 잠깐, 괜찮아? 안색이 나쁜데."

라한네 형이 마오마오를 걱정했다.

"죄, 죄송합니다. 딱히 큰일은…."

하지만 약을 보고 싶다. 냄새를 맡고 싶다. 이렇게 된 이상 독이라도 상관없다.

가장 가까운 곳에 있는 생약이라면, 태평하게 주위를 산책하는 양밖에 없다.

'뿔을 생약으로 쓸 수 있던가?'

그러고 보니 영양각羚羊角이라는 게 있었다. 하지만 양의 종류가 다른지, 마오마오가 전에 봤던 생약 뿔과는 모양이 달랐다.

'똑같이 '양'이라는 말이 들어가니까, 비슷한 효능이….'

마오마오의 유령 같은 손길이 울타리 너머에 있는 양에게로 뻗어 갔다.

"이봐, 아무리 봐도 이상하잖아. 이 녀석!"

라한네 형이 뒤에서 마오마오의 양 겨드랑이 밑에 팔을 집어넣고 붙들었다.

마오마오도 자신이 이상 행동을 일으켰다는 사실은 알고 있지만, 몸이 반응하는 것을 도저히 멈출 수가 없었다. 뭔가 약을, 아무 약이라도 좋으니 갖고 싶어 견딜 수가 없었다.
“야, 약을….”
“약? 어디 아픈가?”
라한네 형이 뭐든 좋으니 약을 가져와 줬으면 좋겠다고, 마오마오는 생각했다.
“무슨 일 있나?”
바센이 집오리와 함께 다가왔다.
“약이 필요한 모양인데.”
“약이라, 그러고 보니 스이렌 님이 주신 게 있었다.”
바센이 품에서 종이로 싼 꾸러미를 꺼냈다.
“**고양이**가 이상한 행동을 하면 이걸 보여 주라고, 스이렌 님이.”
조심스럽게 꺼낸 그 물건은 ‘을 ㄹ’ 자 모양의 기묘한 건어물이었다.
“해, 해마!”
다른 이름으로는 ‘용의 사생아’라고도 불린다고 하면 이해가 될까. 생선도 벌레도 아닌, 정말 기묘한 해양 생물이다.
바센은 건어물을 마오마오의 눈앞에서 재빨리 감췄다.
“앗!”
“으응? 뭐야, 뭐야?”
바센은 꾸러미와 함께 들어 있던 종잇조각을 읽었다. 바센의 어깨에 올라탄 집오리도 "꽥꽥!" 하면서 같이 들여다보았다.

「마오마오의 행동이 수상해질 경우 꾸러미의 내용물을 보여 줄 것. 단, 바로 주면 안 되고, 일이 끝난 후 하나만 건넬 것.」

바센이 소리 내어 읽고 있는데도 왠지 스이렌의 목소리가 들리는 듯했다.

'역시 수완가 할멈이야.'

녹청관 할멈과는 다른 형태지만 마오마오를 다루는 방법을 잘 알고 있다. 지금까지 진시에게 미끼로 낚이는 모습을 수도 없이 보았으니 스이렌도 모를 수가 없을 것이다.

진시가 아니라 스이렌이 건넸다면 이 할멈이 볼 때 바센 역시 마오마오 다루는 법을 지시해 주어야만 하는 풋내기로 생각했다는 뜻이리라.

"그렇다고 하는데, 무슨 발작 같은 게 좀 나았나?"

"네! 건강합니다!"

마오마오가 손을 번쩍 들었다.

"아니, 나았을 리가 있어? 보기만 해도 낫는 약이란 게 어디 있는데!"

라한네 형은 역시나 딴죽 걸기를 잊지 않았다.

"병은 마음에서 우러나는 법이라고 하니 신경 쓰지 마세요. 그보다 빨리 일을 끝내도록 하죠."

'해마를 위해서.'

애초에 그건 강장제 등으로 사용되는 생약이다.

"아니, 난 아무래도 이해가 안 된다고. 이상하지 않아? 이상하지 않아?"

"같은 말을 두 번 반복하는 걸 보니 누군가가 떠오르네요, 라한네 형."

누구냐 하면 주로 그 곱슬곱슬한 머리의 안경이다.

"아니, 그러니까 내 이름은 라한네 형이…."

"빨리 가자고. 시간이 그리 많지 않아."

라한네 형의 이름은 늘 그렇듯 가로막혀 버렸지만, 이것도 슬슬 지겨워지는 느낌이다.

농부 아저씨는 사당이라고 했지만 마오마오의 눈에 익숙한 사당과는 조금 달랐다. 벽돌로 지은 건물인데 창문이 없다. 안에는 천이 잔뜩 늘어뜨려진 채 펄럭였고 상 대신 신불神佛을 그린 벽걸이 그림이 걸려 있었다.

옆에는 다 쓰러져 가는 집이 한 채 있었다. 마을 사람이 말한 집이 이것인가 보다.

"그럼, 갑니다."

납득이 안 된다는 표정으로 라한네 형이 그 허름한 집의 문을 두들겼다.

"……."

반응이 없다.

"집을 비웠나?"

"일하러 간 것 아닐까요? 양을 치거나 밭을 가는 일을 하러."

시간상 슬슬 점심 식사를 하러 돌아올 즈음이긴 한데.

"무슨 볼일이지?"

등 뒤에서 낮고 목쉰 소리가 들려왔다.

마오마오 일행이 뒤를 돌아보자 거기에는 가무스름한 피부의 노인이 서 있었다. 괭이를 들고, 목에 수건을 두른 모습은 그야말로 농민이 틀림없었다. 옷은 검은 흙이 묻어 지저분하고 곳곳을 누덕누덕 기웠다. 농민이 틀림없긴 하지만….

"?!"

바센이 순간적으로 허리춤의 검에 손을 짚었다. 저도 모르게 경계하는 이유를 마오마오도 알 수 있었다.

"아니, 이봐. 농민을 상대로 뭘 그렇게 경계하는 거야?"

가무스름한 피부에 기미가 가득했다. 나이를 먹은 탓이 아니라 햇빛을 계속 받은 증거인 듯했다. 하지만 바센이 반응한 부분은 거기가 아니었다.

노인은 왼눈이 없었다. 뻥 뚫린 구멍 속에 안구 자체가 없었다. 괭이를 쥔 오른손에는 검지가 없었고, 몸의 노출된 부위에 검이나 화살에 맞은 흉터가 여럿 보였다.

아까 그 아저씨가 당황한 이유를 알 수 있었다. 바센이 무심코 반응한 것도 농민이라기보다는 무인의 냄새가 났기 때문이었다.

"종군 경험이 있습니까?"

바센이 경의가 담긴 말투로 물었다.

"그리 대단한 건 아니야. 초원을 어지럽히는 메뚜기였을 뿐이지."

'메뚜기였다….'

그 말투가 마음에 걸렸다. 게다가 마오마오도 궁금한 점이 있었다.

"밭일을 하다 오신 건가요?"

마오마오는 무심코 입 밖에 내어 묻고 말았다. 괭이를 들고 있고, 옷에는 진흙이 묻어 있다. 그 더럽혀진 모습이 왠지 낯익었다.

"밭일이 아니면 달리 뭘 하다 왔다는 말인데?"

노인은 크게 신경 쓰지 않는 표정으로 되물었다.

마오마오도 그야 당연한 걸 물었다고 생각하긴 했다. 하지만 마을의 밭을 보고 알아차린 사실이 있었다.

"평범한 밭일을 하다 보면 그렇게까지 옷이 더럽혀지진 않을 것 같아서요."

요즘 시기에 보리밭을 돌보면서 이렇게 지저분해질 일은 없다. 밭 흙은 건조하므로 일부러 습기 찬 흙을 파헤치지 않는 한

흙이 질척하게 묻지는 않는다.

"혹시 리쿠손이라는 분이 이쪽에 오신 적 없나요?"

"…흐응, 그 녀석이랑 아는 사이인가."

노인은 한쪽밖에 없는 눈을 깜빡이며, 땅바닥을 파고 지은 움막 같은 집의 문을 열었다.

"안으로들 들어와. 염소젖 정도라면 대접할 수 있으니."

그리고 괭이를 벽에 세운 뒤 일행을 안으로 들였다.

니엔젠이라는 노인의 집은 외관도 내부도 그야말로 검소하다고밖에 표현할 길이 없었다.

'우리 집이랑 비슷하네.'

유곽 한구석에 있는 마오마오네 오두막과 무척 비슷했다. 아궁이와 침대와 투박한 탁자와 의자, 그 외에 있는 것이라고는 작업 도구뿐이었다. 마오마오네 집에는 온통 약에 관련된 물건밖에 없듯이, 니엔젠의 집에는 농사에 관련된 물건밖에 없었다.

'집만 보면 소박한 사람 같긴 한데.'

몸의 상처가 아무리 봐도 평범한 사람이 아니었다.

의자가 세 개 있고, 니엔젠이 혼자 서서 찻잔에 염소젖을 따랐다. 집오리는 문 앞의 흙바닥을 쪼고 있다. 흘린 낟알이 있는 모양이었다.

"리쿠손이라는 남자가 이곳에 온 건 사실이야. 열흘쯤 전이었지."

정확히 마오마오가 서도에서 만났던 날의 전날이었다.

"뭘 하러 왔었나요?"

바센이나 라한네 형에게 이야기를 시키려 했지만, 리쿠손의 이름을 꺼낸 사람은 마오마오였기에 마오마오가 물었다.

"뭘 하러 왔는진 나도 모르겠는데. 그냥 괭이를 들고 밭 가는 일을 도와주고 갔어."

"밭을 갈아요? 봄 파종 준비였나요?"

보리는 이기작二期作*이 가능한 작물이라고 들었다. 겨울에 씨앗을 뿌리고 봄부터 초여름에 걸쳐 수확하는 것이 한 번, 봄에 씨앗을 뿌려서 가을에 수확하는 것이 또 한 번이다.

"아냐. 봄 파종도 했지만 그것과는 별개였지."

니엔젠은 염소젖을 탁자에 올려놓고 마오마오 일행에게 권했다. 바센은 익숙지 않은 음료에 애매한 표정을 지었지만 마오마오는 감사히 받아 들고 목을 축였다. 미지근하지만 이상한 것이 들어 있지는 않은, 평범한 염소젖이었다.

"그럴싸하게 말해 보자면 '제사'의 도움을 받았다고 해야겠군."

※이기작(二期作) : 1년에 같은 땅에 연이어 같은 작물을 두 번 심는 재배법. 이모작(二毛作)은 1년에 같은 땅에 서로 다른 작물을 연이어 두 번 심는 재배법.

"제사?"

마오마오는 고개를 갸웃했다. 라한네 형과 바센도 무슨 이야기인지 이해하지 못하고 고개를 갸웃했다.

"풍년을 축하하는 행사 같은 건가요?"

"풍년을 축하한다기보다는, 흉년을 몰아낸다고 하는 편이 정확하겠지."

"…죄송합니다. 저희한테는 너무 어려운 이야기네요. 조금 더 쉽게 설명해 주실 수 없을까요?"

마오마오의 부탁에 니엔젠은 혀를 내밀며 침대에 앉았다. 별로 좋은 집안 출신은 아닌 것 같다는 느낌이 들었다.

"무얼. 그럼 잠깐 이 늙은이의 말상대가 되어 달라고. 마을 사람들은 통 상대해 주질 않아서."

"어르신, 우리도 한가하진 않습니다."

바센은 약간 짜증이 난 듯했다.

"그래, 그렇겠지."

니엔젠은 침대에 벌렁 드러누워 버렸다.

마오마오는 의자에서 일어나 바센을 제지했다.

"죄송합니다. 말씀 부탁드리겠습니다."

마오마오는 고개를 숙였다. 사과만 해서 얻어 낼 수 있다면 공짜다. 괜히 상대의 심기를 거스르느니 사과하는 편이 낫다.

"흐응~ 어떻게 할까?"

니엔젠의 말투에서는 장난기보다는 가학심이 느껴졌다.

"영 안 내키는데, 그냥 하지 말까?"

"그게 무슨 태도야!"

바센이 앞으로 나서려 했으나 마오마오가 가로막았다. 라한네 형은 싸움에 익숙지 않은지 지켜보고만 있었다.

'아무리 혈기가 왕성하다고 해도 괜히 싸움을 걸지는 말아줘.'

바센의 싸움 실력은 잘 알고 있고, 저 노인을 상대로 수세에 몰릴 일은 없겠지만….

'이런 성격을 가진 인간들은 묘한 고집을 부릴 때가 있지.'

설령 바센이 더 강하다 해도 노인은 결코 패배를 인정하지 않고, 조개껍데기처럼 입을 꽉 다물어 버릴 것이다.

'그럼 곤란해.'

하지만 니엔젠은 다소 심술을 부리는 것 같았다. 리쿠손의 이야기를 했더니 집 안에 들여보내 줬던 것처럼, 사실은 뭔가 하고 싶은 말이 있는 게 아닐까.

"어떻게 하면 이야기를 들려주시겠어요?"

마오마오는 저자세를 고수했다.

"…글쎄. 그럼 수수께끼를 내 볼까?"

"수수께끼? 뭘 맞히면 되나요?"

"간단하지. 내 정체가 뭔지 맞히면 되는 거야."

'무슨 말인지 모르겠는데.'

바센과 라한네 형이 또 얼굴을 마주 보았다. 집오리는 바센을 대신해서 노인의 다리를 쪼아 댔다.

"그럼, 제가…."

바센이 대답하려 손을 들었으나 니엔젠은 손가락이 부족한 손을 내저었다.

"나는 거기 있는 꼬마 계집애한테 물은 거야. 애송이한테 물은 게 아니고."

"애, 애송이…."

바센은 꾹 참고 있었다. 동안인 이 무관은 상처투성이 노인 입장에서는 애송이가 틀림없을 테니.

자, 그럼 마오마오에게만 답변할 권리가 있다는 말인데 어떻게 대답해야 좋을까.

'니엔젠念眞… 이름은 그럴싸하단 말이지.'

진실을 읽는다는 의미다.

'이름 그대로 허풍을 섞지 않았다면 좋을 텐데.'

니엔젠이 했던 이야기를 하나하나 확인해 보았다.

니엔젠은 스스로를 '메뚜기'라고 칭했다. 농민에게는 아주 골치 아픈 해충이다.

'농작물을 먹어 치워?'

니엔젠에게는 검지가 없다. 왼쪽 눈도 없다.

'농민치고는 상처투성이인 몸. 하지만 종군한 적은 없고.'

적어도 전투에 나간 적은 있을 터였다. 심지어 역전의 용사 같은 상처다.

'손가락이 없으면 무기를 들 수는 없겠지. 특히 활 같은 건….'

마오마오는 문득 어제 습격했던 도적들을 떠올렸다. 팔이 뚝 뚝 부러진 그들은 지금쯤 관리들에게 인도되었을까.

'도적이라면 교수형을 당하거나, 잘해야 육형肉刑….'

그리고 리쿠손은 제사를 도왔다고 했다.

"…니엔젠 씨."

"뭐지?"

맞힐 수 있으면 맞혀 보라고 니엔젠은 말했다.

상관은 없는 일이지만 라한네 형이 왠지 분노에 찬 얼굴로 마오마오를 노려보고 있었다. 방금 만난 노인의 이름은 똑바로 불러 주는 게 마음에 안 드는지도 모른다.

'아니, 지금 그런 얘기를 할 때가 아니잖아.'

마오마오는 크게 숨을 들이마셨다 내쉬었다.

"당신은, 산제물인가요?"

마오마오의 대답에 주위가 얼어붙었다.

"뭐야, 그 답은?!"

바센이 마오마오에게 소리를 질렀다.

"모르세요? 산 채로 희생 제물이 되는 사람을 말하는 건데요."

"그 정도는 알아. 이 노인이 왜 산제물이라는 거야? 보다시피 멀쩡하게 살아 있는데."

산제물이라 하면 보통 그 자리에서 목숨을 잃는다고들 생각한다.

하지만 마오마오에게는 이 대답이 제일 타당하다고 생각했다.

"왜냐니, 글쎄요…."

마오마오는 니엔젠을 바라보았다. 노인의 얼굴은 바센의 반응과 달리 어딘가 모르게 납득한 표정이었다.

"그렇군, 그랬어. 제물, 난 그것이었어."

니엔젠은 휴우, 하고 한숨을 내쉬더니 한쪽만 남은 눈을 가늘게 떴다.

"거기 세 사람. 어떤 바보 같은 놈의 옛날이야기를 좀 들어주겠나?"

가벼운 말투였으나 니엔젠의 한쪽 눈 깊은 곳에는 무거운 감정이 깃들어 있었다.

"잘 부탁드립니다."

이번에는 상대의 기분이 상하지 않도록, 라한네 형과 바센도 고개를 숙였다.

약사의 혼잣말

8 화 : 노인의 옛이야기

지금으로부터 50년쯤 전, 유목민 수는 지금의 두 배도 넘는 시절이었지.

나 또한 그중 하나였고, 굳이 따지자면 무투파에 속하는 부족에서 태어났어. 무투파라고 하면 듣기는 좋지만, 솔직히 말하자면 도적이야. 평소에는 가축을 키우다가 신붓감이 필요해지면 다른 부족이나 정착해 사는 마을에서 약탈해 오는 게 다반사였지. 게다가 강탈이나 인신매매 등의 부업도 했어.

아아, 그렇게 노려보진 말라고. 나쁜 짓이었다고 생각하니까. 그 당시엔 아무 의문도 품지 않았어. 살아간다는 게 원래 그런 건 줄 알았다고. 우리 할아버지도, 아버지도 다 그랬거든. 할머니와 어머니도 모두 약탈해 온 여인들이었지. 그게 당연하다고 생각하며 자랐던 거야.

인간 같지도 않은 짓이라는 건 내가 제일 잘 알아.

그럼, 얘기를 계속하겠네.

나는 아직 10대 풋내기였지만 활 쏘는 솜씨만큼은 족장에게도 인정받을 정도였어. 강탈에도 적극적으로 참여했지. 이기면 맛있는 밥을 먹을 수 있고, 재산도 불어나지. 당하는 놈이 멍청한 거라고 생각했어. 늘 이기기만 했던 측이라 거만했던 거야.

그 거만함은 부족 전체에 만연한 분위기였어.

어느 날 족장 아들이 이렇게 말하더군. '바람을 읽는 백성의 아가씨를 갖고 싶어'라고.

바람을 읽는 백성이란, 그러니까 그런 거야. 말하자면 초원 전체의 제사를 맡은, 신관 같은 존재였지. 새를 키우고 바람을 읽으며 초원을 이동하는 부족이었는데 지혜로운 자가 많아서 그 해의 날씨를 정확히 맞히곤 했어.

난폭한 인간이 많은 유목민 사이에서도 암묵적인 금기가 있었지. 바람을 읽는 백성에게는 손을 대서는 안 된다는.

하지만 우리 부족은 그걸 깼어.

차기 족장의 신부를 데려오기 위해 바람을 읽는 백성을 습격했던 거야. 녀석들은 때마침 제사를 지내던 중이었기에 활이나 검 등의 무기를 갖고 있지 않았어. 뭘 갖고 있었느냐고? 참 이상하게도, 녀석들의 제사에 필요한 건 그간 키우던 새와 괭이였다네.

여자들은 새를 데리고 다니고, 남자들은 흙을 파헤치더군.

무슨 말인지 모르겠지? 하지만 그게 제사였어. 그야말로 농민 그 자체잖아, 하고 족장 아들이 비웃던 걸 나는 아직도 기억하고 있네. 그리고 놈은 '쏴'라고 말했어.

나는 활시위를 팽팽하게 당겼지. 타앙, 하고 화살이 날아가 호를 그리며 바람을 읽는 백성의 머리에 명중했어.

그것이 개전의 신호가 되었어.

무기다운 무기도 없이 그저 흙만 파헤치던 녀석들을 죽이는 데에는 아무런 기술도 필요치 않았네. 부상당한 사슴을 쫓는 것이나 마찬가지였으니까.

그때의 약탈은 내 평생 가장 잔인했다고, 모든 것이 다 끝난 후에야 깨달았어.

신관으로 숭상받던 놈들을 죽이는 데 아무런 망설임도 없었지. 오히려 평소보다 훨씬 지독했어. 어쩌면 신관을 죽인다는 일에 대한 두려움이었을지도 몰라. 살려 두었다가는 신에게 일러바칠지도 모른다는 생각에.

성인 남자는 다 죽였고, 여자는 젊은 여자만 살려 뒀지. 어린 애들은 노예로 팔고 놈들이 키우던 새는 전부 우리의 저녁 반찬이 됐어.

듣기만 해도 역겨운 이야기지? 하지만 우리가 진짜로 저지른 짓이야. 일종의 고양감마저 느껴지더군.

그래서 그땐 알아차리지 못했던 거야.

둔한 새 한 마리가 한창 약탈이 이루어지는 가운데 땅바닥을 쪼고 있었어. 나는 신경 쓰지 않고 화살 한 발로 죽여 버렸지. 그게 재앙의 씨앗을 쪼아 먹고 있었다는 사실은 뒤늦게야 알았어.

그 후 우리 부족은 전보다 더 제멋대로 굴어 댔네. 족장 아들은 바람을 읽는 백성의 아가씨를 강간하고, 그 아가씨는 아이를 임신했어. 그 아가씨가 둘째 아이를 임신했을 무렵 재앙이 닥쳤다네.

평원을 가득 메우는 검은 그림자. 숯으로 잔뜩 칠해 놓은 것만 같은 그 그림자를, 처음에는 계절을 잘못 찾아온 비구름이라고만 생각했어.

이명이 들리고 가축들이 술렁거렸네. 아이들은 불안해져서 어른에게 기대고, 여자들은 그런 아이들을 껴안아 주었어.

상황을 보고 오겠다며 말을 타고 나갔던 남자가 잠시 후 정신없이 허둥지둥 도망쳐 오더라고. 옷뿐만 아니라 피부나 머리카락도 너덜너덜해져 있었어. 말은 흥분해서 진정시키느라 꽤 애를 먹었어. 무언가에 씹혀서 찢긴 흔적이 있었기에 무엇에 습격당했느냐고 물었네.

당신들, 이미 뭐가 왔는지 짐작한 표정이군. 그래도 끝까지 내 이야기를 들어 보게. 이런 이야기, 마을 녀석들은 전혀 믿어 주질 않는단 말이야. 요 몇 십 년 동안 그렇게 커다란 **것**이 온

적은 없었으니까.

정찰 나갔던 남자에게 물을 필요도 없었어.

그것은 금세 우리의 야영지를 따라잡았거든.

벌레였어. 셀 수도 없을 만큼 많은 벌레. 황충이었지.

정신 사나운 날갯짓 소리에, 꼭 이명처럼 들리는 무언가를 뜯어 먹는 소리. 검은 소음이 천막을 덮쳤네.

풀을 뜯던 양들이 놀라서 뿔뿔이 흩어지고 개들은 그야말로 패배자처럼 짖어 대는 수밖에 없었어.

남자들은 꼴사납게 칼을 휘둘러 댔네. 그런 걸로 잡아 없앤다는 건 불가능한데도. 하지만 그렇다고 횃불을 휘두른 건 최악의 수였어. 불이 붙은 황충들이 다른 남자들에게 덤벼드는 바람에 더 큰 참사를 불러왔거든.

나는 영문을 알 수가 없어서 그저 지면에 떨어진 황충들을 짓밟는 수밖에 없었지. 한 마리, 한 마리가 2치*쯤 되는 날벌레였는데도, 우리는 마치 거대한 벌레의 배 속에 집어삼켜진 것만 같았어.

여자들은 천막 안에 숨겼지만 천막 틈새로 계속해서 들어왔네. 천막 안에서 어린애들이 마구 울어 댔어. 어머니들은 아이들을 달래지도 못하고 비명을 질렀지. 황충에게서 가족들을 지

※2치 : 약 6센티미터.

키지도 못하는 남자들을 저주하면서. 납치당해서 강제로 신부가 되었던 여자들이 본심을 토해 낼 정도로 절박한 상황이었던 거야.

벌레들은 풀만으로는 모자라 우리의 식량을 먹어 치웠네.

밀, 콩, 약간의 채소는 물론이고 말린 고기까지 물어뜯더군. 천막 곳곳에 구멍이 뚫리고, 벌레가 지나간 뒤에는 고함을 지르다 지친 사람들과 무수한 벌레 사체가 남겨졌네.

모든 것을 다 먹어 치워 버렸던 거야. 가축들도 도망쳤지.

간신히 말을 붙잡아서 식량을 손에 넣기 위해 마을로 향했어. 우리는 도적질을 생업으로 삼고 있었기 때문에 일부러 얼굴이 알려지지 않은 자를 골라 보냈지. 그랬는데….

가까이 다가가자마자 활에 맞았어. 설마 상대가 누구인지 확인도 안 하고 활을 쏠 줄은 몰랐는데. 도망치다 뒤처진 사람은 그냥 놔두고 왔네. 손을 뻗으면서 애걸복걸하더라만, 어쩔 도리 없이 등을 돌리는 수밖에 없었어.

나중에 돌아보니 마을 사람들이 우리 부족 사람과 그 사람이 타고 온 말을 끌고 가더군.

잘 생각해 보면 알 수 있는 일이었어. 황충의 습격을 받고 굶주리던 건 우리 부족뿐만이 아니었던 거야.

뒤에 버려진 동족이 최소한 너무 고통스럽지 않게 죽기만을 기도했네. 신관 부족을 죽인 우리가 기도를 올리다니 너무 뻔뻔스럽다고 생각했지만 말이야.

먹을 것이 없었던 우리는 얼마 안 남은 가축을 죽였어. 양을 불리기 위해 탕에 아무 풀이나 넣었다가 배탈이 난 적도 있었네. 배고픈 아이들은 떨어져 있던 황충을 주워 먹었지만 그러다 한 명이 죽었어. 황충에 독이 있었는지, 아니면 다리를 뜯어내지 않고 먹었던 건지. 영양이 부족해서 다들 비쩍 말랐어. 식량이 부족하면 약한 개체부터 죽어 가는 법이야.

하물며 남들보다 훨씬 영양분이 필요한 임산부가 약해지는 건 당연한 일이었지.

비쩍 마른 몸이 배만 부풀어 있었어. 차기 족장의 아내라는 위치였지만, 그 참극이 벌어진 후에는 제대로 끼니도 잇지 못했네. 큰아이는 어머니에게 매달리기만 했어. 손가락을 빨며 배고픔을 참아야 했지.

둘째가 사산된 건 당연한 일이었어.

족장의 아들은 둘째 아이의 죽음에 낙담했네. 거기에 더한 타격을 가한 게 출산을 마치고 죽어 가는 아내였어.

아내는 약해진 몸으로 욕설을 퍼부었지.

"네놈들이 제사를 방해한 탓이야. 바람을 읽는 제사를 행할 사람은 이제 없어. 초원의 민족은 앞으로 영원히 벌레를 두려워하며 살아가게 될 것이야."

동족들이 참혹하게 죽고 납치되어 온 후로 수년간 꾹꾹 참았던 말이었던 거야. 여자는 소리 높여 웃으며 사산된 아기와 비쩍 마른 아이를 안고 숨을 거두었네.

여자의 말대로 이 재앙의 원인은 제사를 방해한 우리 부족의 탓이라는 소문이 퍼져 나갔어.

우리 부족은 초원 공통의 적으로서 쫓기게 되었지.

자업자득이라고밖에 할 말이 없어. 그래도 우리는 살아남는 데 집착했어.

풀을 뜯어 먹고, 벌레를 잡아먹고, 때로는 죽이고, 때로는 살해당하며 계속 도망쳤어.

어떤 남자는 굶주리다 못해 죽은 동료의 시체를 먹었지. 그것만으로는 배고픔을 충족시킬 수가 없어 산 자까지 죽이려 하더군. 내 왼쪽 눈은 어떤 놈이 날 잡아먹으려고 쏜 화살에 맞아서 잃은 거야. 그 자리에서 화살을 뽑고 바로 반격해서 죽여 버렸지.

나는 잡아먹는 것도 잡아먹히는 것도 싫어서 도망쳤네. 하지만 도망친 곳에는 아무것도 없어서 굶주리며 말라비틀어져 갔어. 그래서 굶주림을 참지 못하고 보리죽 냄새에 이끌려 마을로 들어오고 만 거야.

그곳에서는 영주님의 은혜 덕분에 죽을 끓이고 있었네. 가축 먹이나 다름없는, 소금기도 없는 죽이 그렇게 맛있을 수가 없었어.

눈물콧물로 지저분하게 범벅이 된 나는 바로 위병에게 붙잡혔어. 마을 주민 중 누군가가 도적인 나를 알고 있었던 거야. 더는 저항할 마음도 들지 않았고, 차라리 감옥에서 밥을 얻어먹는 게 낫겠다는 생각마저 들더군. 교수형을 당할 때까지 몇 번이나 밥을 먹을 수 있을까, 그것만이 기대되었어.

하지만 목이 매달리는 일은 없었어.

대신 받은 형벌은 활을 쏘던 손가락을 자르는 것이었지. 그리고 나는 농노가 되었어. 그간 벌였던 일을 생각하면 꽤나 관대한 형벌이었다고 지금은 생각하네.

바람을 읽는 백성의 제사는 영주도 알고 있었어. 의미 불명의 제사를 계속 이어 가면서도 밥을 굶지 않았던 이유는 영주가 바람을 읽는 백성을 보호했기 때문이었더라고. 의미 불명이라 여겨졌던 그 제사에도 사실 의미가 다 있었다면서.

뭐, 영주가 누구냐고? 지금은 멸망한 이戌 일족이라고 하면 알까? 교쿠엔인가 하는 벼락출세한 놈이 튀어나오기 전 시대의 일이야.

이 일족은 바람을 읽는 백성의 제사에 대해 알고 있었어. 그래서 우리 농노를 각지에 퍼뜨려 놓음으로써 바람을 읽는 백성을 대신하려 했던 거지.

안타깝게도 농노가 할 수 있는 일은 밭 갈기뿐이었어.

이 일족도 새를 조종하는 방법은 잘 모르더군. 겨우 닭이나 주더라고.

불완전한 형태로 제사를 지내는 수밖에 없었네.

그쪽이 말했던 게 맞아. 제사를 지내라고 날 살려 줬던 거지. 그야말로 농노라는 이름의 산제물이었어.

여긴 그 산제물들이 만든 마을이야. 집 옆의 사당은 우리가 죽인 바람을 읽는 백성의 원혼을 모시기 위해 만들어진 곳이고. 신관을 죽인 대가로, 재앙을 불러온 대가로 내 하잘것없는 인생을 바친 셈이지. 옆에서 보면 아무리 봐도 한참 부족하다고 하겠지만.

뭐, 그것도 17년 전까지의 일이다.

이 일족이 사라짐과 동시에 농노들도 멋대로 사라져 버렸어. 개중에는 도적질로 돌아간 바보들도 있지. 원래 질 나쁜 놈들이었으니 말이야. 흐응, 그 모습을 보니 이미 도적과 마주친 모양이군. 얼굴을 보면 아는 놈일 수도 있겠는데.

뭐? 난 왜 여기 남았냐고?

그야 당연히 두 번 다시 황충한테 뜯어 먹히기 싫어서지.

두 번은 사양이야….

자, 긴 옛날이야기도 여기서 끝이다.

뭐 질문 있나?

약사의 혼잣말

9 화 : 제사(祭祀)와 축제(祝祭)

니엔젠은 목이 말랐는지 미지근한 염소젖을 단숨에 들이켰다.

마오마오와 바센, 라한네 형도 입을 다물었다.

'상상 이상으로 정보가 많아.'

머릿속으로 정보를 정리해야 했다. 마오마오는 팔짱을 꼈다.

50년쯤 전 니엔젠의 부족은 바람을 읽는 백성을 멸망시켰다. 그 몇 년 후 대규모 황해가 일어났다.

니엔젠은 제사를 지내지 못하게 된 바람에 대규모 황해가 일어났다고 생각하고 있다.

니엔젠은 바람을 읽는 백성 대신 농노가 되어 평생 제사를 지낼 운명에 놓였다.

간단히 말하면 이런 이야기일까.

'제사를 지내면서 흙을 파헤친다고?'

마오마오는 통 이해가 되지 않았으나, 바로 알아들은 사람이

한 명 있었다.

“니엔젠 씨라고 했나? 그러니까 당신이 하고 있는 일은 추경秋耕이야.”

“추경?”

마오마오와 바센이 얼굴을 마주 보았다. 낯선 단어였다.

“가을갈이, 즉 가을秋에 밭을 간다耕는 의미지. 작물을 수확한 후 대체로 가을에 밭을 가는 일을 말해.”

“거기에 무슨 이점이 있지? 작물을 심기 전에 밭을 가는 편이 더 효율이 좋을 것 같은데.”

바센의 지적에 마오마오도 동의했다.

“내가 아는 한으로는 먼저 흙을 파헤치면서 볏짚을 땅속에 갈아 넣어서 좋은 흙을 만들 준비를 한다는 의미가 있고, 또 땅속에 묻혀 있는 해충 알을 싹 뭉개는 효과가 있지.”

마오마오는 귀를 움찔한 뒤 말없이 라한네 형의 목깃을 잡았다.

“다시 한번 말씀해 주세요.”

“그, 그러니까 볏짚을 갈아 넣어서….”

“거기 말고!”

“해충 알을 뭉개는 거?”

“그거!”

마오마오가 라한네 형을 마구 흔들어 댔다.

"이봐, 그만해. 숨을 못 쉬잖아."

바센이 말리자 그세야 마오마오는 라한네 형에게서 손을 놓았다.

"응, 대체 뭐가 그렇게 신기한 거야? 딱히 신기할 것도 없는 그냥 농사일의 일환인데?"

라한네 형은 아는 게 당연하다는 표정이었다.

"당신처럼 똑바로 된 농민이 세상에 그렇게 많은 줄 아세요?"

"…아, 응. 그, 그런가?"

라한네 형은 무척이나 복잡한 표정이었다. 칭찬인데도 받아들이기 힘든가 보다.

"그 말이 맞아. 이 마을을 보면 알 수 있잖아. 아무리 지식이 있어도 실행할 마음이 없는 녀석들이 너무 많아. 그리고 지식은 쓰지 않으면 사라지는 법."

니엔젠이 끼어들었다.

니엔젠의 말은 마오마오에게 뼛속 깊이 스며들었다. 마을에서 제대로 밭을 일구려 하는 사람은 니엔젠 하나뿐이라고 라한네 형도 말했다.

"질문 좀 해도 될까요? 이곳 사람들은 정말 보리를 제대로 키울 생각이 있는 건가요? 너무 무성의한 것 같던데요."

마오마오는 라한네 형이 했던 말을 그대로 읊었다.

"…역시 외부인이 봐도 그렇게 보이나?"

"알 수 있죠. 니엔젠 씨 밭만은 다른 곳보다 훨씬 예뻤으니까."

'…라고 전문 농사꾼이 말했습니다.'

"…일부러 예쁘게 해 둔 건 아니야. 수확량을 늘리기 위해 만들었더니 그렇게 된 거지. 설마 내가 성실하게 꾸준히 일하는 날이 오리라고는 생각 못 했다만."

"그랬겠지."

바센의 태도는 쌀쌀맞았다. 고지식하고 성실한 이 무관이, 아무리 50년 전 일이라고는 하나 그야말로 짐승만도 못한 짓을 수없이 저질렀던 인물에게 차가운 태도를 보이는 건 이해가 된다. 왜 더 가혹한 처벌을 내리지 않았느냐고 생각할지도 모른다.

마오마오도 바센과 생각이 다르지는 않았다. 하지만 처벌을 내린다고 거기서 새로운 무언가가 생겨날 리는 없다는 사실도 안다. 적어도 니엔젠이 살아 있었던 덕분에 여기서 이렇게 이야기를 들을 수 있게 되었으니까.

'리쿠손은 이 할아버지를 대체 어떻게 알았지?'

마오마오와 마찬가지로 근처까지 와서, 라한네 형처럼 밭을 보고 알아맞힌 걸까.

아니면 서도의 누군가에게서 이야기를 들었을까.

무려 50년 전에 농지 관리를 떠맡게 된 죄인. 심지어 농노라는 신분에서는 이미 오래전에 해방되었다. 서도에 파견된 지

얼마 안 된 리쿠손이 알고 있으리라고는 생각하기 힘들다.

생각하기보다는 묻는 게 빠르다.

"리쿠손이라는 사람은 제사의 존재를 알고 이 마을에 찾아온 건가요?"

"맞아. 요즘 세상에 제사를 아는 녀석이 있을 줄은 생각 못 했어. 이곳 영주도 모르는 일이었는데 말이야. 아는 사람한테 들었다고 하더만."

니엔젠은 다 마신 염소젖 잔을 내려놓고 딱딱해 보이는 침대에서 자세를 고쳐 앉았다.

"…영주도 모른다고요? 그러니까 교쿠엔 님이 모른다는 말인가요?"

니엔젠은 옛이야기를 할 때 교쿠엔을 벼락출세 영주라고 말했다.

"아, 내가 말을 잘못했군. 그쪽이 아니야. 하기야 술서주 전체를 다스리는 건 교쿠엔 님인가 하는 인간이지. 하지만 이 근방의 관리는 그 아들이 맡고 있어."

"아들?"

"그래. 이름이 뭐랬더라, 교쿠오인가 뭔가라고 하던데."

전직 도적에 전직 농노인 남자에게 영주를 존경하는 마음은 손톱만큼도 없는 모양이었다. 마오마오는 별로 신경 안 쓰지만 바센은 그 태도가 마음에 안 드는 듯했다. 덤벼들지 않는 것만

해도 다행이라고 생각하자.

"교쿠오 님은 이 마을에서 왠지 평가가 좋은 것 같던데요. 무슨 일이 있었나요? 제사와 관련이 있나요?"

"제사하고는 상관없어. 인기가 있는 거지. 영주님은 흉년이 들어도 농민을 탓하지 않아. 오히려 먹을 것이 없으면 나누어 주기도 하는 넓은 아량을 갖고 있는 분이야. 심지어 열심히 일하는 것보다 많이 받을 수도 있어."

"아, 그거 부럽네."

라한네 형이 저도 모르게 중얼거렸다.

"자애로운 분이니까. 농민이 되는 편이 낫겠다고 생각하고 아예 정착해 버리는 유목민들도 많아."

이야기의 내용과 달리 니엔젠은 내뱉는 듯한 말투로 말했다.

"그렇게 자애로우신 영주님이라면 제사도 잘 돌봐 주실 것 같은데."

라한네 형이 빈 잔을 툭 쳤다.

"아까도 말했던 것처럼 지금 영주는 제사에 대해 아무것도 몰라. 이 일족조차도 제사의 자세한 내용은 몰랐지. 지금 내가 하고 있는 일도, 아는 한도 내에서 그냥 흉내를 내는 데 불과해."

"…그 제사라는 게 딱히 신에게 뭔가를 기원하는 일이 아니라, 정말로 황해를 막기 위한 대책이었던가 보네요."

"맞아. 나를 포함한 농노들이 목숨을 내놓는 대신 강요당한 일이지. 하기 싫어도 하는 수밖에 없었어. 개중에는 못 해 먹겠다며 도망친 놈들, 게으름을 피우는 놈들도 있었지만 사실 그냥 봐주느라 살려 둔 목숨이었기 때문에 그런 놈들은 사정없이 모가지가 날아갔어. 밭을 갈지 않으면 죽는다고 생각하면 죽을 각오로 일하게 되지 않겠어?"

니엔젠의 과거 소행은 용서받을 만한 일이 아니었으니 당연한 일이다.

"10년쯤 지나니 밭의 수확량에 비례해서 농노들도 돈을 받을 수 있게 되더군. 미미한 액수이긴 했지만 비축을 할 수 있게 된 건 고마운 일이었지. 여긴 서도와 가까워. 그만큼 밭에서 들어오는 수입이 컸다고 생각할 수 있겠지. 간단한 이야기야, 그렇게 해서 의욕이 생긴 농노들은 어떻게 해야 작물이 잘 자라는지, 병에 걸리지 않는지, 병충해가 줄어드는지 생각하게 된 거야. 닭을 치기 시작한 것도 밭을 일굴 때 나오는 벌레를 잡아먹기 때문이었어."

상관없는 곳에서 집오리가 "꽥액!" 하고 울었다.

"바람을 읽는 백성이 키우던 새가 닭은 아니었죠?"

"아니야. 닭은 아니었어. 닭은 초원을 이동하는 생활에는 맞지 않으니까."

"닭이 아니라고? 그럼…."

바센이 진지한 표정을 지었다.

"집오리인가!"

"그럴 리가 있겠어?"

라한네 형이 바로 외쳤다. 숨 쉴 틈도 없이 날아든 딴죽에 바센은 미간에 주름을 잡았다.

"집오리도 벌레를 잡아먹잖아. 닭보다 덩치가 크면 더 많은 벌레를 잡아먹을 수 있지 않아?"

"집오리는 물을 좋아하는 새야. 이런 건조한 땅에서는 못 자라."

"그렇게 딱 잘라 부정하지 말라고. 집오리도 노력하면 잘 자랄 수 있을지도 모르잖아."

바센이 집오리를 가리켰다.

"세상에 노력하는 집오리 같은 게 어디 있어!"

바센은 완전히 집오리 편이 되어 버렸다. 발밑에 있는 집오리가 어째서인지 의기양양한 표정으로 가슴을 폈다.

"아쉽지만 집오리? 라는 놈도 아니야. 나는 그 새를 지금 처음 봤으니까."

라한네 형은 거봐, 하는 표정을 지었다. 바센은 뚱한 얼굴로 집오리를 쓰다듬었다.

"바람을 읽는 백성의 제사에 부족한 건 새다. 새는 벌레를 잡아먹게끔 하기 위해서가 아니라, 벌레를 찾는 용도로 사용했을 거라고 봐. 광대한 초원 어디에 벌레가 있는지 알 턱이 없으니까. 그 방법을 알고 있기 때문에 이 일족도 바람을 읽는 백성을 보호했던 게 아닐까 싶은데."

그리고 바람을 읽는 백성의 제사를 미신이라고 폄하하며 그들을 멸망시킨 부족의 생존자 농노.

"그럼, 슬슬 일하러 돌아가도 될까? 아직 일이 안 끝나서."

니엔젠이 "영차." 하면서 몸을 일으켰다.

"네. 뭐가 끝나지 않았는지는 모르겠지만 저희도 도와드려도 될까요?"

마오마오는 바센과 라한네 형에게 묻지도 않고 그렇게 물었다.

"서도에서 온 손님들이란 건 다 괴짜구먼. 지난번 그 리쿠손이란 인간도 똑같은 소릴 하던데. 내 입장에서는 그저 고맙지. 전직 농노는 나 하나뿐이고, 새롭게 마을에 들어온 놈들은 자기 밭이 아니면 거들어 주질 않으니. 사라진 놈들 몫까지 밭을 가는 게 해가 갈수록 힘들어진단 말이야…."

나이가 벌써 일흔 가까우리라. 언제 죽어도 이상하지 않을 나이인데도 계속 밭을 갈고 있다.

'저질렀던 일은 용서받을 수 없겠지만.'

걸어가는 니엔젠의 발목에 보이지 않는 족쇄가 채워져 있는 것만 같았다.

그로부터 이틀쯤 후, 마오마오 일행은 니엔젠의 일을 돕고 있었다.

흙에 괭이를 박고 축축한 흙을 뒤집으면 지렁이와 개미, 작은 갑충 말고도, 가늘고 긴 덩어리가 나타난다. 잘 보니 그 속에 자잘한 알이 줄줄이 들어 있었다.

지렁이를 쪼아 먹던 닭이 다음으로 그 알 덩어리를 쪼았다. 바센의 집오리도 합세해서 쪼고 있었다.

'황충 알인가?'

한 마지기에 대체 얼마만큼이나 있는지 계산해 보고 싶었지만 그럴 여유는 없었다. 마오마오는 닭이 미처 쪼지 못한 알이 나오면 집어서 항아리에 넣었다.

'이건 많은 축이겠지?'

벌레를 싫어하는 사람이 보면 발광할 정도로 커다란 덩어리였다. 황충 해체에 익숙한 마오마오도 일부러 찾아가서 보고 싶은 광경은 아니다.

전문 농사꾼 라한네 형은 괭이를 쥐는 자세부터가 다르고, 바센은 엄청난 괴력의 소유자다. 파헤치는 흙의 양이 다르다. 마오마오의 몇 배는 일하고 있다.

'바센이 잘 도와줘서 다행이야.'

무인이 할 일이 아니라고 거절하면 어쩌나 했는데, 진시가 황충을 꽤나 신경 쓰는 눈치였던 걸 알고 있었는지 다행히 바센은 고분고분 거들어 주었다. 사실 집오리 사육에 비하면 그나마 편한 일인지도 모르겠다.

덕분에 서도에서 데리고 온 호위와 농민들도 합세해 주었다. 오늘 안에 땅 파헤치기는 다 끝날 듯했다.

또한 취에는 파헤친 땅 여기저기를 돌아다니며 황충 알을 주워 모았다. 그 뒤로 아이들 둘도 함께하고 있었다. 군고구마를 먹었던 남매였다. 일을 도우면 또 군고구마를 얻어먹을 수 있을 거라고 생각하는지도 모른다.

"마오마오 씨, 마오마오 씨. 잔뜩 모았는데 보실래요?"

"취에 씨, 취에 씨. 보고 싶지 않아요. 사마귀 알집이라면 주셔도 돼요."

사마귀 알은 상표초라는 약으로 쓰인다. 많은 양을 채집할 수 없기 때문에 제법 귀중한 약재다.

"이 알은 거의 부화하기 직전이네요. 작은 게 나와 있어요. 보실래요, 마오마오 씨?"

"거의 봄이 다 되었으니까요. 기분 나쁘니까 보여 주지 마세요."

황충 한 세대의 수명은 3개월 정도다. 한 번에 낳는 알은 100개쯤. 시子 일족의 요새에 있었던 도감에 쓰여 있던 내용이었다. 봄에 태어난 개체는 여름에 새로운 알을 낳는다.

'시 일족의 도감을 가져와 달라고 부탁할 걸 그랬네. 겸사겸

사 약초 도감도.'

정보는 많으면 많을수록 좋다.

황충도 일 년 내내 번식하는 건 아니다. 지금은 가을에 낳은 알이 부화하는 시기다. 추경이란 참 잘 만든 말이라고 하는 게, 낳아서 땅속에 숨겨 둔 알을 다 파헤쳐 놓으면 새나 작은 동물의 먹이도 될 것이다.

'전에 라한이 그런 얘길 하지 않았던가?'

이런 식의 셈법 이야기를 했던 기억이 난다.

예컨대 들쥐 한 쌍이 새끼를 12마리 낳으면 총 14마리가 된다. 그 12마리 새끼들 중 암컷이 6마리일 경우, 어미 쥐까지 합쳐서 총 7마리가 또 12마리씩을 낳는다.

물론 이 계산식은 어디까지나 탁상공론일 뿐이다. 쥐가 전부 다 죽지 않고 성체가 될 리 만무하다.

하지만 황충이 들쥐처럼 불어난다면 가능한 한 초기 단계에서 수를 줄여 놓는 게 중요해진다.

'황충 알 덩어리 하나에 백, 십이면 천, 백이면 만.'

여기서 죽여 놓으면 추후 몇 배는 되는 황충을 줄일 수 있다.

황충은 어느 정도 습기가 있는 흙에 알을 낳는다고 한다.

'개천이 가깝고, 먹이가 될 만한 풀도 풍부한 이 일대는 딱 좋은 산란 장소였겠군.'

굳이 밭을 일구지 않은 것도 황충을 유도하기 위해서였으리라.

이렇게 만들어진 마을이 술서주에 몇 군데 있다 해도, 현재 어느 정도가 제 기능을 하고 있을까.

황충 알이 담긴 항아리를 든 니엔젠이 마오마오에게 다가왔다.

“이제 이걸 불태우기만 하면 끝이야.”

“그거 다행이네요.”

“그래. 작년엔 이게 늦어지는 바람에 황충을 많이 놓쳤어.”

그러고 보니 확실히 이 마을 주민도 작년에는 벌레 피해가 막심했다고 들었다.

“수확량이 많이 줄었던 건가요?”

니엔젠이 고개를 끄덕였다.

“우리가 먹을 만큼만 간신히 남겼고 비축을 못 했어. 세금을 내면 굶는 상황이었지. 행상인에게서 일용품을 살 여유도 없었기 때문에 가축을 팔아야 했을 거야.”

“그런데 영주가 세금도 면제해 주고, 심지어 지원까지 해 줬단 말이죠.”

“그래. 정말이지 너무 고마우신 영주님이야.”

니엔젠의 말투는 이번에도 내뱉는 듯했다.

“뭐가 그렇게 마음에 안 드나요? 왠지 가시 돋친 말투인데요.”

마오마오는 단도직입적으로 물어보기로 했다.

"전직 도적인 내가 할 말은 아니지만, 이 마을 놈들은 뜯을 수 있는 게 있으면 뭐든 다 뜯어 가려고 하는 놈들이야. 한계도 모르고 뜯어내는 그놈들도 황충이나 진배없다고 난 생각해. 굶어 죽기 싫으면 굶어 죽지 않도록 열심히 밭을 갈면 돼. 그런데 제대로 밭을 가꾸지 않아도 흉년이 들었다는 이유로 돈을 받을 수 있지. 공연히 밭에서 열심히 일하지 않아도 인심 좋게 베풀어 주는 걸 받을 수 있다면, 댁은 어떻게 하겠어?"

"그래서인가요? 이 마을 밭이 제대로 가꿔지지 않은 이유가."

"그래. 작년 벌레 때도 그랬어. 황충이 뜯어 먹고 간 자기네 밭을 멍하니 쳐다보고만 있을 뿐이었지. 촌장은 어떻게 해야 영주님에게서 동정받을 수 있을지, 울고 매달리면서 무슨 말로 애원할지만을 고민하더라고. 잎사귀를 갉아 먹는 황충들을 한 마리 한 마리 잡아서 죽이던 내가 바보 같아질 정도였어."

과거에 겪은 황해의 공포가 니엔젠을 바꿔 놨던 걸까. 끝도 모르고 악행을 저지르던 전직 도적의 행동이라고는 도무지 생각할 수가 없다.

'아니, 그게 아닐 거야.'

아마 원래 니엔젠은 성실한 성격이었으리라. 도적으로 태어나 자랐기 때문에 활쏘기를 배우고, 시키는 대로 사람을 죽였을 뿐이다.

태어날 때부터 윤리 의식을 갖춘 사람은 없다.

"지금 마을의 분위기를 보니 작년에도 꽤나 돈을 넉넉히 받았나 보네요."

"그래. 요 십수 년 동안 변함이 없어. 흉년이 들어도 영주님이 구해 주시지. 모든 이들에게 좋은 영주님이야."

'좋은 영주님이라.'

지원하는 그 돈은 어디서 나는 걸까. 교역에서 짜냈을까? 서도는 그렇게나 번성한 곳이니 농촌에 돈을 좀 나눠 줘도 여유가 있는 걸까.

"기왕 돈을 풀 거면 수로 하나쯤 지어 주는 편이 나을 텐데요."

물을 운반하는 수고가 줄어들면 그만큼 다른 일을 할 수 있다. 새로운 밭을 개척하는 일도 가능하다. 마오마오는 투자해서 수로를 만들어 주면 좋겠다고 생각했다.

"리쿠손이라는 남자도 그런 말을 하더군."

"그랬나요?"

서도로 돌아가면 리쿠손이 어떻게 이 전직 농노의 존재를 알았는지 확인해야겠다.

"그런데 일을 도와주고 있는 참에 미안하지만, 댁들이 이 마을에 온 데에는 다른 볼일이 있는 것 아니야?"

"볼일…."

마오마오는 괭이자루에 턱을 얹고 눈을 감았다.

"앗!"

마오마오는 주위를 둘러보았다. 그리고 흙을 파헤치는 데에서 끝나지 않고, 밭두둑을 만들기 시작한 라한네 형에게 다가갔다.

“여길 밭으로 만들 생각인가요?”

“앗!”

‘아차차, 평소 습관대로 그만, 하는 표정이잖아.’

라한네 형은 부정하지만 완전히 농사꾼의 습관이 몸에 배어 있다.

“그런데 고구마랑 감자 보급은 안 하나요? 그러려고 씨고구마랑 씨감자를 가져왔잖아요.”

“…그건 그렇지만 말이야.”

라한네 형도 생각하던 바가 있었던 모양이다.

“여기 인간들, 밭일을 할 생각이 없어 보이잖아. 고구마나 감자를 보급한다 한들 제대로 키울 수나 있겠어? 새로운 작물을 키우는 데 기존의 밭을 쓸 수는 없을 테고, 새롭게 밭을 개간할 만한 여력도 없어 보여.”

“그건 그래요.”

마오마오도 납득했다.

“그래서 유일하게 제대로 된 밭을 가꾸는 사람을 만나고 싶었던 거야.”

“그랬군요.”

"하지만 저 영감님은 무리겠지."

"무리겠죠."

이 마을 최후의 전직 농노는 자신의 밭을 일구는 일 외에도 제사라는 이름의 추경을 해야 한다. 본래 가을에 다 끝났어야 할 작업을 봄까지 질질 끌고 있는 걸 보면 사람 손이 턱없이 부족하다는 사실을 너무나 잘 알 수 있었다.

"도우미로 한 명 두고 갈 수는 없을까요?"

마오마오는 중앙에서 함께 온 농민들을 돌아보았다.

"…여기까지 끌고 온 녀석들은 내가 있기 때문에 일부러 중앙에서부터 와 준 거야. 그런데 낯선 땅에 그렇게 쉽게 놔두고 갈 수는 없잖아. 너무 불쌍하고 미안한 일이라고."

"그렇겠죠…."

묘한 데서 형님 기질을 발휘하는 라한네 형이었다. 평범한 가정에 태어났다면 좋은 장남이 되었으리라.

"아버지가 여기 없어서 다행이야. 고구마의 장점을 제대로 알게 해 주겠다면서 무슨 짓을 저지를지 모르니까."

"죄송한데 라한 아버지의 그렇게 적극적인 모습을 상상하기가 너무 어려운데요."

마냥 태평한, 뭐먼을 닮은 분위기의 아저씨였다.

"고구마의 어떤 장점을 설파하는데요?"

"꽃의 아름다움이나 잎사귀 모양, 매끄럽게 뻗은 덩굴 이야기를 늘어놓지."

"최소한 고구마가 맛있다는 얘길 해 달라고요… 고구마…."

마오마오는 문득 취에 뒤에 딱 붙어 따라오는 남매를 발견했다. 그리고 항아리를 내려놓고는 아이들에게 다가갔다.

"얘들아, 지난번에 먹었던 고구마 또 먹고 싶지 않니?"

마오마오는 쪼그려 앉아 아이들과 시선을 맞췄다.

"먹고 싶어!"

"먹을래, 먹을래!"

남매가 눈을 반짝반짝 빛냈다.

"그렇게 단 건 처음 먹어 봤어. 건포도보다 달았어."

"건포도?"

"이 근방에선 달콤한 음식이 귀중할 테니까요. 벌꿀도 없고, 설탕도 고급품이고."

취에가 커다란 항아리를 머리에 이고 빙글 돌았다.

'중앙에 비하면 단것이 꽤나 귀중품이란 말이지.'

"…이거, 써먹을 수 있지 않을까?"

마오마오는 히죽 웃으며 라한네 형의 곁으로 돌아갔다.

니엔젠의 집 뒤에는 커다란 구덩이가 있었다. 평소에 쓰레기를 태우는 곳인지 시커멓게 탄 자국이 남아 있었다.

"보통은 여기서 황충 알 같은 걸 태우나요?"

마오마오가 니엔젠에게 물었다.

“그렇지. 잘 안 타니까 연료를 뿌려서 태우곤 해.”

니엔젠이 말하는 연료란 아마 기름이나 가축 분뇨일 것이다. 마오마오 일행이 당연하게 쓰는 장작과 숯은 이 지방에선 사치품이니 말이다.

“가끔은 다른 방식으로 태우고 싶지 않으세요…?”

마오마오의 말에 니엔젠이 의아한 표정을 지었다.

“나는 상관없는데, 뭘 어쩌려고?”

“일단 저기 있는 냄비를 좀 쓸게요.”

마오마오는 밖에 놓여 있던 커다란 냄비를 건드렸다. 낡았지만 튼튼하게 만들어져서, 녹을 긁어 내면 더 쓸 수 있을 것 같았다. 꽤 오래 방치해 뒀는지 속에 시든 풀과 벌레 사체가 들어 있었다.

“어, 맘대로 써.”

마오마오는 바로 냄비를 뒤집어서 짚으로 만든 수세미로 문질러 닦았다.

“여기요, 마오마오 씨.”

취에가 개천에서 물을 떠다 주었으므로 감사히 쓰기로 했다.

“냄비가 크네요. 청초육사* 30인분 정도는 한꺼번에 만들 수

※청초육사 : 고추잡채.

있겠는데요."

"밥 짓는 데 쓰지 않았을까요?"

마오마오와 취에는 마주 보고 함께 냄비를 닦았다.

"그건 농노들 밥 짓는 냄비였어. 하루 치 밥을 한꺼번에 지었지."

"호오, 호오. 농노가 아주 많이 있었나 보군요."

취에에게는 니엔젠에게서 들은 내용을 이미 전달했다. 이 괴짜 시녀는 상대가 전직 도적이든 살인자든 별로 신경이 안 쓰이는 모양이었다.

"그럼, 이건 접시인가요?"

취에가 둥근 금속제 판을 집어 들었다.

"그건 거울이야. 옛날 사당에 걸려 있었지."

거울은 제사 때 쓰는 일이 있다. 옛날에는 깨끗하게 닦여 있었겠지만, 지금은 녹이 잔뜩 슬어서 예전 모습은 찾아볼 수도 없다.

"겸사겸사 닦아 둘까요."

취에가 팔을 걷어붙였다.

"음. 닦을 여유도 없었거든. 부탁해."

전에는 농노들이 닦았겠지만 니엔젠 혼자서는 다 할 수 없었으리라.

'마을 사람들은 어디까지 알고 있을까?'

괴짜 취급을 하긴 했지만 니엔젠을 그렇게 싫어하는 분위기는 아니었다. 황해도 크게 걱정하지 않는 모습을 보면 마을 사람들은 애당초 태평한 성격인지도 모른다.

"이 마을, 도적한테 습격이라도 당할 경우 괜찮을지 모르겠네."

마오마오는 무심코 혼잣말을 했다.

"그 점은 괜찮을 거예요~"

혼잣말이라고 생각했는데 취에에게서 대답이 돌아왔다.

"지금은 다들 정착해서 살고 있지만 원래는 유목민이었고, 창고 안에는 꼼꼼하게 손질이 된 활과 검이 있었거든요. 지리적 이점도 있으니 도적도 여길 습격하려면 용기가 필요할 거예요."

"그래서 여행자를 노렸군요."

마오마오는 이해가 되었다.

'그 안내인은 어떻게 됐을까?'

생각하면 안 되는 일일 것 같았지만, 한 가지 확인하고 싶은 부분이 있었다.

"취에 씨는 왜 일부러 미끼가 됐나요? 바센 님도 알고 있던 눈치는 아니었고, 달의 귀인이 그런 일을 시키시진 않았을 텐데요."

진시는 현재 마오마오의 안전 문제를 민감하게 생각하고 있을 터다. 호위로 바센을 붙여 준 것도 진시 나름대로의 배려라는 생각이 든다.

취에는 작은 눈을 가늘게 떴다.

"제게 내려진 명령은 최대한 위협을 줄이라는 것이었어요. 언제 습격받을지 모르는 입장에 놓이기보다는, 언제 습격할지 직접 지시를 내리는 편이 더 안전하다고 생각하지 않아요?"

취에 나름대로의 안전 대비책이었던가 보다.

"보통은 위험하다는 사실을 숨기고 안심시킬 것 같은데요."

"마오마오 씨는 배짱 있는 사람이니까, 합리적인 방법을 선택하는 걸 좋아하지 않을까 싶었죠."

"혹시나 해서 말해 두는데, 전 얻어맞으면 죽어요."

"네, 알아요. 하지만 독 내성에 대해서는 기대하고 있답니다."

취에는 결론을 명쾌하게 내릴 줄 아는 언니였다.

둘이서 잡담을 나누는 사이 냄비는 깨끗이 닦였다. 니엔젠은 근처에서 다른 작업을 하고 있었다.

"어떻게 할 거예요, 이 냄비?"

"아까 그 황충 알을 담을 거예요."

"?!"

취에가 엄청난 기세로 뒷걸음질 쳤다.

"…마오마오 씨."

"취에 씨, 안심하세요. 안 먹어요, 안 먹는다고요."

"정말이죠?"

취에가 의심의 눈초리를 보냈다.

"네. 맛도 없어 보이고, 모아 놓고서 이렇게 말하긴 뭣하지만 정말 기분 나쁘네요."

성충은 먹지만 알은 알이라 거부하게 된다.

"여기에 기름을 붓고…."

"볶을 건가요?"

"태울 거예요."

"태워요?"

마오마오는 냄비를 들고 사당으로 향했다. 수수한 벽돌로 지어진 건물이었지만 청소하고 장식을 하면 꽤 그럴싸해 보일 듯했다.

"여기서 불을 피우면 무슨 제사祭祀를 드리는 것 같아 보이지 않겠어요?"

"호오."

"그리고 축제祝祭에는 맛있는 음식이 필요하겠죠?"

마오마오는 아직 주위를 어슬렁거리고 있는 마을 아이들을 돌아보았다. 고구마 이야기를 듣고 왔는지 남매 외에도 인원이 많이 늘어났다.

"아하, 그렇군요."

취에가 웃었다. 마오마오가 뭘 하려는지 이해한 모양이었다.

"그럼, 장식은 맡겨 주세요."

취에가 옷깃에서 붉은 장식 끈을 스르륵스르륵 꺼냈다.

"냄비를 올려놓을 단도 필요하니까 시동생과 라한네 형에게도 도와 달라고 해야겠네요."

취에도 라한네 형이라는 호칭이 입에 익은 모양이었다.

취에가 솔선해서 무대를 만들어 주었으니 마오마오는 맛있는 음식을 준비할 차례였다. 니엔젠의 집에 있는 아궁이를 빌려 음식을 요리하기로 했다.

옌옌이 전문 요리사 뺨치는 솜씨를 갖고 있어서 존재감을 잃곤 하지만, 마오마오도 요리는 잘하는 편이다.

'요리는 약 조제와 똑같아.'

재료와 조미료를 배합해서 맛있다고 생각하는 것을 만들면 된다.

"뭘 하는 거지?"

니엔젠이 남은 한쪽 눈을 가늘게 떴다.

"축제요."

"축제?"

"축제는 즐겁게 벌이는 거잖아요. 그래서 맛있는 음식을 준비하는 거예요."

"…그건 그렇지만."

니엔젠이 불안한 듯 시선을 옮겼다. 그 너머에는 라한네 형이 있었다.

“이봐! 다 쓰지 마! 가져온 양은 한도가 있다고!”

무엇을 다 쓰지 말라고 하느냐, 씨고구마다. 축제이므로 음식을 후하게 대접하기로 했다.

“알고 있어요. 그보다 빨리 쪄 주세요.”

“엄청 부려 먹네!”

라한네 형은 투덜투덜 불평하면서도 아궁이에 연료를 던져 넣었다. 바싹 말랐다고는 해도 양의 똥을 맨손으로 만지는 데는 거부감이 느껴지는지 막대기 두 개로 잡아서 넣고 있었다.

“우리 집에 있는 도구는 마음대로 써도 돼. 하지만 식량을 쓰겠다면 나중에 돈으로 갚아 줘. 나도 사는 게 팍팍하니까.”

“감사합니다.”

“그럼, 난 잠이나 자야겠군.”

니엔젠은 허술한 침대에 누웠다. 건강해 보이지만 나이로는 영감님이기에 연일 이어진 밭일이 힘든 모양이었다.

“고구마는 약한 불에 가열해야 더 달콤해지죠?”

“맞아. 그러니까 센 불로 굽는다고 다 좋은 게 아니야.”

‘농업뿐만 아니라 고구마 요리도 잘 아는 것 같네.’

아마 라한이란 녀석이 고구마 이용법에 대해 고민할 때 자기 형을 이용했음이 분명하다. 동생에 대해선 인정사정없어 보이는 라한네 형도 기본적으로는 사람이 좋다. 그러면서도 겉으로는 반발하는 척 행동하는 건, 그냥 너무 늦게 찾아온 평범한 반항기로 보였다.

"전 요리 종류를 잘 몰라서 그러는데, 여기 있는 재료로 만들 수 있는 요리가 있을까요?"

"왜 나한테 물어?"

"취에 씨는 기본적으로 먹기 전문이라고 했고, 바센 님은 어차피 도움이 안 되니까요."

취에는 죽 정도라면 끓일 수 있지만 복잡한 요리는 먹는 일에 집중하고 싶은 모양이었다.

"…몰라."

라한네 형은 고개를 홱 돌리고 뻔한 거짓말을 했다.

"그렇군요. …미안해, 맛있는 음식을 잔뜩 먹여 주고 싶었는데."

마오마오는 뒤를 흘끔 돌아보았다. 집 입구 문틈으로 아이들이 안을 들여다보고 있었다. 그 남매뿐만 아니라 많은 아이들이 있었다.

"친구들도 데려왔는데 말이야. 맛있고 신기한 걸 먹어 보고 싶었을 텐데."

마오마오는 자기답지 않은 짓이라고 생각하면서도 아이들에게 말을 걸었다.

"어? 고구마, 못 먹어?"

여동생의 슬픈 목소리가 들렸다.

“먹을 수는 있지만 미안해. 난 그리 맛있는 걸 만들 줄 몰라서.”

“요리 잘 못해?”

다른 아이들이 고개를 갸웃거렸다.

“고구마 먹고 싶은데. 우리 먹을 건 없구나….”

아이들의 슬픈 목소리가 들렸다.

“…….”

라한네 형이 거북한 표정을 지었다. 뚱한 얼굴로 등을 돌리나 했더니 하아, 하고 한숨을 내쉬었다. 그러고는 뒤를 돌아보며 손가락을 쳐들었다.

“이봐, 꼬맹이들. 밥을 먹고 싶으면 일을 도와. 그 무엇보다 맛있는 걸 먹여 줄 테니까!”

아이들이 환호성을 질렀다.

라한네 형은 그야말로 장남 기질을 타고난 사람이었다.

‘진짜 쉽다니까.’

마오마오는 그렇게 생각하면서 찜통 속 고구마를 젓가락으로 찔렀다.

요리가 끝났을 무렵, 사당 장식도 끝이 났다.

사당 중심에는 황충의 알이 담긴 냄비가 놓여 있었다. 벽돌을 교묘하게 잘 쌓아서 즉석으로 단을 만들어 놓았다.

수수한 벽돌로 지은 사당 건물에 붉은 깃발이 여기저기 꽂히고, 짐승 기름으로 피운 등불이 활활 타고 있었다. 짤랑거리는 소리가 들려 돌아보니 금속 조각을 끈으로 묶어서 소리가 나게끔 만들어 놓았다. 바람이 불면 소리가 나고 붉은 깃발이 펄럭인다.

통에 양모 천을 붙여서 급조한 의자와 탁자를 늘어놓아 식탁을 꾸몄다. 마오마오와 라한네 형은 여태 만든 요리를 차렸다.

준비가 다 끝났을 무렵, 태양은 거의 지평선에 닿을 정도로 가라앉아 있었다.

"뭐야, 대체?"

아이들뿐만이 아니라 어른들도 찾아왔다.

모두 다 모였을 즈음 마오마오는 커다란 냄비에 기름을 붓고, 시든 풀을 불쏘시개 삼아 불을 붙였다.

향긋한 건지 역한 건지 모를 냄새가 화악 풍겼다. 어두컴컴해진 실내에서 냄비는 어엿한 화톳불이 되어 있었다.

"손님 여러분, 뭘 하고 계시는 겁니까?"

촌장이 고개를 갸웃거렸다. 그 외에도 마을 사람 몇 명이 더 있었다.

"여기에 대해서는 내가 설명하지."

바센이 앞으로 나섰다. 그 옆에는 취에가 서서 무슨 종잇조각을 바센에게 흘끔흘끔 보여 주고 있었다.

'지시 용지구나.'

마을 사람들은 모르는 것 같으니 다행이다.

"이 마을은, 옛날, 어떤 제사를 행하기 위해 만들어졌다."

"…네, 들은 기억이 있습니다. 그, 계속 땅바닥을 파서 없는 의미 불명의 행위 아닙니까? 지금 그런 짓을 하는 사람은 니엔젠뿐입니다."

촌장이 대답했다.

"그렇다. 의미를 알 수가 없겠지. 이번에 우리가 온 이유는, 어설픈 형태로만 전해져 내려오던 제사를 올바른 형태로 전달하기 위해서였다."

'술술 읽는구만.'

바센은 종이에 적힌 내용을 뻣뻣하게 읽었지만, 화톳불이 후광처럼 비치는 덕분에 묘하게 신비로워 보였다. 준비성 좋은 취에는 지시 용지를 미리 여러 장 준비하여, 마을 사람들의 반응에 맞춰 그것을 바꿔 가며 바센에게 읽히고 있었다.

'시동생 다루는 솜씨가 대단하네.'

집오리는 거치적거리므로 지금은 라한네 형이 안고 있었다. 바센 뒤를 어슬렁거리고 있다가는 위엄이고 나발이고 다 날아갈 것이다.

라한네 형이 팔꿈치로 마오마오를 쿡쿡 찔렀다.

"이봐, 저게 사실이야?"

작은 소리로 그렇게 묻기까지 했다. 무대 설정이 너무 완벽한 바람에 속은 사람이 여기 또 한 명 있었다.

"그런 설정이 됐어요. 최선을 다해서 맞춰 주세요."

"뭐야, 거짓말이야?"

라한네 형은 '진짜?' 하는 표정을 지었다.

마오마오와 라한네 형이 그런 대화를 나누거나 말거나 바센과 취에, 마을 사람들의 이야기는 이어졌다.

"…그러셨습니까? 이곳에서 제사를 지낸다는 사실은 알겠습니다. 그럼 한 가지 여쭈어 보아도 괜찮겠습니까?"

촌장이 바센에게 질문했다.

"뭐지?"

"그 제사라는 걸 맡은 사람은 니엔젠뿐인 거죠? 저희는 그런 이야기를 듣지 못하고, 당시의 영주님이 이주하라고 하셔서 이곳에 불려 온 겁니다만."

냄비 속에서 탁탁 튀는 소리가 났다.

즉, 제사를 지내거나 말거나 상관은 없지만 자신들은 제사를 지낼 생각이 없다는 이야기였다. 귀찮은 일을 떠맡기지 말라고 얼굴에 쓰여 있었다.

취에는 움직임을 잠깐 멈추고 생각에 잠기면서 바센에게 용지를 보였다.

"알고 있다. 제사를 지내는 건 굳이 너희가 아니어도 상관없어."

바센은 마오마오 쪽을 보았다. 취에가 바센 뒤에서 한쪽 눈을 끔뻑했다.

"하지만 그 결과, 어떻게 되어도 상관없다는 말이겠지?"

바센이 가리킨 곳에는 마오마오가 있었다. 이것도 취에의 지시였다.

'던지는 거냐고!'

뒷일은 마오마오에게 맡기겠다는 뜻이었다. 이런 터무니없는 요구가 다 있나.

'나보고 어쩌란 거야!'

마오마오는 할 수 없이 앞으로 나섰다. 그리고 한 걸음 한 걸음 천천히 걸어, 커다란 냄비로 다가갔다.

'뭐 없었나, 뭐? 대충 얼버무릴 만한 핑곗거리가….'

마오마오는 양손을 가슴 앞에 두고 품을 더듬었다. 취에 정도는 아니지만 생약이나 재봉 도구 같은 게 품에 들어 있었다. 천천히 걸으면서 즉석에서 각본을 꾸몄다. 그리고 큰 냄비 앞에서서 고개를 숙였다.

"이 불은 신께 공물을 바치는 불입니다. 옛날에는 인신 공양을 하던 시대도 있었지만, 신께서는 그것을 원치 않는다고 말씀하셨다고 합니다."

후궁에서 유행하던 소설 속 대사를 차용했다. 원래는 더 과장된 말투였지만 다 기억나지는 않는다.

“그래서 인간 대신, 새의 화신인 토지신님이 좋아하시는 다른 것을 공물로 바치게 되었습니다.”

오두막 안에 잠들어 있던 닭이 눈에 들어왔다.

“새의 화신인 토지신이라니, 우리는 유목의 신을….”

“그래요? 이미 정착해서 살고 있는데 아직도 예전 신을 믿고 있는 건가요~?”

취에가 일부러 그러는 것처럼 자극했다.

“그래서였나 보군요. 이 부근에서 보리가 잘 안 자라는 이유가. 해마다 나빠지고 있지 않나요? 토지신님을 섬기는 신앙심도 없이 눌러앉아 있는 게 원인이 아니었을까요?”

마을 사람들이 수군수군 이야기를 나누기 시작했다.

보리 수확이 줄고 있는 건 사실이리라. 그렇게나 무성의하게 농사를 지으면 흙 자체가 거칠어진다. 무논에 심는 벼와는 달리 보리는 토양을 제대로 갖춰 주지 않으면 잘 여물지 않는다.

‘분위기 괜찮은가?’

하지만….

“그냥 흙의 영양가가 부족해서 그런 거 아냐? 신이니 뭐니 하는데, 그런 게 진짜 있긴 해?”

젊은 마을 사람이 반론했다.

'신앙심 좀 가져라, 좀!'

마오마오는 자기 자신은 제쳐 두고 그렇게 생각했다.

"이제 와서 신이 어쩌고 해도…."

"그러게 말이야. 게다가 수확량이 시원찮아도 어차피 영주님은 관대한 마음의 소유자이신데."

"맞아. 있는지 없는지도 모르는 신보다 자상한 영주님이 훨씬 낫지."

맞아, 맞아, 하는 소리가 높아졌다.

'응, 그렇겠지. 보이지 않으면 믿을 수 없을 테니까.'

마오마오도 잘 알고 있는 일이니 어쩔 수 없다. 하지만 이렇게 된 이상 하는 수밖에.

"후훗."

마오마오가 고개를 숙이고 웃었다.

"뭐가 우습지?"

"아뇨, 아까부터 착각하시는 것 같은데 다시 한번 말씀드리죠. '제사를 지내는 건 굳이 너희가 아니어도 상관없어.'"

바센의 대사를 되풀이했다.

마오마오는 마을 사람들에게 등을 돌린 채 품을 뒤졌다. 그쪽에 손이 보이지 않도록 조심하면서.

'보자, 그러니까 여기에….'

그리고 손을 높이 들었다.

큰 냄비 속의 불길이 갑자기 솟구쳤다.

"부, 불이!"

시뻘건 불길이 노란색으로 변했다.

"뭐야, 이게!"

'이것도 참 오랜만에 쓰는 수법이네.'

마오마오의 품에는 생약 외에도 소독용 주정이 들어 있었다. 그리고 아까 요리에 쓰고 남은 소금 조각도 있다. 소금은 고급품이라고 취에가 말했기 때문에 혹시나 해서 소지하고 있었다.

전에 후궁에서 벌어졌던 사건과 똑같은 수법이다. 소금을 불에 태우면 불꽃이 노란색으로 변한다.

"신의 의사가 보이십니까?"

마오마오는 사당에 걸어 놓았던 거울을 집어 들었다. 취에가 표면을 닦긴 했지만, 그래도 워낙 심하게 녹슬어 있었기에 녹을 긁어 낸 게 최대한이었던 모양이다.

'아니, 오히려 딱 좋아.'

마오마오는 주정을 살짝 흘리고, 냄비의 불길을 거울로 옮겨 붙였다. 이번에는 청록색 불꽃이 솟구쳤다.

마오마오는 뒤를 돌아보며 영업용 미소를 싱긋 지었다.

"신께서 화를 내시고, 또한 슬퍼하고 계시는 모양입니다."

구리거울이 불 때문에 뜨겁게 달궈졌으므로 냄비 옆에 내려놓았다.

마을 사람들은 불꽃의 색이 바뀌는 모습을 보고 술렁거리고 있었다.

"자, 여러분은 제사에 참가하지 않으시겠다고 들었습니다만."

마오마오는 통 위에 올려놓은 요리를 바라보았다.

"오늘 밤엔 식사를 좀 많이 준비한 모양이네요. 식기 전에 여러분 모두 함께 드시지 않겠어요?"

"야호~!"

손을 번쩍 드는 건 아이들뿐이었다. 일을 시킬 만큼 시켜 놓고 음식을 먹이지 않을 수는 없겠지.

어른들은 불꽃의 변화를 의아하게 여기면서도, 한 번도 본 적 없는 요리가 궁금하긴 한 모양이었다. 모두가 요리로 시선을 빼앗기자 마오마오는 취에를 쿡쿡 찔렀다.

"사람 곤란하게 좀 하지 마세요."

마오마오는 휴우, 하고 한숨을 내쉬었다. 솔직히 식은땀이 났다.

"마오마오 씨라면 해낼 거라고 믿었어요."

취에는 뻔뻔한 얼굴로 그렇게 말하더니 씩 웃고는 진수성찬 쟁탈전에 참가했다.

'잘되면 좋겠는데.'

마오마오는 무척 지쳤다. 뒷일은 취에와 다른 사람들에게 맡기고 먼저 천막에 가서 쉬기로 했다.

약사의 혼잣말

10화 : 결과 보고

향긋한 차와 달콤한 과자 냄새가 가득했다.

다과회 주최자는 매끈매끈한 피부가 마치 아기 피부 같았고, 즐거운 목소리로 깍깍거리며 수다를 떨고 있었다.

여기까지의 묘사를 보면 사람들은 대부분 젊은 아가씨들의 다과회를 상상할 것이다.

그러나….

"아가씨, 어서 와~"

다과회의 주최자는 아저씨, 심지어 환관이었다.

말할 것도 없이 돌팔이 의관이다. 그리고 그 대화 상대인 티엔요우는 맞장구를 치며 말린 대추를 먹고 있었다. 리하쿠는 벽 쪽에 서서 호위를 하고 있었지만 한가한지 호두를 집어 들고 몰래 껍데기를 깨려는 중이었다.

'그거, 생약으로 가져온 호두 아냐?'

마오마오는 의문을 느끼면서도 일단 돌팔이 의관에게 마주 인사를 했다.

"다녀왔습니다. 분위기가 제법 의무실다워졌네요."

교쿠엔의 별저 내 별채를 개조해 만든 의무실은 전보다 상당히 충실해졌다. 서랍장과 침대가 더 추가되고, 칸막이도 마련되었다.

마오마오가 일행과 함께 농촌에 다녀오느라 비운 열흘 동안에도 다른 의관들은 열심히 일한 모양이었다.

"아가씨 방에도 가구를 늘렸어. 장소는 안 바뀌었지만."

"네, 감사합니다."

분명 열흘 전에는 침대밖에 없었다. 책상과 책장 같은 것이 생겼다면 마오마오도 반가운 일이었다.

"아가씨가 놔두고 간 짐은 하나도 안 건드렸어. 그치만 방이 너무 살풍경해서 내가 정리를 좀 했지. 훨씬 지내기 편해졌을 거야!"

돌팔이 의관은 묘하게 의욕이 넘쳤다. 즉, 마오마오의 방을 개조할 정도로 한가했다는 이야기다.

"그 수염 없는 아저씨가 엄청 열심히 개조했다고."

티엔요우가 평소와 마찬가지로 경박한 웃음을 지으며 말했다. 마오마오는 매우 불길한 기분이 들었다.

"딱히 큰 문제는 없었나요?"

마오마오는 그렇게 물으면서 짐을 내려놓고, 새로 들여놓은 약 서랍장의 서랍을 열었다. 오랜만에 맡는 약다운 약의 독특한 냄새에 마음이 편안해졌다.

참고로 바센에게서 해마는 이미 받아 놓았으므로, 나중에 약을 만들고 싶다.

"으음…. 딱히 없어. 평소와 마찬가지로 달의 귀인 왕진을 가고, 가끔 환자가 오고…."

"대체로 감기가 많아. 일교차가 심해서, 배 여행으로 몸이 약해진 사람들이 더러 오더라고."

티엔요우는 돌팔이 의관의 느긋한 말투가 답답했는지 옆에서 끼어들었다. 마오마오 입장에서는 간결한 이야기를 듣고 싶었기에 약 재고를 확인하면서 티엔요우를 쳐다보았다.

"전갈에 쏘인 녀석이 한 명 있었는데 괜찮았어. 가까이 있던 사람이 쏘이자마자 바로 응급 처치를 해 준 덕분에, 좀 징징거리긴 했어도 죽지는 않을 거래."

티엔요우가 말하는 걸 보니 아마 잘 모르는 분야였던가 보다. 돌팔이 의관은 알 턱이 없으니 전갈 독에 대해 잘 아는 사람이 따로 있었던 걸까.

"전갈 독에 조예가 있는 분이 계셨나요?"

마오마오는 서랍에서 자주쓴풀을 꺼내 조금 뜯어서 핥아 보았다. 바로 후회될 정도로 쓴맛이 나고, 그야말로 약이라는 느끼이 들어 기분이 좋았다.

“전갈 독은 이 근방에선 흔하다고, 그냥 식당 아줌마가 알려 줬어. 네가 그러고도 의사냐, 하고 어이없어하더라고.”

“응. 글쎄 서도에서는 전갈을 튀겨서 먹기도 한다지 뭐야. 무서워.”

돌팔이 의관이 눈썹을 축 늘어뜨렸다.

“그거 꼭 먹어 보러 가야겠네요!”

기분이 단숨에 고양된 마오마오는 꺼냈던 감초를 도로 집어넣었다. 오는 길에 발견한 풀이 생약인지 아닌지도 확인하고 싶다.

“뭐어? 난 싫어.”

돌팔이 의관이 고개를 도리도리 저었다.

의관 둘이 다 이러고 있는 걸 보니 별문제는 없을 거라고 마오마오는 판단했다. 그래서 조금만 더 약을 갖고 놀고 싶었지만, 미련이 철철 넘치는 기분으로 자기 방에 돌아가기로 했다.

“그럼, 짐 놓고 올게요.”

계단을 올라가면 바로 방이 나온다. 안에 들어간 마오마오는 티엔요우가 웃었던 이유를 바로 알았다.

“뭐야, 이게….”

간소하고 아무것도 없는 방이었는데 침대에 벚꽃색 천개가 드리워져 있었다. 모기장이라고 하기에는 너무 귀엽고 심지어

군데군데 자수도 들어가 있었다. 옆에 놓인 책상에도 자수가 들어간 탁자보가 씌워져 있었고, 의자에는 성기게 뜨개질해서 문양을 만든 서양풍 방석이 놓여 있었다.

창에는 비치는 문양이 들어간 장막, 그리고 벽에는 꽃무늬 직물이 걸려 있다.

향 냄새가 났다. 마오마오치고는 너무 귀여운 꽃향기였다. 심지어 말린 장미꽃잎이 여기저기 뿌려져 있었다.

"……."

마오마오는 바들바들 떨었다. 바로 덤벼들어 내부 장식을 전부 바꿔 버리고 싶었다. 하지만 돌팔이 의관이 눈을 반짝반짝 빛내며 바로 뒤에 서 있었다. 그 기대에 찬 눈빛이 마오마오를 향했다.

"후후, 이 성긴 뜨개질 자수가 참 좋지? 행상인이 젊은 아가씨에게 딱 맞는 물건이라고 권해 주더라고."

젊은 아가씨고 뭐고 방 주인은 마오마오다. 게다가 나이로 치자면 이미 시집갈 시기를 놓쳤다고 봐야 한다.

"아가씨, 마음에 들어?"

돌팔이 의관이 댕그란 눈으로 마오마오에게 다가왔다.

"…윽."

마오마오는 얼굴을 일그러뜨리다 결국 어깨를 축 늘어뜨렸다.

뒤에는 불쌍하다는 표정의 리하쿠와 웃고 있는 티엔요우가 있었다. 일단 티엔요우의 저녁 식후 차로는 자주쓴풀차를 끓여 주기로 했다.

저녁 식사가 끝나고 마오마오는 방으로 돌아왔다. 티엔요우에게 확실히 앙갚음을 해 준 덕에 마음이 조금 풀렸다. 자주쓴풀차를 마신 티엔요우가 얼굴을 잔뜩 구기는 모습은 평소 볼 수 없는 꼬락서니였다.

'약이야, 약.'

자주쓴풀은 유곽에서 눈썹 그리는 먹에 섞어서 쓰던 풀이다. 눈썹털이 덜 빠지게 해 주는 효과가 있다고 한다. 그 외에 소화불량과 설사, 복통 등에도 잘 듣지만 너무나도 맛이 없어서 궁정 의무실에서는 별로 쓰이지 않는다.

왜 갖고 있느냐, 위장약보다 탈모를 줄이는 약으로서 효능이 있다고 하면 사람들이 호응해 주기 때문이다.

'가끔 온단 말이지, 두발 상담.'

물론 마오마오는 돌팔이 의관과 달리 개인 정보를 지킬 줄 안다. 하지만 그 기회를 이용해 여러 부탁을 할 줄도 모르는 건 아니다.

마오마오는 너무 귀여워진 방 모습을 보고 후우, 하고 한숨을 내쉬었다. 갑자기 원래 모습으로 돌아가 버리면 돌팔이 의관이 슬퍼할 테니 눈치채지 못하게 조금씩 바꿔 나가야 한다.

오늘은 다 귀찮으니 내일부터 해야겠다는 생각에 잠옷으로 갈아입으려 할 때였다.

똑똑 문을 두드리는 소리가 났다.

"들어오세요."

"좋은 밤이죠?"

들어온 사람은 취에였다. 농촌에 있을 때의 바지 차림이 아니라, 평소의 시녀복으로 돌아와 있었다.

"돌팔이 씨의 왕진이 다 끝났으니 시녀들을 봐 주셨으면 해요."

취에는 표면적인 핑계를 술술 늘어놓았다.

한마디로 진시가 마오마오를 부른다는 이야기였다.

'열흘이라.'

진시의 상처는 어떻게 되어 있을까. 아무 짓도 안 했으면 괜찮겠지만, 긁기라도 했다간 난감해진다.

"농촌이 어땠는지 묻고 싶은 것 같더라고요."

"취에 씨가 보고한 줄 알았는데요."

취에와 바센 두 사람이 보고하면 마오마오가 이야기할 필요는 없으리라고 생각했다.

"아뇨, 아뇨. 복수의 의견을 듣는 게 달의 귀인 방식이거든요. 입장이 다르면 시점이 달라지잖아요."

"듣고 보니 그렇긴 하네요."

그렇다면 라한네 형을 데려가는 게 제일 좋지 않을까 싶었다. 하긴, 라한네 형은 마오마오를 비롯한 여러 사람들과 달리 진시에게 내성이 없을 것 같다.

'제대로 얘기도 못 하고 끝나겠지.'

일단 명령이라면 찾아뵐 수밖에 없는 게 마오마오의 입장이다. 잠옷을 포기하고 다시 원래 옷으로 갈아입어야 한다.

등불을 든 취에가 팔짝팔짝 뛰듯 걷는 바람에 빛이 자꾸 흔들려, 주위가 언뜻언뜻 보였다.

"음산하네요, 한밤의 넓은 저택은."

"그러게요."

마오마오는 후궁에서 일하던 때를 떠올렸다. 성벽 위에서 춤추는 비, 괴담 이야기. 밤에 밖에 나가는 일도 적지 않았다.

"그러고 보니 나온대요, 이 저택."

취에가 등불을 얼굴 앞으로 들이댔다.

"그래요?"

마오마오는 쌀쌀맞게 대꾸했다.

취에는 시시하다는 듯 입을 삐죽였다.

"뭐예요, 안 무서운가요? 마오마오 씨는."

"그런 이야기엔 꽤 익숙해서요."

새삼 무서워할 것도 없다. 하지만 취에는 재미없다는 표정이었다.
“그래서 어떤 이야기인데요?”
“오, 듣고 싶어요? 듣고 싶군요, 마오마오 씨?”
취에가 눈을 반짝였다.
“나온다니까요, 여기.”
“그러니까 뭐가요?”
“날아다니는 사람 머리가.”
“네?”
사람 머리라면 사람 머리겠지. 머리가 왜 날아다닌다는 걸까.
“‘비두만飛頭蠻’이 나온대요.”
비두만. 분명 휙휙 날아다니는, 사람 머리처럼 생긴 요괴라고 들은 적이 있다.
“뭔가요, 마오마오 씨? 믿어지지 않나 보네요.”
“지금 안 나오고 있잖아요. 취에 씨, 사실은 좀 기대했죠?”
가는 도중에 그 비슷한 것과 마주치는 일도 없이, 둘은 무사히 진시가 체재하는 방에 도착했다.
“아~ 시시해라.”
“알았어요, 알았어. 할 일이나 끝내자고요.”
두 사람은 이름 모를 호위에게 고개 숙여 인사한 뒤 방 안으로 들어갔다. 방이 얼마나 호화로운지에 대해서는 생략하기로 하고, 안에는 스이렌과 가오슌이 있었다.

"실례합니다."

마오마오는 고개를 숙이며 주위를 둘러보았다.

'얼마 안 되네.'

뭐가 얼마 안 되느냐, 사람 수다. 진시는 안에 있다고 치고 타오메이와 바센의 모습이 보이지 않는다. 그리고 바료는 있든 없든 별 상관없다. 취에가 장막 안쪽을 쿡쿡 찌르고 있으니 아마 거기 있는 모양이다.

"타오메이는 바센한테 설교하는 중이란다."

스이렌이 차를 준비하면서 마오마오의 의문에 답해 주었다.

'아니, 묻지도 않았다고.'

민완 시녀는 마오마오의 생각 따윈 다 꿰뚫어 보는 모양이었다.

'농촌 시찰 나가서 그렇게 극단적인 실수 같은 건 안 했는데.'

오히려 바센은 전보다 어른이 되었다는 느낌이었다. 중간에 조마조마해지는 일도 있었지만, 바센치고는 많은 면에서 잘 참았다고 봐야 한다.

"아무리 귀여워도 집오리를 방 안에 들여보내면 안 되지."

'집오리였구나.'

원인을 안 마오마오는 속이 후련해졌다. 라한네 형에게 집오리를 맡기고 오지 못했던 모양이다. 라한네 형은 아직 농촌에 남아 농업을 지도하는 중이다.

"그럼 샤오마오, 이걸 달의 귀인께 전해 드릴 수 있겠니?"

스이렌이 명랑하게 웃으며 다기가 담긴 쟁반을 건넸다.

"제가 들어가도 괜찮을까요?"

가오슌도 문제없다며 고개를 끄덕였다. 그러고 보니 고생 많은 이 종자의 손에는 하얀 깃털이 하나 들려 있었다. 생김새와 다르게 귀여운 것을 좋아하는 가오슌에게 집오리는 마음의 위안이 되는 존재이리라.

지금 있는 사람들은 모두 진시의 사정을 알든 모르든 어느 정도 융통성 있게 행동해 줄 수 있는 사람들이고, 한 명 더 있다고 해 봐야 자유인 취에다. 취에는 스이렌 앞이라 그런지 칠칠치 못하던 자세를 반듯하게 고쳤다.

"알겠습니다."

마오마오는 안쪽 방으로 향했다. 문을 여니 머릿속이 상쾌해지는 향 냄새가 콧구멍을 간질였다. 평소에는 주로 백단을 사용하는 진시지만 오늘은 침향인 모양이었다.

'최고급 침향나무를 쓰고 있겠지.'

침향은 생약으로도 사용되므로 마오마오도 갖고 싶었지만 진시가 사용하는 향이라면 눈이 튀어나오게 비싼 물건이리라. 그리 쉽게 달라고 조를 물건이 아니다.

"마오마오로군."

진시는 책상에 앉아 있었다. 책이 잔뜩 쌓여 있는 가운데 뭔가를 열심히 쓰는 중이었다.

"네."

마오마오는 탁자에 쟁반을 내려놓고 찻잎을 넣었다. 스이렌이 따뜻한 물을 담아 주었기에 딱 적당한 온도에서 우릴 수 있었다. 찻잔 두 개에 균등하게 따르고, 마오마오는 그중 하나를 집어 들었다.

"실례하겠습니다."

스이렌이 준비해 준 차에 독이 들어 있을 리 없다는 사실은 알지만, 그래도 형식적으로나마 독 시식을 했다. 갈증 해소뿐만이 아니라 혈액 순환에도 도움이 되는, 발효가 잘된 고급 흑차였다.

"드십시오."

"음."

진시는 붓을 내려놓고 크게 기지개를 켰다.

"몸 상태는 어떠신지요?"

"벌써 본론으로 들어가는 건가? 뭐, 진찰을 받으면서 그간의 이야기를 듣도록 하지."

진시가 상의를 벗었다. 처음에는 반라가 된 모습에 다소 머뭇거려진 적도 있었던 것 같지만, 벌써 여러 번 왕진하는 사이 익숙해져 버렸다. 마오마오도 일일이 신경 쓸 수는 없었기에 감겨 있던 붕대를 풀었다.

"붕대 감는 솜씨가 많이 느셨군요."

"매일 하는 일이다 보니."

진시의 옆구리에는 붉은 꽃 한 송이가 멋지게 피어 있었다. 화상 흉터에 새 피부가 돋아난 모습이었다. 선명한 붉은색을 띠고 있어 마치 장미나 모란이 피어난 듯했다. 정치적 사정만 없었다면 마오마오도 솔직하게 아름답다고 생각했으리라.

'이젠 거의 다 낫긴 했지만.'

낙인의 문양이 사라질 일은 없으리라. 색이 옅어질 수는 있어도, 붉은색에서 분홍색으로 바뀔 뿐이다.

'하… 엉덩이 가죽을 벗겨서 여기다 붙여 주고 싶다.'

마오마오는 진시의 둔부를 흘끔흘끔 쳐다보았다.

"최근 느껴지는 일이다만, 치료할 때 앞이 아니라 자꾸 뒤를 보고 있지 않나?"

"기분 탓입니다."

마오마오는 진시의 옆구리에 연고를 발랐다. 화상약이라기보다는 피부의 건조를 막는 게 목적이었다. 조만간 기미를 제거하는 생약도 섞어야겠다는 생각이 들었다.

"자, 끝났습니다."

새 붕대를 감으면 진시의 치료는 끝이다. 별로 오래 걸리는 일도 아니다. 차가 아직 김을 피워 올리고 있었기에 마오마오도 한 모금 마셨다.

"역시 마오마오가 해 주는 게 빨라."

진시는 옷을 입은 뒤 탁자 위에 놓인 차를 단숨에 마셨다. 마오마오가 차를 새로 우리려 하자 진시는 필요 없다며 제지했다.

진시는 책상에서 책을 한 권 가져와 침대 위에 앉았다.

"바쁘신가 보네요."

"바쁘다기보다는 익숙지 않다는 편이 가깝지. 땅이 다르니 공부할 것도 많아."

업무가 아니라 자습용인 모양이었다.

"보고해 줘."

책을 읽으며 들을 요량인가 보다. 시간이 없는 진시이니 어쩔 수 없다.

"어느 정도까지 말씀드려야 좋을까요?"

"바센과 취에에게서 보고를 받긴 했지만, 굳이 중간에 생략할 필요는 없어. 의견과 감상을 포함해서 전부 말해 줘."

"그렇다면…."

마오마오가 이야기를 시작하려 하는데 진시가 침대 위, 자기 바로 옆자리를 툭툭 두들겼다.

"……."

"계속 서 있으면 피곤할 테니 앉아라."

"그럼, 의자를…."

마오마오는 의자를 가져오려 했으나 진시가 손목을 붙잡았다.

"앉아."

진시는 나라 하나쯤 기우뚱하게 만들 수 있을 법한 미소를 지었다. 오늘은 어쩐지 얌전하다 했더니 그렇지도 않은 모양이었다.

마오마오는 할 수 없이 진시 옆에 앉아 농촌에서 있었던 일을 이야기했다.

새삼 타인에게 이야기하려니 머릿속으로 정리할 필요가 있었다.

길을 가다가 도적의 습격을 받은 일.

일할 의욕이 없는 농민들.

바람을 읽는 백성과 농노의 존재.

이 일족에 관한 이야기.

진시는 다른 두 사람의 의견과 맞춰 보는 눈치였다. 고개를 끄덕이면서, 가끔 마음에 걸리는 일이 있는지 갸웃거리기도 했다.

"제 보고는 이상입니다. 궁금하신 점이 있으신지요."

"음. 신경 쓰이는 부분이라면 역시 바람을 읽는 백성 부분이군."

"그렇겠죠. 온 초원을 돌아다니며 제사를 지내는 민족. 새를 조종하고, 대지를 경작하는."

"새를 조종한다…."

진시도 마오마오와 같은 부분이 궁금한 모양이었다.

"새라는 게 집오리가 아니라는 점은 확실하겠죠?"

"음, 바센에게는 미안하게 됐어."

바센은 그 집오리 때문에 어머니 타오메이에게 야단을 맞고 있다. 원래 집오리 사육을 명령한 게 진시이다 보니 미안한 마음이 드는 모양이었다.

게다가 왕진을 할 때 자신에게서 바센을 떨어뜨려 놓기 위해 타오메이에게 잔소리를 하라고 명했다고 한다. 요령 없는 바센이 만약 진시의 옆구리 화상을 알게 될 경우, 끝까지 비밀을 지킬 수 있을 것 같지는 않다.

"그럼 무슨 새라고 생각하지?"

진시가 마오마오에게 물었다. 바센은 집오리라고 했으나 마오마오는 다른 새를 떠올렸다.

"비둘기가 아닐까요?"

마오마오는 1년 전에도 서도에 왔다. 그때 리슈 전 비가 습격을 당했는데, 습격한 측에서 전달 수단으로 비둘기를 사용했었다.

'바이냥냥이 쓰던 방법이었지.'

무슨 관계가 있지 않을까, 하고 마오마오는 생각했다.

"비둘기라. 나도 같은 의견이다."

진시는 침대에서 일어나 방 한구석에 세워진 칸막이 안에서 새장을 꺼내 왔다. 안에는 새가 잠들어 있었다.

"비둘기네요."

"비둘기지. 여기 온 후로 간단한 연락을 할 때는 이 녀석을 이용하곤 해."

진시는 노안이지만 아직 스물한 살이다. 머리가 유연하고 새로운 것을 받아들이는 속도도 빠르다.

"서도에 도착한 후로 스무 날쯤, 나는 계속 연회니 인사니 하는 곳에 끌려 다니기만 했지. 하지만 덕분에 다양한 정보를 수집할 수 있었어."

진시 또한 마오마오가 없었던 동안의 이야기를 했다. 비둘기는 여전히 잠들어 있었고 먹이통에는 좁쌀이 들어 있었다.

서도의 높으신 분들과 계속 회식이 이어진 일, 서도의 중요한 장소들을 시찰한 일, 가끔 요인의 딸이나 친척이 면회를 요청한 일.

"그리고 교쿠오 공의 딸이 우리와 엇갈려 도성으로 갔다는군."

"아…."

"농담인 척하며 처로 맞는 게 어떠냐고 묻던데."

"그랬군요…."

마오마오가 아무런 감회도 없는 말투로 대꾸하자 진시는 마오마오의 양 뺨을 있는 힘껏 꼬집었다.
"힘흐혔혰허혀(힘드셨겠어요)."
"그렇지."
마오마오는 꼬집혔던 뺨을 문질렀다.
"그래서 어떻게 하셨나요?"
"바로 교쿠요 황후에게 편지를 보냈다. 그 답장이 이거지."
"벌써 도착했나요? 왕복이라면 한 달은 걸리지 않아요?"
진시가 종이를 꺼내서 보여 주었다. 교쿠요 황후가 보낸 편지는 상당히 꾸깃꾸깃했다.
"비둘기를 이용했군요."
"편도였다만."
진시가 편지를 보여 줄 눈치였기에 마오마오는 내용을 들여다보았다.
"조카딸 일은 맡겨 달라는 말인가요?"
그런 이야기가 적혀 있었다. 교쿠오가 교쿠요 황후의 이복 오라비라면 그 딸은 조카딸이 맞긴 하다.
'교쿠요 황후는 어쩔 생각일까?'
이복 오라비와 친밀한 분위기는 아니었다. 하지만 교쿠요 황후에게는 황후로서의 생각이 있으리라 믿고, 마오마오와 진시는 눈앞의 문제를 해결해야 한다.
"바람을 읽는 백성이 비둘기를 이용했다면 니엔젠이라는 남자의 말에도 설득력이 붙어."

"바람을 읽는 백성은 초원에서 정보를 공유할 수 있었다는 말인가요?"

"그렇지. 화재와 마찬가지야. 황해도 발생을 얼마나 빨리 알아차리느냐가 문제를 좌우하니까."

진시는 들고 있던 책을 마오마오에게 던졌다. 책인 줄 알았는데 그 속에는 숫자가 빼곡하게 나열되어 있었다. 무슨 기록인 모양이었다.

"요 몇 십 년 동안 일어난 재해 기록이다. 라한이 보면 바로 알겠지만 내게는 조금 어렵군."

지역 이름과 재해에 관련된 숫자가 적혀 있었다. 전문가가 아니면 머리가 아파질 내용이었다.

"무슨 이상한 경향이라도 보이나요?"

"작물의 수확량 기록으로는 모르겠다. 농촌 시찰로 확신을 얻었는데, 술서주는 수확량을 불려서 실제보다 더 많이 보고하고 있었어."

"양을 불렸다고요? 무슨 말씀이신지 모르겠는데요?"

보통 수확량을 늘려서 보고하면 더 많은 세금을 뜯기게 된다. 반대로 양을 줄여서 보고한다면 차라리 이해가 되지만.

"나도 모르겠다. 하지만 기록이 없는 곳에서 재해가 일어났다면 이 문서는 전부 헛것이 되겠지."

진시는 두 손 들고 포기한 듯 고개를 절레절레 저었다.

"현지에 가서 확인해 봐야 하는데 말이다. 시찰 나갔던 농촌 외의 곳도."

하지만 같은 나라 안이라 해도 머나먼 술서주에서는 아무리 왕제라 해도 쉽지 않을 것이다. 부릴 수 있는 인원도 한정적이다.

"뭐 신경 쓰이는 부분이 없던가?"

"신경 쓰이는 부분이라 하면…."

"뭐지?"

"이 근방엔 약초가 별로 없더라고요."

마오마오는 진시를 빤히 쳐다보았다. 조금이나마 원망스러운 표정도 섞어서.

"이 지역의 약초 도감이 필요합니다. 중앙에서 가져온 약초만으로는 만들 수 있는 약이 얼마 안 돼요."

마오마오가 책방에 직접 가는 편이 제일 빠르겠지만 한동안은 어려울지도 모른다. 그렇다면 심부름 좀 부탁한다고 무슨 벌을 받진 않으리라.

"알겠다. 달리 질문은 없고?"

"개인적인 질문도 괜찮을까요?"

"그래."

"이 일족은 어떤 사람들이었나요?"

이것은 마오마오의 호기심이다. 17년 전 여제에게 멸망당했다던 일족. 그들은 어떤 짓을 저질렀을까.

"이 일족이라. 음…."

진시는 신음했다.

"왜 그러시죠? 말하기 껄끄러운 부분인가요?"

"아니, 말하기 껄끄러운 게 아니라 사실 나도 잘 몰라. 시 일족과 함께 왕모王母 시대부터 황제를 모시던 일족이라는 이야기는 들었다. 모계 일족이었다는 것도."

왕모란 리국의 건국 전설에 나오는 여성을 말한다. 초대 황제의 모친이라고 한다.

"모계라고요?"

리국에서는 남존여비 풍습이 뿌리 깊게 퍼져 있다. 유목민이 많은 술서주에서는 그 경향이 더 강하리라고 생각했는데 의외였다.

"그래. 이 일족은 밀고에 의해 그간 해 오던 부정행위가 드러나서 바로 멸망당했다고 하더군. 일설에 의하면 황족을 사칭한 적도 있다고 하던데… 가오슌도 잘 모른다고 했었다."

"가오슌 님도요?"

"그래. 당시의 자료를 조사해 보려 해도 지나치게 간결하게 정리되어 있어서 의미가 없었지."

그건 이상한 일이다. 아무리 그래도 너무 엉성한 게 아닌가,

하고 마오마오는 생각했다. 진시의 말투가 애매한 것도 이야기 내용 중에 소문이 섞여 있기 때문이리라.

“알겠습니다.”

마오마오는 연고와 더러운 붕대를 챙겼다.

“벌써 가려고?”

진시가 강아지 같은 눈빛을 지으며 마오마오의 손을 꽉 잡았다.

“네. 저도 나갔다가 지금 막 돌아와서 피곤하니 가서 자고 싶습니다.”

“그렇다면….”

진시는 뭔가 말하려다 고개를 가로저었다.

“왜 그러시죠?”

무슨 말을 하려는 건지 마오마오는 알아차렸지만, 모르는 척했다.

“그만두지. 규칙을 크게 위반한 후에는 그 어떤 작은 위반도 다 백안시당하는 법이니.”

‘규칙 위반이라….’

마오마오는 진시의 왼쪽 옆구리를 바라보았다.

‘내가 교활한 거지.’

사실 진시는 원하는 것이라면 무엇이든 다 손에 넣을 수 있는 남자다. 그런데도 괜히 성격이 너무 올곧은 탓에 너무 멀리 돌아가곤 한다.

진시는 자신에게 가장 짧은 길이 아니라, 상대에게 가장 좋은 길을 선택하고 싶은 것이다.

'가장 좋은 길이란 게 있을 리가 없는데.'

그리고 마오마오는 알면서도 모르는 척하고 있다. 너무나도 교활한 짓이다.

"그럼, 실례하겠습니다."

마오마오는 자신의 교활함을 얼버무리기 위해 아주 살짝 입꼬리를 올렸다.

진시는 손을 뻗으면서도 침대에서 일어나지 못했다.

돌아가는 길 또한 취에가 바래다주었다. 이번의 화제는 괴담이 아니라, 마오마오를 기다리는 사이 스이렌에게 부려 먹힌 일에 대한 불평이었다.

"휴우, 한밤중에 청소는 좀 아닌 것 같아요. 어떻게 생각해요, 마오마오 씨?"

스이렌이 취에에게 바닥 청소를 시킨 모양이었다.

'미안, 취에 씨.'

아마 취에가 진시의 방에 들어가지 못하도록 그런 방편을 취한 모양이다. 당연히 스이렌은 진시 편이다.

취에도 취에대로 진시와 마오마오가 단둘이 있는 동안의 일을 묻지 않는 걸 보면 시녀로서 확실히 선을 긋고 있는 듯했다. 외모나 행동에서는 전혀 그런 느낌이 들지 않지만.

"자, 마오마오 씨를 바래다주고 나면 저도 제 방으로 돌아갈게요. 남편이랑 알콩달콩한 밤을 보내는 건 나중으로 미루고요."

"취에 씨, 지나치게 생생한 부부 생활 이야기는 남들 앞에서 하는 게 아니에요."

"네~? 그치만 마오마오 씨는 익숙하잖아요."

"네, 익숙해죠."

황제와 교쿠요 황후의 알콩달콩한 밤을 지켜본 일이라든가, 유곽 유녀와 손님의 알콩달콩한 사정이라든가. 인간의 알콩달콩한 밤 생활은 오히려 벌레 교미보다 더 많이 봐서 익숙하다.

"그럼 신경 쓸 필요는…."

취에와 마오마오가 복도 모퉁이를 막 돌아가려 하는데, 새하얀 가면 같은 무언가가 눈앞을 가로질렀다.

"어?!"

너무나 순간적으로 벌어진 일이었기에 영문을 알 수가 없었다. 그저 얼굴이 공중에 떠올라, 웃고 있는 듯했다.

"마오마오 씨?!"

공교롭게도 취에는 마오마오 쪽을 바라보고 있었으나, 금세 이변을 알아차리고 마오마오에게 등불을 떠넘긴 뒤 새하얀 가면이 날아간 쪽으로 달려갔다.

마오마오는 취에를 쫓아갔다. 안뜰에 커다란 나무가 한 그루 있었는데, 취에는 그 가지에 매달려 있었다.

"죄송해요~ 놓쳤어요~"

폴짝 뛰어내리는 취에의 머리에는 잎사귀가 잔뜩 붙어 있었다.

"와아, 진짜 있었네요."

취에는 재미있다는 듯 눈을 가늘게 떴다.

"비두만이라는 게."

설마 마오마오도 자신이 그것을 목격할 줄은 상상도 못 했다.

저 하얀 가면 같은 것은 틀림없이 '비두만', 그야말로 날아다니는 머리라 해도 이상하지 않은 무언가였다.

약사의 혼잣말

11화 : 비두만 전편

비두만은 두 달쯤 전부터 출현했다.

처음 목격한 사람은 일을 끝내고 가던 하인이었다고 한다.

달빛 속에서 멍하니 걷고 있는데 하얀 무언가가 공중에 떠올라 있었다. 눈을 비비고 보니 새하얀 얼굴 하나가 둥둥 떠 있는 것이었다.

누군가의 장난일까. 피곤했던 하인은 신경 쓰지 않고 그냥 지나가려 했다. 그러자 얼굴이 휙 돌아 하인을 쳐다보았다.

하인은 놀라고 겁이 나서 뛰어 도망쳤다.

다음 날 아침 마음이 진정된 하인은 피곤해서 다른 무언가를 잘못 본 줄 알았다. 하지만 어젯밤 얼굴이 있던 곳에는 아무것도 없었다.

그 이후부터였다.

이상한 얼굴 이야기가 하인 말고 다른 사람들 사이에서도 드문드문 들리기 시작했다.

어떤 사람은 기묘한 소리가 들리는 곳에 가 보니 얼굴이 웃고 있었다고 하고, 또 어떤 사람은 얼굴이 공중을 날아다녔다고 했다.

그리고 최근 들어 저택 주위에 여자 얼굴이 날아다닌다는 이야기가 들려왔다.

그래서 어떤 사람이 말을 꺼낸 것이다.

그 머리가 '비두만'이 아니겠느냐고.

"아가씨도 봤어?"

리하쿠가 죽을 먹으며 놀라서 물었다.

마오마오는 의무실에서 다른 사람들과 함께 아침 식사를 하고 있었다. 그러다 문득 어젯밤 이야기가 나온 것이다.

"뭐야, 냥냥. 어젯밤에 방 밖을 어슬렁거렸어?"

티엔요우가 이야기를 가로막고 끼어들었다. 아침에 약한지 식사는 과일 음료뿐이었다.

"밤은 위험해. 잠이 안 와도 밖에 나가면 안 돼."

죽에 염소젖에 튀김빵까지 늘어놓고 열심히 먹던 돌팔이 의관이 말했다.

"취에 씨가 부르셔서 나갔는데, 경솔했네요. 죄송해요."

마오마오는 대충 사과했다. 여행의 피로와 귀가가 늦어진 일, 그리고 비두만을 목격한 탓에 제대로 잠을 잘 수가 없었다. 어젯밤 이야기를 무심코 늘어놓은 것도 머리가 멍했기 때문이었다.

식욕도 없어서 아침 식사는 티엔요우와 마찬가지로 과일 음료면 충분했다. 하지만 돌팔이 의관이 조금이라도 먹으라며 죽을 준비해 주는 바람에 할 수 없이 위장으로 흘려 넣었다. 엄마도 아니고.

"그런데 리하쿠 님, 저**도** 라고요?"

"응, 날아다니는 머리에 대한 상담을 받은 적이 있어서."

"흐엑! 그런 얘기, 난 처음 듣는데?"

돌팔이 의관이 벌벌 떨었다. 수염이 남아 있었다면 미꾸라지처럼 흔들렸으리라.

"일부러 말 안 했거든. 의관 아저씨, 그런 거 싫어하잖아?"

리하쿠는 돌팔이 의관을 잘 알고 있다.

"어떤 분이 그런 이야기를 상담하셨죠?"

마오마오는 그 점이 궁금했다. 어젯밤은 밤이 늦었으니 내일 하자면서 취에와 바로 헤어졌다.

"허드렛일 하는 꼬맹이. 사탕을 줬더니 잘 따르더라고."

'개나 고양이도 아니고.'

리하쿠는 녹청관에 드나들면서 아이들 다루는 데 익숙해진 모양이었다.

'여동의 눈 밖에 나면 바이링 언니를 못 만나게 할 테니 말이지.'

그렇다고 그 실력을 이 머나먼 서도 땅에 와서 발휘할 필요도 없을 텐데, 하고 마오마오는 생각했다. 그만큼 최근 들어 이 돌팔이 의관의 경호가 한가했다는 뜻이리라.

"물론 난 요괴 같은 거라고는 생각 안 해. 아가씨도 봤다니까 하는 소린데, 사실은 그런 거 코웃음 치며 넘기는 성격이지?"

"…봐 버렸으니 정체를 알아내고 싶은데요."

"그럼 나도 도울게. 하지만 오늘은 쉴 거라서, 무슨 일 있으면 깨워 줘."

리하쿠는 죽 그릇을 치운 뒤 1층에 있는 자기 방으로 한숨 자러 갔다. 아무리 체력 넘치는 이 남자라도 잠을 자지 않으면 살 수가 없다. 야간 경호가 끝난 후에는 푹 자는 것까지가 리하쿠의 임무이며, 밖에는 다른 호위가 서 있다.

그리고 리하쿠와 엇갈려, 어린아이가 의무실로 들어왔다.

"무관님은요?"

아이는 얼굴이 새파래진 채 누군가를 찾고 있었다. 지금 어린아이가 방으로 들어오는 걸 막고 있는 호위 무관은 '무관님'이 아닌 모양이었다.

"리하쿠 님이라면 주무시는 중입니다."

마오마오는 바로 눈치를 챘다. 아까 말한 허드렛일 하는 아이인 모양이었다. 열 살쯤 되는 여동이다.

"그, 그렇군요."

여동은 풀이 죽어 시선을 돌렸다.

마오마오는 돌팔이 의관과 티엔요우를 흘끔 쳐다보았다.

"그럼, 리하쿠 님을 부를까요?"

"비번인 무관한테 일을 시킬 셈이야?"

티엔요우가 툭 내뱉었다.

티엔요우의 말이 옳다. 호위가 수면 부족 상태에 빠지기라도 했다가는 무슨 일이 생겼을 때 바로 대처하기 힘들다. 하지만 무슨 일이 있으면 깨워 달라고 했던 건 리하쿠다.

"여어."

리하쿠는 깨어 있었다. 소란스러운 소리가 들렸는지 바로 자기 방에서 나왔다.

"무관니임~!"

여동이 리하쿠에게 다가갔다.

"또 나왔어!"

"나왔어?"

"나왔어, 나왔어! 여자 머리!"

예상대로 그 괴담과 관련된 일이었다.

"어디서 나왔지?"

"그게, 저택 밖에서…. 정원사 할아버지가 주저앉았대."

"그랬구나. 알았다. 정원사 할아버지는 어디 있는데?"
"응, 얼굴이 새파래져서 정원 청소를 하고 있어."
"알았다. 자, 사탕을 주마."
"신난다~!"
여동은 신이 나서 의무실을 나갔다.
마오마오는 리하쿠를 가만히 쳐다보았다.
"리하쿠 님, 하나 여쭤 봐도 될까요?"
"뭐지?"
"이건 흥미 본위로 하시는 일이 아니고, 정식 조사죠?"
"음, 알고 있군."
리하쿠는 감출 생각도 없는지 인정했다. 허공을 날아다니는 그 이상한 머리가 혹시 수상한 자일지도 모른다고 생각하는 모양이었다. 조사라면 당연히 누군가에게 명령을 받았으리라.
"그나저나 티엔요우라는 녀석, 귀찮단 말이야."
리하쿠가 나직이 중얼거렸다. 태양처럼 밝은 호청년치고는 드문 불평이었다.
티엔요우는 식사를 마치고 밖으로 양치하러 나갔다. 의관에게 충치가 있어서는 안 된다는 상관의 명령 때문이었다. 참고로 여기서 상관이란 류 의관을 말한다.
돌팔이 의관은 콧노래를 부르며 설거지를 하고 있었다.
'리하쿠는 티엔요우가 불편하구나.'

마오마오도 예상하던 바였다.

"잘 안 맞나요?"

"뭐, 그렇지. 티엔요우라는 녀석하고는 상성이 안 맞는 것 같아. 싸우게 되는 건 아닌데, 대화가 잘 안 된다고나 할까. 이해돼?"

마오마오도 납득했다. 그런 상대와는 대체로 거리를 두면 큰 문제가 벌어지지 않지만….

"그러니까 평소에는 그냥 적당히 무난하게 대하는 부류지만, 거리가 가까워지면 아무래도 불편해지며, 아예 한바탕 싸우면 차라리 낫겠는데 상대방은 절대 그런 성격이 아닌 거죠. 뭐, 그런 느낌인가요?"

"오, 맞아. 그렇다고 아주 막연한 것도 아니야. 그런데 핵심이 되는 부분이 안 보인단 말이야. 가지는 보이는데 줄기가 안 보여."

리하쿠는 본능적으로 티엔요우의 본질을 보고 있었다.

"아가씨의 행동은 자유분방한 것 같지만 일관성은 있어. 독이거나 약이거나, 둘 중 하나야."

"…최소한 순서를 '약이거나 독이거나'로 해 주세요."

마오마오는 정정을 요청했다.

"티엔요우는 성격은 살짝 꼬였지만 그래도 그렇게까지 문제될 정도는 아니지 않나요?"

일단 의관이 되는 데에는 성공했고, 신분이 확실하지 않으면 아무리 인력이 부족하다고는 해도 서도까지 데려오지도 않았으리라.

“그건 알겠는데. 미안. 난 무관이라 그런지 자꾸 전투의 관점으로 생각하게 돼.”

“전투의 관점?”

“도저히 내 등을 맡길 수 없는 녀석이 있으면 바로 알거든.”

“…….”

리하쿠가 지닌 야생의 감이라니, 할 말이 없다.

일단 티엔요우 이야기는 제쳐 두기로 했다.

“아무튼 비두만 조사 명령은 달의 귀인이 내린 건가요?”

“맞아, 맞아. 진시 님이라나 하는 거기서.”

리하쿠는 최근 거의 타인의 입에서는 듣지 못했던 이름을 내뱉었다.

‘나한테 얘기하지.’

하지만 대화를 필요 최소한으로만 끝내려 했던 건 마오마오 자신이었다.

“미안, 미안. 바로 얘기해 줄 걸 그랬나? 하지만 아가씨는 흥미가 생기면 수면도 식사도 다 잊고 덤벼들잖아. 무리하게 만들면 안 된다고 했다고.”

혼잣말인 줄 알았는데 입 밖에 다 흘러나온 모양이다. 진시

대신 리하쿠가 사과했다.

'무리하게 만들면 안 된다고 했단 말이지.'

솔직히 그럴 거면 방에 부르지를 말라고 하고 싶다.

진시는 엉뚱한 데서 배려를 해 주곤 한다. 항상 무리한 주문을 하는 주제에.

'그리고 이번에는 날아다니는 머리였군.'

괴담 같은 화제를 가져오는 것도 여전하다.

"그게, 신기한 일이 있는데 말이야."

"뭐가 신기한가요? 날아다니는 머리 자체가 신기한데요."

"그게 말이야, 처음 얘기를 들었을 때는 얼굴이 떠다닌다고 했거든. 그런데 한 20일쯤 전부터는 머리가 날아다닌다는 얘기가 많아졌어."

"…그것 참 이상하네요. 제 눈에는 머리가 아니라 얼굴이 날아다니는 것으로 보였는데요."

아주 짧은 한순간이라 단언할 수는 없지만, 얼굴이 보였다.

"아침 식사 때 했던 얘기? 아무래도 재밌어 보이네."

뒤에서 목소리가 들려와 마오마오는 다급히 돌아보았다.

양치질을 끝낸 티엔요우가 싱글싱글 웃고 있었다.

리하쿠는 딱히 표정이 달라지지 않은 걸 보니 어느 정도 예상한 모양이었다.

"남의 이야기를 엿듣다니 예의를 모르는 자로군."

"아뇨, 아뇨. 제 입장에서는 언제까지 둘이서 얘기하고 있을 건지 신경이 쓰인다고요. 그래 봬도 미혼 여성이다 보니."

""아~ 그럴 일은 절대 없어(요).""

마오마오와 리하쿠가 동시에 부정했다.

"그렇겠지~ 나도 절대 없을 거라고 생각해~"

티엔요우는 어느 지점부터 이야기를 듣고 있었을까.

"그래서 뭐? 날아다니는 머리 얘기? 재밌어 보이네. 나도 좀 끼워 주면 안 될까?"

"싫은데요."

마오마오는 바로 대꾸했다.

"왜?"

티엔요우가 눈썹을 축 늘어뜨렸다.

"입이 가벼워 보이고."

"안 가벼워."

"중간에 질렸다고 내팽개칠 것 같고."

"그럴 수는 있겠네."

리하쿠는 티엔요우의 대응을 완전히 마오마오에게 맡겨 버렸다. 정말로 불편한 유형인가 보다.

"나, 이래 봬도 꽤 도움이 되거든. 쓸모없고 위험해 보인다면 그건 다루는 사람이 서투를 뿐이야. 잘못 쓰면 다친다고 가위도 제대로 못 다루면 쓰겠어?"

"……."

마오마오는 리하쿠를 쳐다보았다. 리하쿠는 마오마오에게 맡기겠다는 표정이었다.

"…방해하진 말아 주세요."

"알았어."

티엔요우는 아주 살짝 눈을 빛냈다.

마오마오 일행은 우선 안뜰로 나갔다. 어젯밤 마오마오가 비두만을 발견한 장소였다.

"자, 그럼 이제 어떻게 할 거야?"

티엔요우는 남의 일 같은 태도였다.

"제게 물으면 어떡해요? 여기서 본인의 쓸모를 증명하셔야 하는 것 아닌가요, 가위 씨?"

마오마오는 안뜰을 보았다.

밤에 순찰을 돌아야 하니 리하쿠에게는 가서 자라고 했다. 대신 저택 조감도를 받았다.

참고로 돌팔이 의관에게는 급한 볼일이 있다고 하고 왔으므로 빨리 끝내야 한다.

"어떤 종이를 자르란 건지 말해 주지 않으면 못 자르지. 뒤에서 아무렇게나 꽂으라고 한다면 상관없지만."

"……."

티엔요우는 마오마오와 리하쿠가 자신을 신뢰하지 않는 일에 꽁해진 모양이었다.

'그래도 이 녀석은 좀.'

티엔요우는 어딘가 모르게 윤리관이 희박해 보이는 인물이었다.

"일단 문제의 요괴가 나온 장소를 전부 돌아볼까요?"

"알았어."

최초의 장소는 둥둥 뜬 얼굴이 자주 목격된다던 안뜰이었다.

"저 나무나 건물 위에서 주로 목격된다는 정보가 많아요."

마오마오는 저택 조감도를 보았다. 별저라고는 해도 상당히 넓다.

"호오~"

티엔요우가 나무와 건물을 교대로 쳐다보았다. 나무는 어젯밤 취에가 기어 올라갔던 그 나무였다. 정원사가 치우지 않았는지 나뭇잎이 떨어져 있었다.

"어디 신경 쓰이는 데 없나요?"

"없어~ 냥냥은 어떤데~?"

티엔요우는 마오마오를 늘 이렇게 부른다. 이미 포기했지만 요즘 들어서는 다른 의관까지 그렇게 부르게 된 게 영 마음에 들지 않는다.

"저는 두 군데 정도."

마오마오는 우선 나무를 보았다.

"서도의 다른 곳에 있는 나무와는 조금 다르네요. 다른 나무보다 키가 유달리 커요."

"그게 왜?"

"신경 쓰이지 않으세요? 식물은 종류가 다르면 만들 수 있는 약도 달라져요. 조금 더 가까이 가 보지 않으면 모르겠지만."

"응, 그러니까 그게 지금 일이랑 무슨 상관인데?"

티엔요우는 스스로 흥미를 느끼지 않으면 조금도 움직이지 않는다. 정말 재미없는 성격이라는 생각에 마오마오는 시시하다는 표정을 지었다.

"그리고 또 하나는?"

"또 하나는, 저택 안에서 목격되었다는 비두만은 '얼굴' 또는 '가면'이었다고 하는데, 저택 밖에서는 '머리' 또는 '머리통'이 목격됐다고 들었던 겁니다."

"얼굴과 머리가 무슨 차이인데? 냥냥은 어디서 어떤 걸 봤고?"

"'얼굴'이었습니다. 저 복도 모퉁이에서 안뜰을 부웅 날아가는 모습을 봤죠."

마오마오는 검지로 가리키며 설명했다.

"'얼굴'이라. '머리'로 보이지는 않았고?"

"네. '가면' 또는 '얼굴'이었어요. 그런데 '머리'로 본 사람도 있다는 거네요."

마오마오가 제일 신경 쓰이는 부분은 '얼굴'이라는 증언과 '머리'라는 증언이 엇갈린다는 점이었다.

"'얼굴'과 '머리'. 평면과 입체라고 생각하면 되나?"

티엔요우는 머리가 좋다. 바로 핵심을 찔렀다.

"그건 어떤지 모르겠지만 조금 신경이 쓰여서요. 그래서 저 나무를 조사해 보려고 합니다."

"알았어. 뭘 하면 되는데?"

게으른 가위가 일할 마음이 생긴 모양이었다.

"네, 그럼…."

마오마오는 품에서 손수건을 꺼내 바닥에 떨어져 있던 돌을 싸맸다.

"이걸 저 나무에 잘 걸어 주세요."

"어려운 일을 시키네."

라고 투덜거리면서도 티엔요우는 멋진 포물선을 그리며 손수건을 던져 나무에 걸었다. 관녀가 나무를 기어 올라가는 건 썩 보기 좋은 모습이 아니다. 손수건이 바람에 날아가 걸렸다는 이유가 만들어졌다.

마오마오는 나무 밑으로 터벅터벅 걸어갔다. 나무는 활엽수이고 높이는 2장* 정도였다.

※2장 : 약 6미터.

"금목서로군."

마오마오는 가까운 곳에서 확인했다. 향이 짙은 작은 꽃을 피우는 나무다. 계화진주*나 꽃차를 만들 때 쓰인다.

마오마오는 나무를 붙잡고 조금 오르다가 "으악!" 하고 소리를 질렀다. 손에 새똥이 묻은 탓이었다. 덜 마른 똥이었다. 오르기를 멈추고 나무줄기에 손을 문질러 닦았다.

"으, 더러워."

"입 다물고 계세요."

마오마오는 손바닥을 빤히 들여다보다 냄새를 킁킁 맡았다.

"어? 냄새를 맡아?"

티엔요우는 마오마오의 행동이 기가 막힌 모양이었다.

마오마오는 지면을 응시하다 떨어져 있던 무언가를 나뭇가지로 쿡 찔렀다.

"어? 뭘 막대기로 쑤시는 거야?"

티엔요우가 한층 더 싸늘해진 눈으로 쳐다보았다.

마오마오는 가느다란 나뭇가지 두 개를 젓가락처럼 쥐었다.

"어어? 집으려고? 젓가락처럼 써서 똥 속에 든 걸 집으려고?"

티엔요우는 싸늘한 시선 그대로 반걸음 물러났다.

마오마오도 좋아서 하는 일은 아니었다. 하지만 짐승의 배설

※계화진주 : 금목서의 꽃으로 술을 담근 것.

물에는 다양한 정보가 숨겨져 있다. 나무 밑에는 덜 마른 똥 외에도 털 뭉치 같은 무언가가 떨어져 있었다. 새들 중에는 채 소화하지 못한 무언가를 입으로 토해 내는 종류가 있다.

"이 새는 주로 벌레를 먹나 보네요."

마오마오가 털 뭉치를 나뭇가지로 분해하자 곤충의 날개와 다리가 보였다.

"벌레쯤이야 당연히 먹겠지."

"아마 그 외에 쥐나 다른 작은 동물의 털도 섞여 있을 거예요."

동물 털과 뼈도 곤충 다리 사이에 뒤엉켜 있었다.

"쥐를 잡아먹어? 매나 솔개인가?"

벌레는 몰라도 작은 동물을 잡아먹으려면 새가 어느 정도 커야 한다.

"네. 하지만…."

마오마오는 주위를 둘러보았다. 이 저택은 나무와 풀이 꽤 우거져 있기 때문에 새들이 드문드문 모여 있지만, 쥐를 잡아먹을 만큼 큰 새는 없었다. 게다가 그런 새가 있으면 작은 새들은 도망쳐 버린다.

적어도 지금 시간에는 없는 모양이었다.

마오마오는 생각에 잠긴 채, 다음으로 건물을 보았다.

"저 건물, 지붕 위로 올라갈 수 없을까요?"

"지붕이라. 수건을 한 번 더 던져 볼까?"

"닿을까요?"

"무리겠지."

이렇다 할 해결책이 없어 보였으므로 일단 돌아갈까, 하고 생각했다. 그런데 마오마오의 시야 한구석에서 무언가가 움직였다.

뭘까, 하고 마오마오가 보니 지붕 밑으로 뚫어새김* 장식이 보였다.

"…역시 지붕에 올라가고 싶은데요."

"아니~ 무리잖아~"

"어떻게든 해 봐요. 사다리 없어요?"

"그런 건 정원사한테나 물어봐야지."

흥미가 많이 사그라졌는지 티엔요우는 의욕이 없어 보였다.

'그러고 보니 정원사라면….'

어제 머리를 봤다던 할아버지였다.

마오마오는 정원사가 청소를 하고 있는 곳으로 찾아갔다.

"실례합니다. 사다리 좀 빌릴 수 있을까요?"

"뭐야, 갑자기. 사다리는 왜 느닷없이 빌려 달라고 해?"

정원사 할아버지는 귀찮아 보였다. 어제 이상한 것을 본 탓인지 기운이 없었다.

※뚫어새김 : 투각.

"손님에게 친절하게 대하라는 소릴 듣긴 했지만, 저택을 제멋대로 휘젓고 다니는 걸 도우라는 소릴 들은 기억은 없어."

"옳으신 말씀입니다."

티엔요우도 수긍했다.

'넌 누구 편이야?'

티엔요우는 도무지 쓸모가 없다. 마오마오가 직접 설득하는 수밖에.

"이 저택 지붕에 새가 둥지를 튼 것 같아서요."

"둥지? 그러고 보니 요즘 새똥이 많던데."

"네. 새가 둥지를 틀면 귀찮아지니 치워 버리려고요. 겸사겸사 알도 손에 넣으면 좋을 것 같아서요. 약 재료로 쓸 수 있을 테니까."

"약이라니, 어떤 새인지도 모르면서?"

"네, 알은 대부분 영양가가 많거든요."

마오마오는 대충 아무 말이나 늘어놓았다. 구우면 웬만해선 못 먹을 것이 없다.

그리고 한마디를 덧붙였다.

"요즘 소문이 자자한 그 요괴 소동, 원인을 알 수 있을지도 몰라요."

"저, 정말이야?!"

"네."

적어도 절반은 해결할 수 있을 거라고 마오마오는 생각했다.

정원사 할아버지는 바로 사다리를 가져다주었다. 하지만 너무 낡아서 평평한 지면에 세워도 덜그덕덜그덕 흔들렸다.

"혹시 내가 올라가는 거야?"

티엔요우가 마오마오에게 확인했다.

"그 말투를 보니 올라갈 마음이 없나 보네요."

"응."

정원사 할아버지에게 거기까지 부탁할 생각은 없었으므로 마오마오는 직접 올라가기로 했다. 하지만 커다란 사다리를 걸치고 있으니 한가한 관리나 하인들이 와글와글 모여들었다.

"……."

안타깝게도 마오마오 대신 올라가 줄 사람은 없었고, 그냥 구경꾼 기질이 강한 인간들이었다.

심지어 원조 한가한 사람도 와 있었다.

진시였다. 높으신 분의 등장에 주위 사람들은 세 걸음 물러섰다.

진시는 뭐라고 말하기 어려운 표정으로 바센에게 무슨 말을 하고 있었다. 바센은 고개를 끄덕이더니 마오마오 곁으로 다가왔다. 참 반갑게도 집오리까지 졸졸 따라왔다.

"사다리에 올라가겠다면 내가 대신하지. 뭘 하면 되나?"

"바센 님이요?"

솔직히 바센이 올라갈 바에야 마오마오가 올라가는 편이 낫다. 바센의 운동 능력은 뛰어나지만 순간적인 판단력은 둔하다고 느껴졌기 때문이다. 게다가….

'그 괴력으로 무슨 짓을 저지를지 몰라.'

뒤에서 집오리가 응원하는 듯 날개를 펼치고 있는 모습이 마오마오의 불안을 증폭시켰다.

"아뇨, 괜찮아요. 제가 가겠습니다."

마오마오는 딱 잘라 거절했으나 바센은 물러서지 않았다.

"대신하겠다고 했다. 뭘 하면 되지?"

바센은 애초에 대신할 생각으로 이곳에 온 것이다. 마오마오가 꺾이는 수밖에 없다.

"…아마, 아마도인데요. 지붕 틈새에 새가 둥지를 틀었을 겁니다. 새가 있으면 붙잡아 주셨으면 합니다."

"새? 새라면 익숙해."

등 뒤의 집오리를 보며 바센이 늠름하게 말했다. 하지만 집오리는 날 수 없다.

"아마 야행성 새일 거예요. 잠들어 있을 테니, 소리를 내지 않도록 조심하면서 천천히 해 주십시오. 손이 닿는다면 말이지만요."

"알겠다."

바센은 흥, 하고 콧김을 내뿜었다. 마오마오는 점점 더 불안해졌다.

“바센 님, 괜히 살생을 했다가는 극락에 가실 수 없으니 실수로 뚝 부러뜨려 죽이지 않도록 조심해 주세요.”

“뚝 부러뜨려 죽이지 않도록….”

순간적으로 바센의 목소리가 작아졌다.

‘불안해.’

깃발이 뚝 부러진 느낌이었다.

역시 리하쿠를 깨워서 대신해 달라고 부탁할까 생각했지만 지붕 틈새를 보니 리하쿠는 도저히 들어갈 수 없을 것 같았다.

“틈새의 크기로 볼 때 제가 가는 편이 나아 보이는데요.”

“아, 아니. 내가 가겠다. 그냥 나한테 맡겨 둬!”

마오마오는 불안에 휩싸인 채, 사다리를 오르는 바센을 지켜보았다. 그나마 다행인 점이 하나 있다면 몸만은 튼튼하기 때문에 사다리에서 떨어져도 다칠 걱정은 없다는 점이었다.

바센은 사다리를 타고 올라 지붕의 뚫어새김 장식 틈새를 들여다보았다. 그리고 엄지와 검지로 동그라미를 만들어 마오마오에게 내보였다.

‘새 둥지가 있구나.’

뚫어새김 장식은 떼어 낼 수 있는 구조였기 때문에 바센은 그것을 살며시 떼어 내, 끈으로 묶어 지면으로 내렸다. 그리고 틈새 안으로 몸을 쑤셔 넣었다.

마오마오뿐만 아니라 지켜보던 모든 사람들이 마른침을 꿀꺽 삼켰다.

모두가 조용해졌나 싶었더니 어느 틈엔가 취에가 와서 '정숙'이라고 적혀 있는 판자를 주위에 보여 주고 있었다.

한동안 아무 반응도 없다가 덜컹덜컹하는 커다란 소리가 들렸다.

"놓쳤다~"

바센의 목소리가 울려 퍼졌다.

'이 인간아~~!!'

마오마오가 당황하자 취에가 판자를 내려놓고 사다리를 올라갔다. 무슨 짓을 하려나 했더니 바센이 들어간 틈새 앞에서 대기하고 있다가 튀어나온 무언가를 그물로 잡았다.

"……."

너무나 훌륭한 그 솜씨에 마오마오도 넋이 나갔다.

'그물은 어디서 꺼낸 거야?'

의문이 떠올랐다.

"잡았다~!"

취에는 그물을 높이 추켜올렸다. 몹시 의기양양하고 자랑스러워 보이는 얼굴이었지만 보고 있자니 왠지 조금은 짜증이 났다.

눈에 띄기 좋아하는 취에가 이런 멋진 장면을 놓칠 리가 없었다.

안뜰에서는 한바탕 소동이 벌어졌지만 제일 높은 사람인 진시가 그만 물러나라고 말하자 금세 모든 이가 일터로 돌아갔다. 사람들이 다 사라지고 난 후 일행은 그물 속을 확인했다.

"뭐야, 이게…."

진시와 바센의 눈이 동그래졌다. 바센의 반응을 보니 새의 모습을 제대로 확인하기도 전에 놓친 모양이었다.

취에가 잡은 새는 1자* 정도 되는 올빼미였다. 하지만 올빼미라고 하기에는 왠지 모르게 오싹한 얼굴이어서, 그 때문에 당황했던 것이다.

그야말로 가면을 쓴 듯한 새하얗고 동그란 얼굴. 얼굴 주위에 난 깃털은 까만색이어서 날개를 접은 채 어두운 곳에 있으면 그야말로 하얀 얼굴이 둥둥 떠다니는 듯 보일 듯했다.

하지만….

"이건 너무 작은데요?"

티엔요우가 태연하게 말했다. 진시, 즉 달의 귀인 앞인데도 태도가 당당했다.

※1자 : 약 30센티미터.

마오마오는 체면상 티엔요우를 팔꿈치로 한 번 찔렀다.

"아니, 죄송합니다. 달의 귀인도 계셨군요."

티엔요우는 상당히 무례한 인간이라고 마오마오는 생각했다. 물론 자신은 제쳐 두고.

진시도 표정이 다소 굳어져 있었다. 표면상으로는 천상인의 미소를 짓고 있지만.

"이렇게 큰 소동이 벌어졌으니 눈치채지 못하는 게 이상하지 않겠느냐. 그나저나 대체 무엇을 하고 있었지?"

'뻔뻔하기는.'

바센까지 보내 놓고서 뭐라는 거야.

티엔요우가 무슨 말을 또 늘어놓을지 모르기 때문에 마오마오가 앞으로 나섰다.

"이 저택 주위에서 최근 들어 불길한 요괴가 출몰한다는 소문이 퍼졌습니다. 의관을 호위하던 무관도 저택 고용인에게서 그런 이야기를 들었다고 하여, 저택 순찰 때 조사를 하고 있었습니다. 오늘은 그 고용인이 아침부터 상담하러 찾아왔지만 야간 호위를 마친 무관을 바로 조사하러 보내기도 어려운 일이어서요."

어젯밤 일은 취에가 진시에게 보고했으리라.

"실은 저도 어젯밤 그 비슷한 괴현상을 목격하여, 이렇게 조사를 돕고 있었습니다."

"흐음. 그럼 옆의 의관은 왜 같이 있는 거지? 의관 일은 따로 있을 텐데."

진시의 눈매가 날카로웠다.

'아….'

역시 티엔요우를 끌고 들어온 게 문제였던가 보다.

이 녀석, 하고 마오마오는 티엔요우를 노려보았다. 티엔요우는 천연덕스러운 얼굴로 나섰다.

"정말 죄송합니다. **제**가 고집을 부려 따라왔습니다. 여기 **마오마오**는 저와 같은 젊은 의관보다 약 조제에 훨씬 조예가 깊어, 현재 여러 가지를 배우는 중입니다. 마오마오가 안뜰을 돌아보고 있다고 들어, 당연히 생약의 재료가 될 만한 것을 찾는 줄 알고 따라왔습니다."

'이 녀석….'

말투가 정중해졌다. 게다가 마오마오의 이름도 틀리지 않았다.

진시의 눈빛이 더욱 험악해진 느낌이 들었다.

"호오. 대략적인 사정은 알았다만, 그래서 문제의 그 요괴의 정체라는 게 이 새가 틀림없느냐?"

"네, 반은요."

마오마오는 올빼미를 바라보았다.

"여기서는 보는 눈이 있으니, 장소를 바꿔 자세한 이야기를 듣고 싶다만."

"알겠습니다."

마오마오는 진시의 제안을 받아들였다.

약사의 혼잣말

12화 : 비두만 후편

진시는 새장에 넣은 새를 물끄러미 들여다보았다.

"이런 얼굴을 지닌 새가 있을 줄이야. 난생처음 보았다."

진시의 방으로 이동해서 붙잡은 새를 관찰하는 중이었다.

진시는 주인 자리에 앉고 그 주위에 늘 그렇듯 스이렌, 타오메이, 취에, 그리고 호위 바센이 있었다. 아마 바센의 형 바료도 근처에 있겠지만 나오진 않을 것이다.

가오슌은 휴일인지 다른 볼일이 있는지 방에 없었다.

어째서인지 티엔요우도 싱글싱글 웃으며 진시의 방까지 따라왔다.

'일이 있다고 하고 물러가란 말이야.'

재미있을 것 같은 분위기에는 무조건 고개를 들이미는, 그것이 티엔요우다.

"어째서 이 새가 요괴 '비두만'의 정체라고 생각했지?"

진시의 질문에 마오마오는 눈을 감았다. 티엔요우에게 쓸데없는 정보를 주지 않도록 조심하면서 이야기해야 한다.

"처음 이상하다고 생각했던 건 '가면'이라는 말이었습니다. 나무나 건물 위에서 '가면'을 보았다는 이야기를 듣고 우선 나무 주위를 둘러보기로 했지요. 제가 본 것도 꼭 가면처럼 납작한 얼굴이었습니다."

취에도 신경 쓰던 그 나무 주위에서 새똥을 발견했다. 작은 새가 아니라 어느 정도 크기가 되는 육식 조류의 배설물이었다.

"낮에는 작은 새들이 저택 안을 자유롭게 날아다니니, 만일 육식 조류가 있다 해도 야행성일 거라고 추측할 수 있었습니다."

"흐음, 그 시점에서 이미 새가 괴현상의 정체라는 사실을 알고 있었던 모양인데 그 근거는?"

"이 새를 원래 알고 있다면 쉽게 상상할 수 있습니다. 저는 실물을 보는 건 처음이지만 마치 가면을 쓴 것처럼 생긴 새가 있다는 사실은 알고 있었습니다. 전에 일하던 약방에서 손에 넣었던 생물 도감에 그려져 있었지요. 처음 봤을 때는 한 번에 와 닿지 않았습니다만."

진시라면 그 도감이 무엇인지 알 터였다. 시 일족의 요새에서 꺼내 온 도감 중 하나다. 지금은 진시가 보관하고 있을 테니, 서도로 가져왔다면 훑어볼 수 있다.

"도감이라."

진시는 타오메이에게 눈짓을 했다. 타오메이가 책을 여러 권 가져왔다. 다 가져오지 못한 만큼은 취에가 도와서 가져왔다. 약초도감 외에도 곤충과 동물도감이 있었다. 시 일족의 도감도 있었지만, 마오마오가 보지 못한 책도 있었다.

'어제 오늘 사이에 벌써 준비한 건가?'

마오마오는 참 빠르네, 하고 감탄했다.

"이름은 생긴 그대로 '가면올빼미'라고 한다더군요. 평범한 올빼미라면 얼굴이 둥둥 떠 있는 것처럼 보이지는 않을 테고, 무엇보다 이 올빼미는 다소 드문 색을 띠고 있습니다."

가무스름한 깃털. 날개는 검어도 배 부분은 하얀 것이 올빼미의 색이라고 생각했지만, 이 녀석은 얼굴을 제외하면 거의 대부분이 짙은 갈색이다. 밤의 어둠에 녹아들기 쉽다.

"가면올빼미라. 이 녀석이군?"

진시가 시 일족의 도감을 집어 들고 해당하는 부분을 펼쳤다. 색은 몰라도 불길한 그 가면 같은 얼굴은 지금 바구니 속에 든 새와 똑같은 모습이었다.

"질문해도 되겠습니까?"

티엔요우가 손을 들었다.

"말해 보라."

진시의 말투는 평소보다 고압적이었다.

"분명 생긴 것은 가면 같지만, 그래도 얼굴이 너무 작지 않습니까? 사람 얼굴이라고 하기에는 지나치게 작고 귀여운데요."

티엔요우는 새장 속 올빼미를 바라보았다. 올빼미는 날뛰지도 않고, 그냥 졸린 표정이었다. 둥지 만들 재료를 넣어 주면 거기서 잘지도 모른다.

"인간의 눈이란 애매한 법이죠. 하얀 것이 둥둥 뜬 것처럼 보이니 존재감이 상당히 컸으리라고 여겨집니다. 게다가…."

마오마오는 품에서 종이를 꺼냈다. 필기도구를 찾았더니 취에가 스윽 내밀었다. 정말이지 눈치가 빠르다. 그러면서 올빼미를 놓쳤던 바센을 향해 틈틈이 사람 짜증나게 하는 표정을 지어 도발하는 것도 잊지 않는다.

마오마오는 종이에 점을 네 개, 딱 눈, 코, 입의 위치가 되도록 찍어서 진시와 티엔요우에게 보여 주었다.

"인간의 눈은 이렇게 점이 찍혀 있기만 해도 사람 얼굴로 보인다고 합니다. 기둥에 사람 얼굴이 생겨났다거나 하는 이야기가 주로 그 부류죠."

"한밤에 둥둥 떠다니는 얼굴의 정체는 알았어."

티엔요우는 새장에 손을 넣어 올빼미를 쿡쿡 찔렀다. 올빼미는 크게 저항하지 않았다. 타오메이가 작은 접시를 들고 나타났다. 접시에는 생닭고기가 들어 있었다.

집오리에게는 엄격한 것 같지만 올빼미에게는 자상하다. 혹시 맹금류로서의 동료 의식이 느껴지는 걸까.

'사치스럽게 닭고기라니.'

타오메이가 젓가락으로 닭고기를 집어서 넣어 주자 올빼미는 냉큼 받아먹었다. 사람이 주는 먹이를 받아먹는 데 저항이 없다.

"얼굴의 정체는 알았어. 그럼 머리의 정체는? '반은'이라고 한 걸 보면 머리는 다른 무언가라고 생각한 모양이지?"

티엔요우는 바보가 아니다. 마오마오가 했던 말을 똑똑히 기억하고 있었다.

"얼굴과 머리? 그것은 또 무슨 말이지?"

진시가 설명을 요구했다.

마오마오는 복습할 겸 다시 한번 이야기하기로 했다.

"목격 정보는 2개월 전부터 있었습니다. 그때는 '가면' 또는 '얼굴'이라 불렸지요. 하지만 요 20일 안팎의 정보는 '머리'가 많은 것 같습니다. 심지어 저택 밖에서도 출몰한다고 합니다. 제가 본 것은 우연히 '가면' 쪽이었고, '머리'는 보지 못했습니다."

"'가면'과 '머리'가 별개의 것이라고 말하고 싶은 모양이군. 그럼 이 새가 '가면'이라 치고, '머리'는 무엇이 되지?"

"그게 말이지요."

마오마오는 취에를 흘끔 쳐다보았다.

"무슨 일이세요? 취에 씨한테 볼일이 있나요?"

"취에 씨는 아니죠?"

마오마오는 시간 순서대로 생각해 보았다. 20일쯤 전부터 있었던 '머리'의 목격 증언. 그것은 마오마오 일행이 서도에 온 날짜와 일치하지 않을까. 그리고 무슨 이상한 짓을 할 만한 사람이 여기 한 명.

"실례네요. 취에 씨는 요 며칠 동안 계속 마오마오 씨랑 같이 있었다고요."

그랬다. 마오마오와 함께 밭을 갈러 갔다.

"어디까지나 가설의 하나입니다. 하지만 이 올빼미를 보고 있자니 뭔가 알 것 같은 기분이 들어서요."

마오마오는 닭고기를 먹는 올빼미의 다리를 보았다. 훌륭한 금세공이 된 고리가 걸려 있었다.

"아마 제 예상이지만, 금방 발견될 거라 생각합니다. 약간의 덫을 쳐 놓기만 해도."

마오마오는 히죽 웃으며 불길한 얼굴의 올빼미를 쓰다듬었다.

다음 날 취에가 의무실에 찾아왔다.

마오마오는 아침 식사 후 식기를 정리하고 돌팔이 의관과 함께 약을 조제하고 있었다. 진시가 준비해 준 약초도감을 보고 농촌에서 오는 길에 채집한 풀이 생약이라는 사실을 알게 되어, 시험 삼아 만들어 보는 중이었다.

"마오마오 씨는 예언자인가요?"

취에가 눈을 동그랗게 뜨고 깜빡이며 물었다.

"범인, 찾았나 보네요. 난폭한 짓은 안 했나요?"

"두 사람, 무슨 얘길 하는 거야? 난 전혀 모르겠네."

처음부터 끝까지 이야기에 끼지 못했던 돌팔이 의관이지만 설명하기 귀찮으니 그냥 약이나 계속 짓게 했다. 조제가 끝나면 차 준비를 해 줄 터였다.

취에는 자연스럽게 의자에 앉아 돌팔이 의관이 다과를 가져다주기를 기다렸다. 그러면서 이야기하겠다는 분위기였다.

"네, 마오마오 씨 말대로 밤새 올빼미 새장을 계속 지켜봤어요. 그리고 올빼미가 갑자기 날뛰기 시작했을 때 얼른 저택 주위를 돌아보았더니 세상에나, 세상에나. 이상한 가면을 쓴 시커먼 옷의 여자가 있는 게 아니겠어요?"

취에는 너무나도 즐거운 듯 이야기하며 돌팔이 의관이 살며시 내민 차를 마셨다. 다과는 서도답게 말린 과일이었다.

"아니, 정말로 그런 차림이었군요."

마오마오는 너무나 예상대로의 일이었기에 오히려 놀랐다.

"그래서 그 수상한 사람이 바로 올빼미를 키운 인물이었던 거죠?"

"정답."

취에는 양팔로 크게 동그라미를 그렸다.

"마오마오 씨는 왜 괴사건의 범인이 올빼미를 키운 사람이라고 생각했나요?"

취에가 터놓고 물었다.

마오마오는 올빼미의 특징을 떠올렸다.

"누가 봐도 사람이 키운 올빼미였거든요. 다리의 장식도 그렇고, 새장 속에서 날뛰지 않았던 것도 그렇고, 먹기 쉽게 처리한 닭고기를 경계심 없이 받아먹는 모습까지. 일시적으로 잠깐 잡혔던 게 아니라 오랜 시간 공들여 키운 게 아닐까 하는 생각이 들더군요."

"호오, 호오."

"게다가 목격 정보 중에 하나 신경 쓰이는 게 있었어요."

'가면'의 목격 정보는 2개월 전부터, '머리'는 20일쯤 전부터. 여기에는 어떤 공통점이 있다.

"2개월 전이라면 그 교쿠요 황후 전하의 조카딸이 도성으로 출발하기 전쯤이죠."

"앗!"

취에도 알아들은 모양이었다.

"올빼미는 원래 도성으로 가져갈 헌상품 중 하나였던 겁니다. 그런데 무슨 문제가 생겨서 그만 놓치고 말았다면요?"

"호오, 호오. 그럼 이제 와서 붙잡으려 했던 건 황족이 와 있으니 다시 헌상해야겠다고 생각했기 때문이란 말인가요? 그런 이상한 가면을 쓴 건 누구에게도 얼굴을 보이지 않기 위해서였나요?"

이상한 차림새에 대해서 마오마오는 짚이는 데가 있었다. 하지만 명료한 답변이 아니라 어디까지나 마오마오의 추측 중 하나에 불과하다.

"마오마오 씨, 취에 씨는 까불까불하지만 바보는 아니니까 마오마오 씨의 의견을 어디까지나 하나의 이야기로 들을 뿐, 곧이듣지는 않아요."

취에가 '빨리 말해'라는 말을 돌려 말했다. 그런 말을 들으니 마오마오도 말하지 않을 수가 없었다.

"가면과 검은 옷은 아마 부모 올빼미의 모습을 흉내 내려 했던 게 아닐까 싶어요."

취에는 마오마오의 말에 고개를 갸우뚱거렸다.

"각인 효과라는 걸 아세요?"

"네, 취에 씨는 알아요. 새는 알에서 깨어나서 제일 먼저 본 걸 부모라고 인식한다면서요. 지금 저 집오리가 저희 시동생을 졸졸 따라다니는 것도 그것 때문인가요?"

"맞아요. 사육자는 그 올빼미를 야생으로 돌려보낼 생각이 아니었던 건가 싶어요. 그래서 사람 얼굴을 기억하지 못하게 하려고 올빼미 가면을 썼던 게 아닐까요?”

“…호오.”

올빼미의 배설물을 보니 먹이는 스스로 찾아서 잡아먹는 모양이었다. 먹이를 조달하는 방법을 알고 있다는 뜻이다.

“하지만 결국 사람에게서 닭고기를 받아먹는 습성이 생긴 것 같더군요. 재미있는 얼굴의 올빼미가 사람을 잘 따른다면 부자들은 신기해서 살 테고, 귀인께 공물로 바칠 수도 있겠지요.”

“그것을 안타깝게 여긴 사육자가 놓아주었다, 또는 올빼미가 스스로 도망쳤다는 말인가요?”

“어디까지나 가정일 뿐이죠.”

마오마오는 단언하지 않는다.

“그런데도 분명히 놓아주었던 올빼미가 하필이면 교쿠엔 님의 별저에 눌러앉게 되었다, 거기에 황족이 묵게 된다면 아주 큰일이 벌어진다.”

“가정이라니까요.”

“올빼미를 빨리 잡아야겠다는 생각에, 키웠던 당시의 차림새로 접근한다. 붙잡으면 올빼미를 먼 곳에 풀어 줄 수 있다. 사람들 눈에 띄기 전에.”

“가정.”

“알고 있어요~”

올빼미를 부르기 위해 무슨 피리 같은 것을 불었으리라. 올빼미는 거기에 반응했지만 밖으로 나오지 않았다.

마오마오의 가정이 맞든 틀리든, 한 가지 얻은 건 있다.

"검은 옷의 수상한 사람이 올빼미 사육자라는 건 틀림없는 거죠?"

"그렇죠."

마오마오와 취에는 히죽 웃었다. 돌팔이 의관은 완전히 소외된 채, 못된 흉계를 꾸미는 두 사람을 보고 겁을 먹었다.

만일 마오마오의 가정대로 올빼미를 새끼 때부터 키운 사람이라면 어떤 문제가 해결에 가까워진다.

니엔젠이라는 전직 농노가 말했던 '바람을 읽는 백성'. 이 일족이 보호하고 있었다는 부족.

'그냥 제사만 지내는 걸로 먹고 살았다고 생각할 수는 없어.'

또한 그들이 어떻게 해충 구제를 했는지를 생각하면 하나의 답을 도출할 수 있다.

새를 다루었다는 '바람을 읽는 백성'.

그들이 새를 이용한 연락 수단을 사용하지 않았겠느냐고 진시는 말했다. 원활한 연락 수단은 다양한 곳에서 도움이 된다.

마오마오는 일단 그 붙잡힌 괴인을 만나 보기로 했다.

13화 : 바람을 읽는 백성

마오마오는 취에에게 안내를 받아, 그 수상한 사람이 잡혀 있는 곳으로 향했다.

"그러니까~ 오해라고오~"

높은 목소리가 울려 퍼졌다. 여자 목소리라고 하기에는 쉿소리가 너무 심했다. 그 모습을 본 마오마오는 납득했다.

"꼬맹이잖아."

열 살쯤 되었을까. 눈이 가늘고 피부는 노르끄레하다. 서도 주민이라기보다는 화앙주에 사는 민족의 특징이 더 짙다. 얼굴 생김은 소년처럼 보이지만 긴 머리를 뒤에서 묶고 있는 걸 보면 아마 소녀다. 서도의 소녀들은 아이들이라도 두건으로 머리를 잘 싸매거나, 또는 길게 땋아 내리는 경우가 많다.

가면을 쓰고 머리를 길게 길렀기에 성인 여성이라고 오인했던 모양이다.

"꼬맹이 아니거든."

꼬맹이는 토라져서 뺨을 부풀렸다. 그 태도가 꼬맹이인 증거였다.

방 안에는 그 수상한 아이와 함께 가오슌, 타오메이, 바센, 그리고 자주 있지만 이름은 모르는 호위 한 명이 있었다.

"마오마오 씨."

타오메이가 색이 다른 눈을 가늘게 뜨며 마오마오를 불렀다.

"타오메이 님이 어떻게 여기에…?"

심문에는 안 어울릴 것 같은, 아니 잘할 것 같긴 하지만.

"여자인 줄 알았더니 소년이었다, 그렇다면 심문을 하자고 우리 둘째가 말하긴 했지만 여자아이라는 사실이 밝혀졌으니 어떻게 되겠어요?"

"아…."

마오마오는 납득했다.

"그럼, 가오슌 님은요?"

바센은 기본적으로 여성을 불편해한다. 어느 정도 불편해하느냐 하면 너무 수줍은 나머지 장래에 자손도 남기지 못하는 게 아닌가 걱정될 정도다.

"샤오마오가 타오메이와 바센, 이 둘과 함께 있는 게 불안하지 않다면 저는 나가겠습니다만."

가오슌의 미간 주름이 평소보다 깊었다. 납득하는 수밖에 없다.

"어머님…."

바센은 거북해 보였다. 부모가 감시하는 가운데 심문을 해야 한다니, 대체 얼마나 과보호인 걸까.

아직 어린애 같은데 바센에게 여자란 이 정도 나이여도 안 되는 걸까.

'나랑 취에 씨는 괜찮은 것 같던데.'

취에는 마치 진기한 짐승 같은 부류이니 그렇다 치더라도, 혹시 마오마오도 같은 취급인 걸까. 살짝 얼굴이 일그러진다.

"심문이 잘 안 풀리나요? 취에 씨가 할까요?"

취에가 생글생글 웃는 얼굴로 눈을 가늘게 뜨며 다가왔다.

"취에 씨, 당신은 안 해도 돼요."

타오메이가 막았다.

"그런가요? 어린아이 다루는 데는 능숙한데요."

취에는 소맷자락에서 깃발을 스르륵스르륵 꺼냈다.

"죄송합니다. 어디까지 알아내셨나요?"

마오마오는 시어머니와 며느리 사이에 끼어들었다. 마 일족은 모두 성격이 독특하기 때문에 확실히 목소리를 높이지 않으면 소외될 것 같다. 참고로 바센의 집오리는 방 밖에서 부리를 들이밀고 안의 상황을 지켜보고 있다. 타오메이가 무서운가 보다.

"죄송합니다. 지금 상황으로는 이 아이, 쿠루무庫魯木라고 한다는데요."

"쿠, 루무?"

"이렇게 씁니다."

타오메이는 탁자에 손가락으로 글씨를 썼다.

"감사합니다."

이름의 분위기가 도성 주위의 일반적인 어감과는 다르다. 굳이 따지자면 샤오 방면의 이름에 가깝다.

"당신도 똑똑히 말 좀 해 줘. 보다시피 난 어디에나 있는 사랑스러운 미소녀야. 이 근처를 어슬렁거리고 있었던 건 그냥 예전에 키웠던 새를 붙잡기 위해서였고!"

'미소녀….'

쿠루무에게 시선이 모였다. 상당히 자기 평가가 높은 소녀인 모양이었다. 하지만 여기서 이러쿵저러쿵 떠들어 댔다가는 또 이야기가 탈선한다.

"보시다시피 새를 붙잡는 일 외에 다른 뜻은 없고, 당연히 악의도 없으니 얌전히 새를 돌려주고 석방하라고 주장하고 있습니다."

"굉장히 뻔뻔하네요."

타오메이의 설명에 취에가 마오마오의 마음을 대변했다.

"뭐 어때! 원래 그 새는 내가 키운 거야! 자, 이것 좀 봐. 나를 얼마나 잘 따르는지!"

"그렇게는 안 보이는데요."

새는 쿠루무와 얼굴을 마주치지도 않고 고개를 홱 돌렸다. 가까이에서 봐도 정말로 기묘한 가면을 쓴 것처럼 생긴 새였다.

"그러니까, 자!"

쿠루무는 시커먼 옷차림에 가면을 썼다. 가면부엉이는 겨우 쿠루무에게 가까이 다가갔다.

"헤헤. 알부터 부화시켰다고. 이 차림으로 계속 돌봤단 말이야."

"즉, 그 차림만 하면 누구에게나 반응한단 뜻이군요. 딱히 당신이 아니어도."

"?!"

마오마오의 말에 쿠루무는 턱이 빠진 얼굴이었다.

"아니, 진짜라니까! 믿어 줘! 불쌍한 아이를 믿어 달란 말이야!"

쿠루무는 거의 울 듯했다.

"봐, 난 얘가 무슨 먹이를 좋아하는지도 알아."

"이 아이, 참 귀엽더군요. 자, 닭고기랍니다."

타오메이는 닭고기를 젓가락으로 집어서 올빼미에게 내밀었다. 올빼미는 새장 안에서 팔짝팔짝 뛰어서 다가와 닭고기를 쪼아 먹었다.

"?!"

"굳이 검은 옷을 입지 않아도 먹이를 주면 받아먹는군요."

쿠루무는 가면을 쓴 채 울먹이는 듯, 코 먹은 소리를 냈다.

참고로 바센으로 말할 것 같으면 어머니가 상황을 주도하고 있기 때문에 아무 말 없이 그냥 우두커니 서 있을 뿐이었다. 아무 일도 일어나지 말아 달라고 기도하는 가오슌과 나란히 서니 부자가 꼭 닮아 보였다.

"그, 그 녀석은, 분명, 내, 내가 키운…."

"키웠다면 증거를 보여 주세요."

"즈, 증거를 대라고 해도…."

"마오마오 씨, 어린애를 상대로도 가차 없네요."

취에가 남의 일처럼 말하며 타오메이에게 추가 닭고기를 내밀었다. 그래도 시어머니의 눈치는 보는 모양이었다. 시아버지나 시동생 앞에서는 자유롭게 행동하지만.

"사정을 봐줄 순 없지요. 어린애도 방화 정도는 가능하니까요. 서도 권력자의 별저에서 이상한 소동이 일어날 경우 아무리 어린애라도 보통 처벌을 받잖아요?"

"그건 그렇지요."

취에는 닭고기를 집어서 자기 입으로 넣으려 했다.

"앗, 취에 씨. 닭고기는 생으로 먹으면 위험하니까 가열해서 드세요."

"이런, 실례."

아무리 취에가 몸이 튼튼하고 대식가라 해도 생 돼지고기, 생 닭고기를 권할 수는 없다.

"제, 제대로, 내, 내가, 키웠단 말이야…. 아, 알부터 부화시켰, 다니, 까…."

"그랬군요. 그럼 알은 어떻게 손에 넣었죠? 그리고 부화시킨 방법은? 왜 키운 새를 일부러 놓아주었는지 설명해 주세요."

마오마오의 질문에 쿠루무는 코를 훌쩍이며 더듬더듬 이야기했다.

"아, 알은, 얻었어. 아, 아버지 아는 사냥꾼이, 필요 없대서. 아버지도 안 사겠다고 하니까."

"사냥꾼?"

"매 같은 걸 사냥할 때, 둥지에서 알이 발견되면, 알을 가지고 오는 거야. 그 알을, 아버지가 부화시켜서 키워. 그리고, 다 키워서 길이 들면 부자한테 팔아."

"그랬군요."

팔다 남은 상품 알이 이 새였다는 뜻이다.

"그럼, 어떻게 부화시켰죠?"

"…아, 아버지는, 방을 항상 따뜻하게 해. 연료를 잔뜩 넣고 지글지글 태워서, 너무 더워지면 환기를 시키고, 하루에 다섯 번 정도, 알을 뒤집어. 난, 아버지가 연료를 쓰면 안 된대서, 겨드랑이 밑에 품었어. 어미 새가 어느 정도까지 품고 있었는지, 닷새 정도 지나니까 부화했어."

"흐응…."

"그건 분명하다. 집오리 알도 그렇게 부화시키더군."

바센이 끼어들었다. 계속 집오리를 돌봤으니 그 말은 틀림없을 터였다.

마오마오도 새를 부화시키는 방법을 자세히는 모르지만, 틀리진 않았으리라고 생각했다.

"이봐, 어떤 것 같아?"

바센이 마오마오에게 물었다.

"이상한 부분은 없는 것 같네요. 순간적으로 이 정도까지 거짓말을 할 수 있을 것 같진 않습니다."

"그렇겠지. 집오리도 올빼미도 부화 방법은 똑같군…."

바센은 엉뚱한 곳에서 감탄했다. 대체 왜 이렇게 집오리에게 푹 빠진 걸까.

'이상한 부분은 없지만….'

마오마오는 마음에 걸리는 부분이 있었다.

"이 올빼미는 팔기 위해 키웠던 건가요?"

"아, 아냐!"

"그렇겠죠."

마오마오는 쿠루무가 입고 있는 검은 옷을 살짝 집었다.

“야생으로 돌려보내기 위해 키우던 것 같네요.”

“…응. 사냥도 할 수 있도록 벌레랑 쥐 잡는 법도 가르쳤어.”

“하지만 누가 팔아 버렸던 건가요?”

“…맞아. 그 망할 아버지.”

쿠루무가 주먹을 부르쥐었다.

“얼굴이 재미있게 생기고 털색도 특이하다면서 내가 없는 사이 팔아 버렸어. 아무런 의논도 하지 않고, 자기 멋대로. 내가 키우긴 했지만, 짝지어 줄 상대도 없으니까 숲으로 돌려보낼 생각이었어. 그래서 이렇게 답답한 옷에 가면까지 쓰고 키웠는데!”

쿠루무는 분개했지만 사실 그렇게 드문 일은 아니었다. 여자아이들이 갖고 있던 것은 기본적으로 가장이 제멋대로 처분하곤 한다. 리국에서는 일반적인 사고방식이다.

‘여자가 강한 곳에서 살고 있으면 꿈도 못 꿀 인식이지만.’

딸은 정략결혼의 도구, 또는 결납금結納金을 얻기 위한 도구로 키우는 일도 드물지 않다. 유곽에 딸을 파는 일도 그 일환이라 할 수 있다.

“알겠습니다. 그럼, 정리하면서 질문을 몇 가지 해도 될까요? 어디까지나 추측이니 틀리면 정정해 주시죠.”

“으, 응.”

쿠루무는 코를 훌쩍이며 고개를 끄덕였다.

"당신 부친의 생업은 매사냥이 아니라, 매나 진기한 새를 길들여 부자에게 파는 일인가요?"

쿠루무는 끄덕거렸다.

"매사냥을 할 때도 있지만, 애완용이 더 비싸게 팔려."

"올빼미를 사 간 곳은 이 저택에 사는 교쿠오玉鶯 님의 따님인가요?"

"…아냐. 정확히 말하면 양녀야. 꾀꼬리 왕鶯王에게 그 나이대의 딸은 없어."

쿠루무는 울음을 그쳤는지 꽤 명료한 목소리로 말하기 시작했다.

"꾀꼬리 왕?"

익숙지 않은 단어를 듣고 마오마오가 되물었다. 양녀가 있는 건 드문 일도 아니고, 예상했던 일이므로 크게 신경 쓸 것 없었다.

"그런 이름의 주인공이 나오는 연극이 있어. 쾌도난마快刀亂麻로 결단을 내리고, 어려운 일도 시원시원하게 해결하지. 옛날에 있었던 어느 공자를 원형으로 삼은 이야기야. 교쿠오玉鶯와 꾀꼬리 왕鶯王, 누가 장난으로 불렀는데 그대로 별명이 되어 버렸어."

쿠루무는 외모는 앳되지만 머리는 제법 잘 돌아가는 아이라고 마오마오는 생각했다. 이 나이의 아이치고는 어휘력이 높다.

"교쿠오 님은 서도에서 인기가 있는 분인가 보네요."

"뭐, 그렇지. 서도를 세운 교쿠엔 님의 장남이고, 평민들에게도 소탈하게 말을 걸어 주거든."

"…그렇군요."

마오마오는 교쿠오라는 남자에 대해 잘 모른다. 일단 지금은 다른 질문을 할 필요가 있었다.

"교쿠오 님의 딸에게 올빼미를 팔았는데, 문제의 올빼미가 밖으로 도망쳐서 이 저택 안에 눌러 살게 되었다는 뜻인가요?"

"응, 맞아."

"당신은 올빼미가 도망쳤다는 사실을 어떻게 알았죠?"

"…아, 아니. 본인이 미안하다고 사과하더라고."

"본인이?"

마오마오는 옆에 있던 취에와 얼굴을 마주 보았다. 타오메이도 바센도 의아한 표정이었다.

"나, 이래 봬도 교쿠玉 집안 사람들하고 얼굴을 아는 사이거든. 거기서 글자도 배웠어."

"흐응, 겉보기는 지저분한데."

취에가 옆에서 끼어들었다.

"누가 지저분하다는 거야, 미소녀잖아!"

쿠루무는 취에의 혼잣말에 반응했다. 울음은 완전히 그친 모양이었다.

"그게 무슨 말이니? 솔직히 넌 저택에 드나들 만한 처지로는 보이지 않는다만."

타오메이는 말투를 바꾸긴 했지만 하는 말은 취에와 마찬가지였다.

가오슌은 아내와 며느리의 사정없는 발언에, 눈빛만으로 살살 해 달라고 호소하고 있었다.

"나는 꾀꼬리 왕의 엄마, 교쿠엔 님 부인과 사이가 좋았단 말이야. 아버지 친척이라서 아버지가 부자들한테 새를 팔 수 있었던 것도 그 연줄이거든. 딸하고는 납품할 때 얼굴을 몇 번 봤고, 내가 새를 돌려 달라고 했더니 난처해했어. 아버지에게서 받은 거라 마음대로 돌려줄 수 없다고."

"그렇다면 딸이 일부러 놓아준 건가요?"

마오마오는 확인하듯 물었다. 정략결혼을 위해 보내진 그 딸에게 그리 호감을 갖고 있진 않았지만, 당사자에게는 죄가 없다. 딸은 그리 나쁜 인간 같지는 않았다.

"그건 몰라. 하지만 놓쳐서 미안하다는 말을 전달받았어. 그래서 난 그게 나한테 붙잡아 달라고 말한 거라고 이해한 거야. 나, 무죄 맞지?"

"아뇨, 저택에 사는 사람들을 지나치게 놀라게 했으니 안 됩니다."

"으…."

쿠루무는 들개처럼 끙끙거렸다.

"상황은 대충 알았어요, 마오마오 씨."

"그런가요?"

"네, 마오마오 씨는 뭔가 다른 질문을 하고 싶은 것 아닌가요?"

취에의 말이 맞다.

마오마오의 본론은 쿠루무가 저택 주위를 어슬렁거리던 이유가 아니었다.

"그럼 민폐를 끼친 배상 대신 제 질문에 몇 가지 대답해 주실 수 있을까요?"

"네, 하세요."

쿠루무 대신 타오메이가 대답했다. 마오마오도 타오메이를 보며 질문했다.

"당신의 집에서는 새를 키운다고 하던데, 새를 통신 수단으로 쓰는 경우가 있나요?"

"지금 우리 집에서는 안 해. 옛날에는 했었던 것 같고, 아는 사람 중에 비둘기를 기르는 사람은 있어."

마오마오는 흐음, 하면서 팔짱을 꼈다.

"그럼 옛날에는 매사냥도 했다는 뜻인가요?"

"맞아. 이제는 아버지가 돈벌이가 된다면서 부자들한테 팔아치우게 돼서 그렇지. 토끼나, 가끔 여우도 사냥해. 이 녀석의 알은 필요 없다고 했던 이유도, 매나 독수리가 아니면 큰 짐승을 잡을 수 없기 때문이야. 애완용보다는 사냥을 잘하는 게 더 편리하거든. 키울 때는 애완용이 더 편하지만."

확실히 이 올빼미로는 기껏해야 쥐나 작은 토끼 정도밖에 잡을 수 없을 것이다.

"그렇다면 키운 새가 특정 생물만 잡게 만드는 일도 가능한가요?"

쿠루무는 미간에 주름을 잡았다.

"…해 본 적은 없지만, 못 할 거라고 딱 잘라 말하기도 어렵겠네. 새끼 새 때부터 특정 먹이만 계속 먹여서 편식을 시킬 수가 있거든. 또는 사냥할 때 잡아 오는 사냥감에 따라 상으로 주는 먹이를 바꿀 수가 있어. 매사냥을 할 땐 매가 사냥감을 잡아서 가져오면 그걸 먹이와 교환하는데, 무엇을 잡아 와야 제일 좋아하는 먹이와 교환할 수 있는지 알면 사냥감을 골라서 잡아 올 수 있을 테니까."

역시 쿠루무는 머리가 좋다. 째지는 목소리를 제외하면, 비슷한 나이의 쵸우보다 훨씬 나이가 많은 어른과 대화를 나누는 기분이 든다.

"그럼 황충만 사냥하는 새를 만들 수 있을지도 모르겠네요."

"황충이라고?"

바센이 바로 반응했다. 그러고는 무슨 생각을 했는지, 방 밖에서 부리를 들이미는 집오리에게로 향했다.

"황충이라. 그 경우엔 이 녀석처럼 그리 크지 않은 새가 좋겠네. 그리고 아무래도 고기를 더 좋아할 테니까, 고기랑 사냥감을 교환해 주는 게 현실적일 것 같아."

"그렇군요. 그럼 마지막 질문입니다."

마오마오는 스읍, 하고 숨을 들이마셨다.

"당신은 바람을 읽는 백성인가요?"

쿠루무가 한순간 눈을 깜빡거렸다.

"당신이 그 이름을 어떻게 알아?"

마오마오는 주먹을 불끈 쥐었다.

"즉, 바람을 읽는 백성을 알고 있다는 뜻이군요?"

마오마오는 쿠루무에게 다시 한번 확인했다. 자칭 미소녀는 팔짱을 끼고 "으음…." 하고 신음했다.

"알고 있다고 해야 하나, 우리 증조할아버지쯤인가가 아직 초원에서 살았을 때 그렇게 불렸다나 봐. 뭐, 나도 할머니한테 몇 번 들은 게 전부라 거의 모르지만."

"아는 데까지만이라도 가르쳐 주실 수 없을까요?"

"응…? 어떻게 할까…?"

마오마오가 저자세로 나오자 쿠루무는 갑자기 건방져졌다.

"맨입으로는 말 못 하는데…."

쿠루무가 히죽 웃으며 금전을 요구했다.

"후후, 관청에 끌려가고 싶은가 보구나?"

맹금류를 연상시키는 눈이 쿠루무의 등 뒤에서 빛났다. 타오메이가 미소를 지은 채 지켜보고 있었다. 어째서인지 상관없는 바센까지 몸을 움츠렸고, 심지어 올빼미마저도 깃털을 바짝 세운 채 떨었다. 가오슌은 무아의 경지에 달했고 취에는 나무 흉내를 내고 있었다.

쿠루무가 얼굴을 일그러뜨렸다.

역시 가오슌을 꼼짝 못 하게 하는 무서운 아내다.

마오마오는 일부러 그러는 것처럼 헛기침을 했다.

"…제 입장에서도 양보한 건데요. 당신은 질문에 답하고, 저는 당신을 관청에 끌고 가지 않는 거죠. 또한 앞으로의 대응에 따라서는…."

"그래, 이 올빼미를 어떻게 할지에 대해서도 의논해야겠지?"

타오메이가 마오마오의 말을 이었다.

"…알았어. 내가 할머니한테 들었던 건 옛날에 유목을 하던 민족이 노예 사냥을 당했다는 거야. 사냥당한 녀석들은 거의 다 살해당했고, 여자는 아내로, 아이들은 노예로 끌려갔다고 들었어."

그것은 마오마오도 알고 있는 정보였다. 하지만 한 가지 마음에 걸리는 부분이 있었다.

"바람을 읽는 백성은 새를 부린다고 들었는데요. 새의 알을 부화 및 사육시키는 방법은 대가 끊어지지 않았다는 말인가요?"

"그거 말이야? 아…. 내가 말을 잘못했네. 바람을 읽는 백성은 멸망당했어. 갈라진 절반이."

"저, 절반?"

마오마오는 물론이고 다른 사람들도 쿠루무를 응시했다.

"응. 무슨 제사인지 뭔지를 하느라 초원을 계속 돌아다녔다는데, 그렇다면 한 덩어리로 움직이기보다는 갈라져서 움직이는 편이 좋잖아. 새를 이용해서 연락도 취할 수 있고. 실제로 절반인지 아닌지는 몰라. 셋으로 갈라졌을 수도 있고, 넷일 수도 있어. 우리 증조할아버지도 그중 하나에 속해 있었대."

그건 그렇겠다며 마오마오는 고개를 끄덕였다.

"그럼 남은 부족은 어떻게 되었나요? 바람을 읽는 백성이라는 부족은 거의 사라진 부족 취급을 받던데요. 제사를 계속 이어 나가지 않았던 건가요?"

"음…. 난 잘 몰라. 우리 증조할아버지는 그 살아남은 일족에 속해 있었다지만, 할머니가 열 살쯤 되었을 때 죽었대. 할머니 말로는 새에 대해 이것저것 가르쳐 줬다는데, 더는 유목도 안 하고 마을에서 살게 됐다잖아. 그래도 사육한 비둘기를 사 주는 단골들이 있어서 끼니 걱정은 안 했대."

"단골?"

"글쎄, 어디 사는 어떤 높으신 분이라고 듣긴 했는데 자세히는 몰라. 아니, 할머니도 사실 자세히는 몰랐던 것 같았어."

쿠루무의 증언에 전원이 입을 다물었다.

"어? 내가 무슨 이상한 말이라도 한 거야?"

"…아뇨, 감사합니다."

그냥 한 번 찔러 보았을 뿐인데 이렇게 줄줄이 터져 나올 줄이야. 아니, 바람을 읽는 백성과 어느 정도 관련이 있으리라고는 생각했지만, 상상 이상으로 핵심에 가까운 상태였다.

"저기 말이야, 저기. 나, 이 녀석 데려가도 돼? 풀어 주기 딱 좋은 장소를 찾아 놨거든."

"손에 넣었는데 풀어 주려는 건가요?"

"원래 그럴 생각이기도 했고, 할머니의 가르침이기도 하거든."

마오마오와 타오메이는 시선을 마주쳤다. 타오메이가 고개를 끄덕였기에 마오마오는 새가 든 새장을 쿠루무에게 건넸다. 쿠루무가 활짝 웃었다.

"질문 하나 더 해도 될까요?"

"뭔데?"

쿠루무는 새가 돌아와서 기분이 좋아졌는지 송곳니를 보이며 물었다.

"당신 아버지와 교쿠오 님의 어머님이 친척이라고 했는데, 그럼 그 어머님도 바람을 읽는 백성이라 생각해도 문제없는 거죠?"

"그 점은 딱 잘라 말 못 하겠는데…. 하지만 새는 좋아하는 것 같았고, 다루는 데에도 익숙해 보였어."

정말로 교쿠오의 모친이 바람을 읽는 백성이라면, 여러 가지 관계성이 생겨난다.

'유익한 정보를 얻기는 했는데.'

쿠루무의 이야기를 믿자니 다양한 모순점이 발생한다.

'바람을 읽는 백성이 멸망하지 않았다면 그 후로도 제사를 이어 갈 수 있지 않았을까?'

농노가 된 니엔젠이 하던 일의 의미가 아리송해진다.

그리고 바람을 읽는 백성은 왜 멸망했다고 전해졌을까.

이상한 점이 생긴다.

'생각할 수 있는 가능성이라면….'

바람을 읽는 백성이 멸망한 것으로 해 두고, 그 능력을 다른 곳에 쓴 게 아닐까.

'정보가 빨리 전달된다는 건 그것만으로도 강점이야.'

일단 멸망한 것으로 해 두고 자기 밑으로 들여 보호하면 얼마든지 쓸모가 생긴다. 쿠루무의 조모가 이미 마을에서 살고 있었다는 사실을 생각하면 이상하지 않다. 또한 쿠루무의 증조부가 요절한 일도 납득이 간다.

'기술만 계승해 놓으면 과거를 아는 자는 방해가 되지.'

“이봐, 언니~ 나 그만 가도 돼?”

쿠루무가 쿡 찌르는 통에 마오마오는 정신이 들었다. 너무 깊은 생각에 빠졌던가 보다.

“죄송합니다. 만일을 대비해 연락처를 알려 주시겠어요? 저도 마침 새가 필요하다는 손님을 소개해 드릴 수 있을지도 모르니까요.”

“…뭐야, 왠지 무서워.”

쿠루무는 마오마오의 거짓 웃음에 속을 것 같지가 않다. 귀중한 정보원을 놓칠 수는 없지, 하는 생각에 애써 표정을 꾸며냈는데.

“후후. 아이 상대로 몹쓸 짓을 하지는 않아. 얘, 네 아버님을 좀 소개해 줄 수 없겠니?”

타오메이가 눈을 빛냈다.

쿠루무가 움찔 반응하며 고개를 끄덕였다.

‘이 사람, 너무 강해.’

녹청관 할멈과도, 스이렌과도 또 다른 여걸이다.

‘주위가 조용해질 만하네.’

취에는 평소처럼 까불지 않고, 바센으로 말하자면 가오슌과 거의 비슷한 무아의 경지에 이른 표정이었다. 지금의 가오슌이 이렇게 만들어졌구나, 하고 마오마오는 벽과 동화되어 서 있는 가오슌을 보며 생각했다.

쿠루무를 심부름꾼 하인과 함께 돌려보낸 후 타오메이가 마오마오를 불렀다.

"아직 우리에게 말하지 않은 일이 있는 것 아닌가요?"

말투는 정중했지만 단적으로 말하자면 '아는 것이 있으면 다 불어'라는 뜻이다.

"짚이는 바가 있었습니다. 하지만 어디까지나 제 추측일 뿐, 너무나도 황당무계한 내용입니다. 입 밖에 내도 좋을지 어떨지 모르겠습니다."

마오마오는 뤄먼에게서 내뱉은 말에는 책임을 져야 한다고 배웠다. 증거도 없는 억측으로 매사를 판단해서는 안 된다.

"하지만 내… 우리 주인께서는 매번 그렇게 명료한 결론을 원하시는 건 아니에요. 주인께서도 뭐든 혼자 다 떠안으려 하는 성격이긴 하시지만, 앞으로 일어날 수 있는 일의 대책을 짜내기 위해서 이야기해 주지 않겠어요?"

타오메이는 빨리 불라는 듯 맹금류의 눈빛으로 마오마오를 쳐다보았다.

"그렇다면…."

마오마오는 그들의 주인, 즉 진시에게 이야기를 전해 달라고 하기 위해 입을 열었다.

"아뇨, 본인에게 직접 말하세요."

“여기서 말해도 문제는 없을 것 같은데요.”

타오메이가 마오마오의 억측을 왜곡해서 전달할 거라는 생각은 들지 않는다.

“아뇨, 달의 귀인께는 적절한 기분 전환이 필요하다고 우리 남편이 말했거든요.”

“네에?”

살짝 장난스러운 미소를 지은 타오메이 앞에서 마오마오는 눈을 가늘게 뜨는 수밖에 없었다.

14화 : 복습과 가능성

우아하고 아름다운 방 안에 향긋한 차향이 풍겼다.

이국풍의 주전자로 쪼르륵 따르는 차는 장미처럼 붉은 빛깔을 띠고 있었다. 홍차라는 이름이 정말 생김새 그대로라고 마오마오는 생각하며 향기를 즐겼다. 찻잎에 설탕과 소의 젖을 넣는 경우도 있다고 했지만, 마오마오는 차에서 단맛이 나는 것을 용서할 수 없기 때문에 거절했다.

"그래서, 어떤 견해를 갖고 있지?"

수저로 차를 휘젓는 동작조차 우아해 보이는 인물, 진시. 소의 젖을 넣긴 했지만 위장을 보호하기 위한 일이라 보는 게 옳다. 스이렌은 주인이 배탈 나지 않도록 가열한 젖을 준비해 주었다.

마오마오는 탁자 반대편에 앉아, 진시와 마주하고 차를 마셨다.

'정말 괜찮은 걸까, 이런 형태라도.'

안내하는 타오메이를 따라 진시의 방에 오긴 했지만, 아무리 봐도 다과회의 모습이다. 스이렌도 불평 없어 보이니 문제는 없겠지만….

"자, 들어요."

스이렌이 생글생글 웃으며 차를 권했기에 거절하기도 어려웠다. 한 모금 마시고 의견을 늘어놓기로 했다.

"어디까지나, 제 의견은…."

"추측이며 사실과는 다를 가능성도 있다고 말하려는 것이지? **이 몸**이 그 의견을 있는 그대로 받아들이지 않고, 객관적으로 파악하면 문제없을 텐데."

"네."

마오마오는 '네'라고밖에 대답할 수 없었다. 그리고 진시는 타오메이 쪽을 흘끔 쳐다보았다. '나'가 아니라 '이 몸'이라고 격식을 차려 말한 건 타오메이를 배려해서였으리라.

"그럼 무엇에 대해 의견을 말씀드리면 좋을까요?"

"바람을 읽는 백성에 대해서. 이 몸이 이미 알고 있는 일이라도 상관없다. 처음부터, 정리하는 셈치고 이야기해 다오."

"알겠습니다."

진시의 말에 마오마오는 이야기하기가 편해졌다. 이야기가 중첩되는 일을 피하기 위해 말을 굳이 고를 필요가 없어 훨씬 낫다.

"바람을 읽는 백성에 대해서는 시찰을 갔던 농촌에서 전직 농노였던 남자, 니엔젠에게서 이야기를 들었습니다. 그 부족은 과거에 신부사냥, 노예사냥이 이루어졌던 탓에 멸망당했다고 합니다. 바람을 읽는 백성은 제사를 관장했고, 이 일족에게서 보호를 받았다고 들었습니다."

진시는 이미 한 차례 들은 내용이다. 따라서 가볍게 차를 마시고 구운 과자를 먹으며 듣고 있었다. 과자는 차에 맞춰, 이 또한 이국풍의 병간*이었다.

"그들이 하던 제사란 황해를 사전에 방지하는 방책이었다고 생각할 수 있습니다. 추경이라 불리는 행위로, 밭을 갈아엎음으로써 땅을 비옥하게 하는 동시에 해충 알을 구제하는 데에도 효과가 있습니다. 자세한 내용은 라한의 형이 알고 있으리라 생각합니다."

"라한네 형 말이군. 라 일족 중에는 달인이 많아. 농사 전문가가 두 명이나 있다니."

여기서도 호칭은 라한네 형이었다.

'라한네 형은 할 수 없이 농사를 배운 것 같긴 한데.'

그 묘한 성실함을 보면 농사 실습도 열심히 했을 것이다. 평

※병간 : 쿠키.

범한 집안에 태어났다면 우수한 장남이었을 텐데.

"라한네 형은?"

"내일은 서도로 돌아올 것이라고 전달이 와 있습니다. 농촌에서의 큰 작업은 대충 끝났다고 합니다."

바센이 보고했다.

'그러고 보니 아직 농촌에 남아 있었지.'

고구마 재배 방법은 잘 가르쳐 줬는지 모르겠다.

"그럼 돌아오면 알려 다오."

"네."

바센이 물러났다. 등에 집오리 깃털이 붙어 있었다.

마오마오는 계속 이야기해도 좋을지, 진시를 쳐다보았다.

"계속하여라."

"네. 바람을 읽는 백성은 새를 이용했다고 하는데, 전직 농노의 이야기로는 어떻게 썼는지는 모른다고 했습니다. 그러나 오늘 붙잡은 수상한 인물 쿠루무의 증언으로 바람을 읽는 백성이 멸망하지 않았고, 그 자손은 새를 키우는 기술을 생업으로 삼아 살아가고 있다는 사실이 밝혀졌습니다. 달의 귀인께서 생각하시는 대로, 전령용으로 생각되는 비둘기입니다. 또한 다른 새도 키우고 있다고 합니다."

쿠루무는 새를 키우는 기술을, 그저 애완동물을 키워 부자에게 파는 수단 정도로밖에 생각하지 않는 듯했지만 그렇지 않다.

“다른 새들을 키우는 방법은 벌레를 찾아내는 일에 도움이 될 것이라 사료됩니다. 그러나 제일 중요한 부분은 전령용 비둘기 사육이라 생각합니다.”

마오마오는 진시가 이미 도출한 답을 이야기했다.

“바람을 읽는 백성의 최대 강점은 새를 이용한 전달 수단이었다고 생각합니다. 어디까지나 제 예상이지만, 첩보 부대로서 활약하고 있었다 해도 이상하지 않습니다.”

진시의 안색은 변하지 않았다.

“그럼 살아남은 바람을 읽는 백성은 어떻게 된 거지?”

“어디까지나 추측입니다만… 그들의 기술을 높이 평가한 자가, 자기 보호하에 두지 않았을까 싶습니다.”

마오마오는 말을 천천히 고르며 대답했다.

“누가 보호했으리라 보고 있지?”

“…모르겠습니다. 이 일족이나, 아니면 다른 세력이거나.”

“왜 이 일족도 보호했다고 생각하지?”

마오마오도 그 답변은 모순되었다고 느꼈다. 이 일족이 바람을 읽는 백성을 더 잘 보호해 주었더라면 50년 전의 비참한 사건은 일어나지 않았을 것이 아닌가.

“선제의 모후, 여제라는 단어를 굳이 사용하도록 하겠습니다.”

“상관없다.”

"여제가 이 일족을 멸망시켰기 때문입니다."

"흐음."

진시도 납득이 간다는 표정을 지었다. 선제를 꼭두각시 삼아 나라를 조종하던 여성은 합리적인 인물이었다고 사료된다. 후궁이 지나치게 커진 일, 삼림 벌채를 금지시킨 일 등도 다 이유가 있기 때문이었다. 하지만 이 일족을 멸망시킨 일에 대해서는 불명확한 점이 많다.

"즉, 원래 첩보 부대로서의 의미가 강했던 바람을 읽는 백성을, 황제에게 알리지 않고 비밀에 부친 채 자기들 일족끼리만 꽁꽁 감춰 두고 있었던 일에 대해 벌을 내렸다는 뜻인가?"

"가능성 중 하나일 뿐입니다."

마오마오의 가정에 불과하다. 진시가 판단 재료 중 하나로만 받아들여 주길 바랄 뿐이다.

"알겠다. 그럼 이 일족 외의 다른 세력이 보호했을 가능성은 어떻지?"

"…바이냥냥이 비둘기를 부리던 일이 떠올랐습니다. 원래 샤오에서는 잘 알려진 기술일지도 모르지만, 바람을 읽는 백성이 가르쳐 줬을 수도 있다고 생각했습니다."

"바람을 읽는 백성의 기술이 샤오에…. 그럼 전해진 것은 바람을 읽는 백성이 멸망당하기 전인가, 후인가. 어느 쪽이지?"

진시가 심술궂은 질문을 했다.

"제 견해로는 멸망당하기 전일 거라 생각합니다."

"즉, 배신인가?"

"배신이죠."

마오마오는 바람을 읽는 백성이 멸망당한 이유에 대해 계속 생각했다. 바람을 읽는 백성이 제사 외에도 첩보 부대로서 이 일족을 모셨다고 치자. 만일 배신을 했다면, 타 부족의 습격을 받은 그들이 죽어 가는 것을 이 일족이 저버렸다 해도 이상하지 않다.

'남은 민족은 마을에 살게 하면서 감시하고, 기술이 다음 세대로 넘어가면 처리한 거지.'

쿠루무의 증언 때문에 마오마오는 그런 추측을 하고 말았다. 얼핏 보기에는 보호하는 것 같지만, 계속 감시하고 있었던 게 아닐까.

진시도 견해가 일치한 모양인지 고개를 끄덕이며 차를 마시고 있었다.

마오마오도 목이 말라 한 모금만 마셨다.

"이 일족에 샤오, 그게 전부인가?"

"아뇨, 하나 더 있습니다."

쿠루무가 신경 쓰이는 이야기를 하나 더 했었다.

"쿠루무는 교쿠엔 님의 부인인 교쿠오 님의 모친이 바람을 읽는 백성 출신일 것이라고 해석할 수 있는 발언을 했습니다."

"그렇다."

진시는 확실하게 대답했다.

'벌써 조사가 다 끝났군.'

마오마오의 추측을 들을 것까지도 없지 않았나. 뒤에서 취에가 손가락을 두 개 펴고 히죽 웃었다. 이미 취에가 다 조사를 한 모양이었다.

"교쿠엔 공의 장사에는 부인의 힘이 크게 도움이 되었다고 한다. 장사에는 정보 전달이 불가결하지. 몇 십 년 사이 이 정도의 부를 축적하려면 다른 사람들에게는 없는 힘이 필요한 법."

게다가 그 손자는 차기 황제가 될 예정이다. 교쿠엔은 이 나라에서 가장 대단한 벼락출세를 한 인물이리라.

"부인의 인품에 대해 나쁜 이야기는 들려오지 않아. 온화하고 현명한 여성이라는군."

쿠루무에게도 친절했다니, 그것은 이해가 되었다.

하지만 그 아들은 도무지 수상하다.

그렇다면 이 이상 건드릴 필요는 없지 않을까 싶었지만, 한 가지 확인해야 하는 일이 있었다.

"바람을 읽는 백성의 이야기와는 약간 어긋나는데, 괜찮을까요?"

"뭐지?"

"시찰 갔던 마을에, 저희가 가기 전 리쿠손 님이 방문하셨던 일 말인데요."

"…그것 말이군."

진시가 비스듬히 위를 바라보았다. 잠시 생각에 잠긴 모양이었다.

"리쿠손에 대해서도 조사했다. 농업 시찰을 갔던 일도 알고 있어. 서도에서의 일이 바빠, 좀처럼 농촌에 갈 시간을 내지 못했다더군. 원래 중앙에서 있었던 이야기를 확인하려던 의도였다."

마오마오가 고개를 갸웃했다.

"원래 있었던 이야기라고요?"

"그래. 술서주의 보고에 따르면 작년에 큰 농업 피해는 입지 않은 듯했다. 하지만 어떻게든 실물을 보지 않으면 안심할 수가 없지. 그래서 리쿠손에게 차례가 돌아갔던 것이다. 아니, 일부러 차례를 주었던 거야."

"…정말일까요?"

"왜 의심하지?"

"아뇨, 그냥."

서도에 도착했을 때 리쿠손의 차림새는 썩 깨끗하지 못했다. 수상쩍은 짓을 벌이고 있었던 게 아닐까, 하고 생각하는 마오마오의 머리가 너무 의심이 많은 걸까.

"차림새가 지저분했던 일에 대해서는 취에 씨가 설명할게요."

취에가 흐응, 하고 거친 콧김을 내뿜었다. 진시 앞에서도 1인칭은 '취에 씨'인 모양이었다.

"취에."

맹금류가 뻔뻔한 작은 새를 노려보았다.

'타오메이 씨, 너무 무서워….'

"좋다. 발언하도록."

진시의 허락을 받은 취에가 크게 숨을 내쉬었다.

"취에 씨가 이미 다 조사한 일이랍니다. 리쿠손 씨는 돌아오는 도중, 도적에 쫓겼던 모양이에요. 취에 씨는 알고 있어요. 그 도적이에요. 바센 씨가 팔을 뚝 부러뜨렸던, 그 불쌍한 도적들 말이에요."

"네, 물론 기억하고 있어요."

'취에 씨가 저를 미끼로 썼었죠.'

"네. 저희는 습격한 도적을 붙잡아서 연행했어요. 게다가 그 도적들의 본래 패거리까지 그 후 다 붙잡았고요. 정보 제공자가 다 말했답니다. 사실 안내인 중 한 명은 그 며칠 전에도 리쿠손 씨를 농촌에 안내한 사람이었어요."

취에의 이야기를 정리하면 안내인이 손님의 정보를 도적에게 흘리고, 도적은 초원에 익숙지 않은 손님을 덮쳤다는 말이 된다. 그리고 마오마오 일행과 리쿠손이 도적의 습격을 받은 것도 같은 안내인이 주선했기 때문이었다고 한다.

도적의 습격을 예상하고, 취에는 미리 한바탕 연극을 했다는 말인데.

“취에 씨네 일행은 정말로 우연히 습격당한 건데 말이에요~”

‘이봐, 거짓말 좀 작작 해.’

마오마오는 거친 말이 입 밖으로 튀어나오지 않도록 입을 꾹 다물었다.

“리쿠손 씨 때는 또 다른 사람이 주선해서 그 안내인에게 습격을 시켰다고 하더라고요.”

“농촌으로 시찰 가는 일을 방해했다는 뜻인가요?”

“그 가능성도 있고, 단순한 협박이었을 수도 있어요. 그래도 뒤를 캐 보고, 일부러 피해자를 가장하는 형태를 취했을 수도 있다거나 하는 건 취에 씨가 생각할 일이 아니에요. 물론 그냥 단순한 보통 도적이었을 노선도 생각할 수 있죠.”

취에의 묘하게 능수능란한 부분은, 이러니저러니 해도 선을 그을 줄 안다는 점이다. 사실을 이야기해도 자기 의견을 섞지는 않는다.

‘나를 미끼로 쓰긴 했지만.’

마오마오는 약간이나마 원한을 품었다.

“알겠다.”

진시가 물러나라고 지시했다. 취에는 자세를 똑바로 하고 예를 올렸다.

'이런 상황이라면….'

진시도 아직 리쿠손이 어떤 인물인지 확실하게 파악하지 못한 듯했다. 적어도 마오마오가 들은 바로는 직무에 충실한 남자인 것 같았다.

진시는 머릿속으로 정보를 정리하는 듯, 차를 마셨다. 마오마오도 많이 식은 차를 입으로 가져갔다.

'단것이 당기는 맛이긴 하지만….'

자신은 짭짤한 것을 먹고 싶다고 생각하고 있자니 옆에 살며시 과자가 든 통이 놓였다. 스이렌이 놓아 주었는지 마오마오에게 살짝 눈짓을 보내고 있었다. 안에는 소박한 전병이 들어 있었다.

"간식을 혼자 먹는 것도 썩 즐거운 일은 아니니 먹도록."

진시가 과자를 집으며 말했다.

"그럼, 실례하겠습니다."

마오마오는 무심코 파삭 소리를 내며 깨물어 버렸다. 실례라고 생각은 했지만 소금기가 있는 전병은 정말 맛있었다.

'나중에 좀 싸 주겠지?'

겸사겸사 돌팔이 의관에게 줄 병간도 같이 줬으면 좋겠다.

'하지만 티엔요우가 있으니….'

돌팔이 의관 정도는 얼마든지 속일 수 있지만 티엔요우에게는 어떻게 얼버무려야 할까. 한 번 확인해 두는 편이 좋겠다고 마오마오는 생각했다.

"달의 귀인이시여, 질문을 드려도 괜찮을까요?"

"뭐지?"

진시가 눈썹을 추켜올렸다. 그래도 타오메이 외 여러 사람들이 있으니 '달의 귀인'이라고 불렀지만, 진시는 이 호칭을 별로 좋아하지 않는 모양이었다.

"티엔요우라는 신입 의관 앞에서 제가 어떻게 처신해야 좋을까요? 이곳에 빈번히 드나드는 일을, 돌… 의관님처럼 얼버무리기는 힘들 거라고 생각합니다."

"…그렇군, 그 점에 대해서는…."

진시의 반응에는 약간 시간이 걸렸다.

"예절 교육을 받으며 일하고 있는 것으로, 달의 귀인과는 예전부터 얼굴을 아는 사이였다고 전달해 두었단다. 안심하렴."

스이렌이 생긋 웃으며 말했다.

"예절 교육…."

"그래. 크게 볼 때 거짓말은 아니지?"

"그게, 그건 그렇습니다만…."

마오마오에게는 솔직히 기분 나쁜 호칭이었다. 귀인 밑에서 일하며 '예절 교육'을 받는다는 건, 대부분 신부수업의 일환으로 받아들여지기 때문이다.

"거짓말은 안 했단다."

스이렌은 생긋 웃으며 다시 한번 말했다.

마오마오는 불편한 기분을 맛보며 전병을 하나 더 깨물었다.

진시도 과자를 먹으면서 무슨 생각을 하고 있는 모양이었다.

"서두르는 편이 좋겠군…."

무엇을 서두르느냐고 물으면 이야기가 길어질 것 같아, 마오마오는 못 들은 척하기로 했다.

15화 꽝 제비

바센의 보고대로 라한네 형은 별저로 돌아왔다.

"후~ 힘들어 죽을 뻔했네~"

라한네 형은 농기구를 의무실 앞에 내려놓았다. 고구마에 농기구에 짐이 너무 많아서 의무실 뒤에 있는 창고를 쓰던 중이었다.

어제는 돌아오자마자 잠들어 버렸고, 이제 겨우 일어나서 사용하던 도구를 정리하고 있었다.

"고생이 많으셨네요."

환자도 없었기에 마오마오는 지친 라한네 형을 맞이하러 나갔다. 한가한 돌팔이 의관도 함께 나왔다.

티엔요우는 빈 의무실을 지킨다는 핑계로 낮잠을 자고 있다. 지나치게 평범한 라한네 형에게는 흥미가 안 생기는 모양이다.

"고생이 많았구먼. 거참, 많이 탔네."

돌팔이 의관은 마치 친척 아저씨처럼 자연스럽게 말을 걸었다. 조만간 라한네 형을 간식 시간에 초대할 수도 있을 것 같다.

"아… 이쪽에선 거의 비가 안 오고 햇볕이 따갑거든. 습하지 않으니 그래도 살 만하지만."

라한네 형은 벽에 괭이를 기대 놓았다.

"그랬구먼, 그랬어. 차가운 과일 음료라도 한잔할 텐가? 특별히 지하에서 차갑게 식혀 놓은 물을 넣었거든. 아주 맛있다네."

'차가운 물은 고급품 아냐?'

돌팔이 의관이 마음대로 써도 되는 걸까, 하고 마오마오는 생각했다. 심지어 숨 쉴 틈도 없이 바로 차 시간에 초대하다니.

"그거 너무 좋은…."

라한네 형이 동작을 멈췄다. 아니, 굳어져 버렸다고 해도 좋다.

무슨 일인가 싶어 마오마오가 라한네 형을 쿡 찔러 보았다. 자세히 보니 라한네 형이 바르르 떨고 있었다.

마오마오는 라한네 형의 시선을 따라갔다. 그 너머에 있는 것은 아주 고귀한 신분의 아름다운 귀인이었다.

"흐, 흐아아! 다, 달!"

돌팔이 의사가 당황했다.

장미꽃잎을 흩뿌리는 듯한 미소를 지으며 진시가 그 자리에서 있었다.

"라한의 형이라는 사람이 귀공인가?"

흠이 났어도 옥은 옥. 진시는 윤기 있는 비단실 같은 머리를 나부끼며 라한네 형에게 다가갔다.

"흐, 헤에."

라한네 형도 제대로 대답을 하지 못했다. 제정신으로 받아들이는 모양새가 아니었다.

'그러고 보니 이게 보통이었지.'

마오마오는 잊고 있었다. 진시가 인간 같지 않은 미장부였다는 사실을. 후궁 궁녀들을 포로로 만들고, 환관들이 홀딱 빠지게 만든 선녀와도 같은 미모의 소유자라는 걸.

보통 사람인 라한네 형에게는 그야말로 연극에나 나올 법한 존재다.

"이번 여행에 동행을 부탁했다만, 인사가 늦어져서 미안했다. 나는 왕제라고 하면 알겠지? 모두가 달의 귀인, 밤의 귀인이라고도 부르느니라."

진시의 본명을 직접 부를 수 있는 사람은 황제 외에 극히 소수뿐이다. 따라서 자기소개를 할 때 제대로 이름을 댈 수도 없는 모양이다. 괜히 이름을 말했다가 상대가 그것을 기억하고 진시의 본명을 내뱉기라도 할 경우, 불경죄로 처벌당할 수 있기 때문에 하는 배려였다.

'황족이란 참 힘들겠네.'

솔직한 감상이다.

"이, 이번 여, 여행에 동행, 하게 해 주셔서 여, 영광입…."

'속아서 끌려왔다고 투덜대던 게 누구였더라.'

평범한 인간인 라한네 형은 역시나 평범하게, 진시 앞에서 긴장하고 있었다. 참고로 돌팔이 의관은 눈을 반짝반짝 빛내며 진시를 빤히 쳐다보고 있다. 등 뒤에서 장미꽃이 흩날렸다.

"라한에게서 이런저런 이야기를 들었다. 라한의 친부 또한 라의 이름을 이으면서도 농업의 재능이 있다더군. 그리고 웬만한 농민과는 비교도 안 되는 농업 지식과 기술을 갖고 있는 형이 그 일을 돕고 있다고 말이다."

'한마디로 농사 전문가.'

라한네 형은 굉장히 복잡한 표정을 지었다. 칭찬을 받아도 달갑지 않은 얼굴이었다. 하지만 진시의 반짝거리는 분위기 앞에서 보통 사람은 맞설 수 없다.

즉, 진시의 독무대가 펼쳐지고, 라한네 형은 휩쓸릴 수밖에 없다는 뜻이다.

'앗, 이거 어디서 본 장면인데.'

마오마오는 그 반짝거리는 분위기를 무기 삼아 일방적으로 몰아붙이는 진시와, 평범하기 때문에 도저히 방어할 수 없는 라한네 형의 모습을 그냥 방관했다.

"해충을 줄이기 위해 추경이라 하는 일을 했다지? 나는 처음 듣는 말이었다. 나중에 부하를 시켜 조사해 보니 과거의 통치자가 농민에게 내린 과제였다고 하더군. 안타깝게도 가을에 밭갈이를 하는 일의 이점보다, 유목을 위해 가축을 살찌우는 편이 더 중요하다는 이유로 사라졌다고 들었다. 정사를 돌보기란 참 힘든 일이야."

"네, 네에."

"또한 고구마나 감자뿐만 아니라 보리의 재배에 대해서도 잘 알고 있다고 들었다. 설마 보리를 밟음으로써 더욱 튼튼하고 알찬 열매를 맺을 줄이야, 그야말로 금시초문이었느니라. 나는 모르는 것이 아주 많아. 앞으로도 무지한 내게 많은 것을 전수해 다오."

"아, 아뇨. 당치도 않은 말씀이십니다."

라한네 형은 얼굴이 빨개졌다가 파래졌다가 했다. 참고로 돌팔이 의관은 핑크빛 몽실몽실한 분위기에 감싸인 채, 계속 진시가 말을 걸어 주는 라한네 형을 부러운 얼굴로 쳐다보고 있었다. 아니, 부러움을 넘어서 질투하고 있었다.

"그래서 미안하지만, 바로 전수해 줬으면 하는 일이 있다. 괜찮을까?"

진시는 다소 수심이 어린 표정으로 물었다.

라한네 형은 얼굴이 붉어지고, 돌팔이 의관은 유탄에 맞고 격

침당했다. 마오마오는 쓰러질 뻔한 돌팔이 의관을 받아 안아서 땅바닥에 조심스럽게 앉혔다.

'우와….'

여전히 사정 안 봐주는구나, 하고 마오마오는 생각하며 철저히 방관자 노릇만 했다. 그러면서 라한네 형이 정리를 다 끝내지 못한 농기구를 대신 벽에 기대 놓았다.

"네에, 내가, 아니, 제가 할 수 있는 일이라면."

"그런가!"

진시의 얼굴이 갑자기 밝아지면서 환한 웃음이 피어나자 아무 상관없는 돌팔이 의관이 마치 도마 위의 잉어처럼 입을 뻐끔거렸다.

"그럼, 기왕 왔으니 안에 들어가서 설명하도록 하지."

진시가 오른손을 들고 손가락을 딱 울리자 바센과 취에가 다가왔다. 바센은 커다란 종이를 둘둘 말아 들고 있었다.

'이러니저러니 해도 이 두 사람, 사이가 좋네.'

그리고 두 사람 뒤에서는 앞으로 무슨 일이 일어날지 알고 있는 가오슌이 두 손을 모은 채 서 있었다. 그야말로 보살 같은 얼굴이었다.

진시는 당당하게 의무실 안으로 들어갔다. 안의 긴 의자에서 낮잠을 자던 티엔요우가 잠이 덜 깬 눈으로 벌떡 일어섰다. 호위 리하쿠가 '무슨 일이야?' 하고 마오마오에게 시선으로 물었다.

"뭐야아~?"

"그냥, 여러 가지로."

티엔요우에게 설명하기도 귀찮다.

"흐응…."

티엔요우는 무심한 태도였지만 흥미는 있어 보였다.

바센 일행이 가져온 종이는 지도였는데, 그것이 의무실 탁자에 펼쳐졌다.

"이것은 술서주의 지도다."

바센이 설명했다.

초원과 산과 사막 지대. 화앙주에 비하면 상당히 썰렁하지만 그 중앙을 가로지르는 길이 있었다. 동서를 잇는 교역로였다.

"드문드문 동그라미를 쳐 놓은 곳이 있네요…."

티엔요우가 천연덕스럽게 끼어들었다. 돌팔이 의관은 일어나서 차 준비를 하기 시작했다.

바센은 노골적으로 싫은 표정을 지었다. 진시가 막지 않았다면 티엔요우를 이미 내쫓았을 것이다.

'거리가 너무 가까워.'

황족을 상대로는 말도 안 되게 가까운 거리였다. 환관 시절이라면 모를까 지금은 정말 이래도 괜찮은 건가, 하고 마오마오는 걱정이 되었다.

하지만 지금 진시는 계산을 다 하고서 움직이는 거라는 생각이 들었다.

"라한네 형."

"네!"

'정말 그 호칭으로 괜찮은 건가?'

라한네 형은 반듯하게 자세를 고쳤다.

"실은 이 동그라미 친 부분이 농촌 지역이다. 부디 귀공이 농업 실습으로 이 지역의 추경과 고구마 재배를 도와주길 바란다만."

진시는 그야말로 사람도 죽일 수 있을 듯한 미소를 지었다.

"…네?"

라한네 형은 방금 농촌에서 돌아온 참이었다. 아직 피로가 풀리지도 않았고, 농기구 정리도 미처 다 못 했다.

"가능한 한 빨리. 그렇지, 내일이라도 바로 가 줬으면 하는데."

진시의 반짝반짝한 미소에 라한네 형은 눈부신 듯 눈을 반쯤 감았다. 반론할 수가 없다.

'…그랬던 거였어.'

서두르는 편이 좋겠군….

진시의 이 말이 무슨 의미인지 이제 알았다.

쓸 수 있는 자는 써야겠지만, 부려 먹히는 측은 솔직히 불쌍하다고 마오마오는 생각했다. 지도는 상당히 크고 표시된 지역도 넓었다.

“서도에서 제일 먼 마을까지 거리가 얼마나 떨어져 있을까요?”

조금 한가해 보이는 취에에게 물어보았다. 오늘은 그냥 따라 오기만 한 모양이었다. 솔직히 있든 없든 상관없지만, 아마 맹금류 시어머니에게서 도망치고 싶었던 게 아닐까.

“대충 100리* 정도 될 거예요, 아마.”

“100리….”

라한네 형의 얼굴이 새파래졌다.

“우선 가까운 마을부터 가 보도록. 거기서 가까운 순서대로 다음 마을로 이동하면 된다. 말을 타는 것이 익숙지 않다면 편안한 마차를 준비하지.”

진시는 라한네 형이 받아들인다는 걸 전제로 이야기를 하고 있었다.

“가능하면 두 달 이내에 모든 지역의 추경을 끝내 주길 바란다. 빠르면 빠를수록 좋아. 고구마는 그 후 순차적으로 시작하고.”

농업 실습이랄까, 요는 황해 대책이었던 것이다. 무슨 일을 해야 황해에 효과가 있을지 모르니 할 수 있는 일은 다 한다. 그리고 쓸 수 있는 것은 야무지게 부려 먹을 기세다.

※100리 : 약 400킬로미터.

라한네 형은 불쌍하지만 고귀한 희생이라고 생각하고 노동을 시키는 수밖에 없다. 마오마오가 할 수 있는 일이라 하면….

마오마오는 서랍장에서 약을 꺼내 와서 꿀에 이겼다. 그리고 그것을 물에 녹여서 유리병에 담은 뒤, 돌팔이 의관이 차를 나눠 주는 옆에서 라한네 형에게 병을 내밀었다.

"가져가세요."

"이게 뭔데?"

"영양제예요. 오래 보관할 수 있도록 원액을 준비한 거니, 길을 가다가 지쳤을 때 드세요."

"가서 노동하는 게 전제야?!"

"…거절하실 수 있어요?"

"…거절할 수 있겠어?"

아니, 무리겠지. 마오마오는 그렇게 생각하며 영양제를 만들었다. 그리고 근육통에 잘 듣는 습포약 등 여러 가지를 준비해 두기로 했다.

평범한 백성인 라한네 형이 경국지색의 미남인 진시에게 이렇게 가까운 거리에서 부탁을 받고 거절할 수 있을 리가 없다. 진시는 거기까지 계산했을 것이다.

'인정사정 안 봐주는구나.'

평범하긴 하지만, 평범한 사람들 중에서 따지자면 우수한 축에 드는 라한네 형.

"해 주겠는가?"

난처한 듯 미소를 지으며 살짝 고개를 갸웃하는 진시.

라한네 형은 머리를 푹 숙이는 수밖에 없었다.

티엔요우가 외부인으로 타인의 불행을 보고 푸풉거리며 웃고 있었기에 마오마오는 발뒤꿈치를 가볍게 걷어차 주었다. 아무리 그래도 라한네 형이 너무 불쌍하다.

하지만 정치란 선수를 빼앗기면 끝장이 나는, 아주 골치 아픈 일이다.

위정자는 나라에 무슨 일이 일어날지 미리 읽고 사전에 원인을 제거해 버려야 한다. 그것을 해내지 못하면 책임을 추궁당하게 되고, 해낸다 해도 당연한 일이기에 딱히 칭찬을 받지도 않는다.

'힘들겠네.'

마오마오는 라한네 형이 불쌍하긴 했지만 진시의 행동은 틀리지 않았다고 생각했다.

약사의 혼잣말

16화 : 잠깐의 평온

한동안 마오마오에게는 평온한 나날이 이어졌다.

평온하다고는 해도 할 일이 없었던 건 아니었다. 마오마오는 의무실에 있는 약들을 전부 서도에서 채집할 수 있는 재료로 다시 만들어 효용을 확인했다. 부족한 의료 기구도 갖춰 달라고 부탁했다.

몇 번인가 괴짜 군사가 별저에 찾아온 적도 있었다. 귀찮아서 피했지만 어느 틈엔가 돌팔이 의관을 구워삶아서 다과회를 열고 있던 꼴을 보고 머리를 부둥켜안기도 했다.

또 벌어졌던 일을 말하자면 집오리가 알을 낳게 된 것 정도일까. 마오마오가 그 알을 먹으려다 바센에게 야단을 맞은 적도 있었다. 바센은 새끼를 부화시키겠다고 주장했지만 무정란이기 때문에 무리라고 후궁 교실 방식으로 가르쳐 주었더니 얼굴이 새빨개졌다. 이게 성인 남성이라니 참 대단한 일이다.

안뜰에서 가오순과 타오메이가 팔짱을 끼고 걷는 모습을 보았을 때는 조금 무서웠다. 의외로 사이가 좋은 건가 싶어서 그냥 지켜봤을 뿐인데도 맹금류의 눈이 빛났다.

가오순은 순식간에 아내에게 떠밀려 나가떨어지고, 타오메이는 시치미 뚝 뗀 채 걸어가 버렸다. 수줍음이 많은 건 알겠는데, 밀려서 나가떨어진 연하의 남편은 연못에 빠지는 참사가 벌어졌다.

그러저러하는 사이, 라한네 형이 여행을 떠나고 나서 한 달 이상이 흘렀다.

그사이 마오마오는 여전히 진시의 화상 자리를 진료하면서 엉덩이 가죽을 벗겨 주고 싶은 기분을 맛보고 있었다.

"아직까지는 순조롭다."

진시의 손에는 구깃구깃한 종이가 들려 있었다. 편지의 내용을 들여다보니 농지에 대한 사항이 자세히 적혀 있었다.

"라한네 형인가요?"

마오마오는 오른쪽으로 기울긴 했지만 성실해 보이는 글씨를 보고 물었다.

비둘기에 매달아서 보낸 편지였기에 현 상황을 간신히 적은 수준인 듯했다. 라한네 형이 자신의 본명을 적을 빈칸도 없었다. 마지막으로 지금 어디에 있는지, 마을의 이름까지 적고 거기서 끝났다.

'라한네 형, 자기 진짜 이름도 못 적다니.'

분명 머나먼 초원에서 수건을 깨물고 억울함에 몸부림치고 있을 것이다.

언젠가는 그 이름을 알 날이 오긴 할지, 그것은 아무도 모른다.

"그래. 이 녀석은 역시 편리하군."

진시가 새장을 보며 눈을 가늘게 떴다. 비둘기가 꾸르륵 울었다.

"일방통행이지만 정보 전달이 빨라서 좋아."

교쿠요 황후와의 연락에도 쓰고 있다. 그 후로 진시가 도성에 있는 교쿠오의 딸 이야기를 하지 않는 것을 보면, 교쿠요 황후가 잘 정리해 준 모양이었다.

마오마오는 새장 속 비둘기를 들여다보았다. 좁쌀을 쪼아 먹으며 "꾸르륵." 하고 울고 있었다.

"라한네 형에게도 비둘기를 들려 보낸 건가요?"

"음. 그 쿠루무라는 소녀의 연줄로 몇 마리 빌렸다."

"비둘기를 몇 마리 들려 보내셨나요?"

마오마오는 별 뜻 없이 물었다.

"세 마리 보냈지. 짐승 돌보는 일을 잘할 것 같아서. 추가 비둘기는 마지막 마을을 더듬어서 파발마로 가져가게 했다."

진시는 술서주의 지도를 펼쳤다. 스이렌이 다가와 편지에 적혀 있는 마을에 표시를 했다.

‘라한네 형, 꽤 열심히 하고 있네.’

두 달 안에 전부 끝내라는 진시의 말은 무리한 주문이었지만 거의 반환점에 다가가고 있었다.

‘이러니저러니 해도 결국 할 수 있는 사람이라니까, 라한네 형은.’

그리고 할 수 있기 때문에 주위에서 자꾸 일을 떠맡긴다는 사실을 본인은 아마 알아차리지 못했으리라. 요령이 좋으면 굳이 온 힘을 다하지 않고 2할 정도는 힘을 뺄 텐데.

“마오마오.”

“무슨 일이신가요?”

진시는 마오마오의 이름을 부르는 데 익숙해진 모양이었다. 꽤 오랜 시간 동안 ‘너’라고만 불렀던 일이 떠올랐다.

“아니, 그냥. 지금은 일이 일단락 지어져서.”

“그렇군요.”

약은 충분하고도 남을 정도로 보충해 놓았다. 의료 기구도 갖추었다. 급히 해야 할 일은 다 끝냈다.

“조금은 다른 곳에 시선을 돌려도….”

“아!”

마오마오는 문득 떠오른 듯 손뼉을 쳤다.

“그러고 보니 이제 곧 보리 수확인데, 저도 그 일을 도우러

가도 될까요?"

"…보리 수확에 무슨 의미라도 있나?"

진시는 넋이 나간 표정이었다.

"네. 맥각이 발생하지 않을지 궁금합니다."

"맥각?"

진시에게는 익숙지 않은 단어였던가 보다.

"보리가 검어지는 병입니다. 간단히 말하자면 사람이 먹으면 독이 됩니다."

"음, 알기 쉽군."

"가루를 낸 후에는 알아보기 힘드니 미리 봐 두는 편이 좋을 것 같아서요."

맥각은 낙태에도 사용된다. 질 나쁜 보릿가루에 섞여 있는 일이 많기 때문에 확인해 두어야 한다. 겸사겸사 수확량도 직접 보고 싶었다.

"그렇군. 알겠다. 마차를 준비하마."

"아뇨, 마침 리쿠손 님이 시찰을 나가신다는 이야기를 들었으니 동행할 수 있지 않을까 합니다."

어디서 듣고 왔는지 돌팔이 의관이 가르쳐 주었다. 취에에게 확인해 보니 사실인 모양이었다.

"리쿠손…."

"네. 이래저래 하고 싶은 이야기도 있으니 마침 좋은 기회인 것 같습니다."

결국 서도에 온 첫날 이후 리쿠손과 얼굴도 마주치지 못했다. 직접 이야기하고 싶은 일이 있었다.

진시는 한순간 복잡한 표정을 지었다.

"알겠다. 리쿠손에게 전달해 두마."

"감사합니다."

겸사겸사 가는 도중 초원에 약초가 있으면 채집하고 싶다. 지난번 갔을 때 채집했던 풀 중 생약이 될 만한 것이 있었다. 바로 채집 바구니 준비도 해야겠다.

"그럼 진시 님, 이만 물러가겠습니다!"

"앗…."

진시가 무언가 말하려 했지만 마오마오는 마치 소풍이라도 가는 듯, 잔뜩 들뜬 기분으로 준비를 즐기기로 했다.

며칠 후, 마오마오는 농촌으로 향했다.

"이야~ 날씨가 참 좋네요."

취에가 크게 기지개를 켰다. 마오마오와 함께 가는 게 완전히 기본이 되어 버렸다.

"비가 올까 걱정할 필요도 없었네요."

취에는 마차에서 몸을 내밀고 경치를 구경했다. 날씨가 좋았다.

마오마오도 바람에서 풀 냄새를 느끼며 덜컹거리는 마차에 몸을 맡겼다.

"비는 앞으로 한동안 안 올 겁니다. 술서주에서는 우기 외에 큰 비가 오는 일이 없어서."

맞은편에 앉은 리쿠손이 설명했다. 농촌 시찰을 나가는 터라, 움직이기 편한 차림새였다.

"그럼, 보리 수확하기엔 좋겠는데요."

보리는 수확기에 비가 내리면 발아해서 품질이 떨어지는 경우가 있다. 또한 잘 말리지 않으면 그냥 썩어 버린다.

"네. 하지만 날씨는 변덕스러워서 수확기 즈음에 우박이 떨어지는 경우도 있다더군요."

"우박은 예측하기 힘들겠네요."

마오마오는 농업 전문가가 아니기 때문에 남들도 다 할 수 있는 대답밖에 할 수 없다. 여기 라한네 형이 있었다면 주먹을 불끈 부르쥐고 수확기가 얼마나 바쁘고 고생스러운지에 대해 열변을 토할 텐데.

마오마오는 마부석을 흘끔 쳐다보았다. 고삐를 쥔 사람은 바센이었다. 호위로는 리하쿠가 더 좋았지만 지난번에도 바센이었기에 이번에도 오게 되었다. 게다가 집오리도 있다. 집오리는 완전히 애완동물이 되어 버렸다.

마오마오는 리쿠손을 보았다.

"리쿠손은 왜 농촌 조사를 하고 있나요?"

마오마오는 직접 물어야겠다고 생각하던 의문을 이야기했다. 아마 진시에게서 간접적으로 들은 적이 있었으리라. 하지만 자신의 귀로 확실히 듣고 싶었다.

리쿠손은 주위를 흘끔 보았다. 특히 마차 뒤를 따라오는 부하를 유심히 보는 듯했다.

"이유는 몇 가지 있습니다. 마오마오는 무엇을 알고 싶은 거죠?"

전에 리쿠손이 지나치게 마오마오에게 공손한 태도를 취하기에, 그러지 말아 달라고 한 적이 있었다. 그런 경위로 서로 이름을 부르게 되었는데 취에가 신기하다는 표정으로 보고 있었다.

"전부 다 부탁드립니다."

마오마오는 확실하게 대답했다.

"첫 번째는 황해 문제입니다. 저는 가끔 라한 님과 연락을 취하며 그 지혜를 때때로 빌리곤 합니다. 리국에서 황해가 일어난다면 북부나 서부의 곡창 지대가 수상하다고 하더군요."

실제로 작년 북서부의 곡창 지대에서 소규모 황해가 발생했다. 황해의 무서운 점은 방치해 두면 피해가 차츰 커진다는 데 있다.

"저는 어떻게 된 영문인지 지명을 받아 서부로 와서, 문관으로 취급되고 있습니다. 총괄이라고 하면 듣기는 좋지만 나쁘게 말하면 그냥 잡무죠. 그중 작물에 관련된 자료도 섞여 있었습니다. 그래서 그 김에 식료품 비축분을 조사하고 있었던 겁니다."

"그런데 현지에 갈 필요가 있었던 건가요?"

"그건 두 번째 이유입니다."

리쿠손이 손가락을 두 개 세웠다.

대체 무슨 이유야, 하고 마오마오는 눈을 커다랗게 떴다.

리쿠손이 난감한 미소를 지었다.

"아마 이미 알고 계시지 않습니까? 문서의 숫자와 실제 양이 다른 건 그리 흔한 일이 아니지요."

생산량을 불려서 보고한 일을 말하는 걸까. 하기야 농촌에서 실제 그 일이 일어나고 있었던 것 같기는 했다.

"그럼 세 번째는?"

이유가 몇 가지 있다는 말을 듣고, 마오마오는 두 개로는 끝이 아닐 거라고 생각했다.

"세 번째 말입니까?"

리쿠손은 잠시 쉬었다가 입을 열었다.

"예전에 들은 적이 있었습니다. 황해를 줄이는 경작 방법이 있다고."

"추경 말이군요. 그래서 니엔젠 씨를 찾아간 건가요?"

"네. 이해하셨습니까?"

리쿠손이 부드러운 미소를 지었다. 전에 봤을 때보다 야윈 느낌이었다.

"그, 추경에 대해서는 누구에게 들으셨나요??"

"어머니와 누님에게서 들었죠. 어머니는 폭넓은 장사를 하셨고, 누님도 그 일을 도왔습니다. 그래서 저도 어릴 때부터 이런 저런 일들을 배웠습니다."

"그랬군요."

리쿠손은 아득한 눈빛을 지으며 마차 밖을 내다보았다.

'또 물을 것이….'

그때 마차가 덜컹, 하며 속도를 늦췄다.

마오마오가 생각에 잠긴 사이 마을에 도착한 모양이었다. 마오마오는 마차 창으로 얼굴을 내밀었다.

황금빛으로 빛나는 보리는 그야말로 풍작이었다.

감자나 고구마 종류도 심었는지 녹색 잎사귀가 보였다.

'그럼, 한동안은 농사에 매진해야겠다.'

약초 채집 운운은 돌아가는 길에 하기로 하고, 마차에서 기운차게 폴짝 뛰어내렸을 때였다.

마오마오는 뒤에서 파발마가 달려오는 모습을 보았다. 그게 다라면 다행이지만 아무래도 상태가 이상하다.

'도적에 쫓겨 도망쳐 온 건가?'

아니, 그건 아니었다.

말은 마오마오 일행 앞에서 멈추었다. 말은 혀를 쭉 빼고 옆으로 벌렁 쓰러져 버렸다. 타고 있던 사람은 무관복 차림이었다.

'본 적 있는데.'

진시가 가까이 두고 부리던 무관이었다. 제법 지위가 높은 남자일 텐데, 왜 이런 곳까지 숨을 헐떡이며 달려온 걸까.

"무슨 일이세요?"

마오마오는 물을 내밀었지만 무관은 고개를 저었다. 그저 입을 뻐끔거리며 종잇조각을 건넬 뿐이었다.

'뭐지?'

가늘게 접어서 꼰 그 종잇조각은 라한네 형의 편지 같았다.

"달의, 귀인께서… 보면 알 거라고…."

'보면 알아?'

그게 무슨 말일까, 하고 생각하며 펼쳐 보니….

선이 하나 그어져 있었다. 붓조차 쓰지 못하고, 숯 조각 같은 것을 필기도구로 쓰기라도 한 듯 난잡했다.

하지만 그게 다가 아니었다.

그 선도 다른 무언가로 벅벅 덧칠이 되어 있었다.

어디인지도 쓰여 있지 않다. 하지만 이것을 보낼 사람은 한 명밖에 없다.

라한네 형이 무슨 말을 전하기 위해, 혼란 속에서 겨우 비둘기를 날려 보낸 것이다.

'이건….'

마오마오에겐 낯이 익었다.

작년 샤오의 무녀가 왔을 때, 마지막으로 무녀가 자즈굴이라는 소녀가 그렸던 불길한 그림을 준 적이 있었다.

그때는 그림이 무슨 뜻인지 몰랐다.

'지금은 알겠어.'

선 하나는 눈앞에 펼쳐진 지평선을 뜻했다.

그리고 그 위로 벅벅 덧칠이 된, 시커먼 덩어리.

"…황해가 일어날 거야."

마오마오는 아직 아무것도 없는 새파란 하늘을 바라보았다.

17화 ⁝ 재앙 전편

"뭐어, 황해?"

마을 사람의 어이없는 목소리가 들렸다.

마오마오는 바로 촌장에게 농민들을 모아 달라고 부탁했다. 집회소에는 조금 갑갑할 정도의 인원이 모였다.

"올 거예요, 금방. 며칠 안에!"

마오마오의 필사적인 목소리에도 다들 코웃음만 쳤다.

"아니, 뭐 작년에도 다소 병충해를 입긴 했지만 올해는 풍작이야. 괜찮지 않겠어?"

"그러게. 한동안은 날도 맑을 테니 그렇게까지 수확을 서두를 필요는 없을걸."

"그럼 늦어!"

태평한 마을 사람들 속에서 난폭한 목소리가 울려 퍼졌다.

"니엔젠 씨…."

외눈의 노인이었다. 과거에 사람이 사람을 잡아먹을 정도로 끔찍한 황해를 겪었던 그 사내는 긴장감 없는 마을 사람들 속에서 분노를 노골적으로 드러내며, 검지가 없는 오른손 주먹을 부르쥐고 탁자를 쾅 내리쳤다.

"이야기를 듣지 않는 놈들은 몰라. 무슨 일이 일어나도 도울 수가 없어. 난 당장 수확을 시작하겠어."

"니엔젠, 그렇게 중요한 일인가?"

전직 농노이긴 하지만 온통 신참들밖에 없는 마을 안에서는 최고참인 니엔젠이다. 촌장도 가볍게 취급할 수는 없는 듯했다.

"촌장, 나 점심 아직 안 먹었는데 먹고 와도 돼?"

긴장감 없는 마을 사람의 목소리가 들렸다.

'바센이 밖에 있어서 다행이야.'

바센이 오면 집오리도 따라오기 때문에 집회소 안에 들어오지 말아 달라고 부탁했었다. 밖을 흘끔 내다보니 집오리와 함께 아이들과 놀고 있었다.

마오마오는 대화를 나누는 일이 무의미하다고 생각했다. 이 시간을 조금이라도 더 수확에 보태고 싶었다.

어떻게 해야 하나 고민하고 있는데 리쿠손이 앞으로 나섰다.

"여러분에게 이득이 있으면 움직이겠습니까?"

곱상한 사내는 싱긋 웃었다.

"여러분의 보리를 사들이겠습니다. 시장가의 두 배로."

리쿠손이 절걱거리는 묵직한 소리가 나는 자루를 탁자 위에 올려놓았다. 돈 자루의 크기로 볼 때 농민들의 연 수입을 가볍게 뛰어넘는 액수가 들어 있을 듯했다.

마을 사람들이 돈 자루에 주목했다.

"저, 정말이야?"

"거짓말은 아니겠지?"

마을 사람들의 눈빛이 굶주린 맹수의 그것으로 돌변했다.

"네. 단 국가에 납세한 후의 잉여분을 사겠습니다. 그리고 기한은 사흘 이내입니다."

리쿠손은 부드러운 말투로 말도 안 되는 요구를 했다. 하지만 마을 사람들의 눈에 깃든 불꽃은 꺼지지 않았다.

'이게 돈의 힘이구나.'

마을 사람들은 집회소 밖으로 나가 당장 행동을 개시했다. 집으로 돌아가서 아내와 자식들, 심지어 노인들에게까지도 낫을 쥐여 주었다.

"괜찮은 건가요? 그렇게 경솔하게 돈을 내줘도."

아무도 없는 집회소에서 마오마오가 리쿠손에게 물었다.

"황해가 발생하면 시장가의 두 배로는 끝나지 않을 테지요. 벌레가 오면 우리가 이득을 보고, 오지 않으면 그냥 평화롭게 끝납니다. 무슨 문제 있나요?"

"아뇨, 없습니다."

어머니가 장사를 했다고 하고, 무엇보다 라한과 교류하는 걸 보면 그런 계산도 빠를 터였다.

취에도 리쿠손의 행동력에 촉발됐는지 의욕을 보였다.

"저희도 움직일까요? 전 니엔젠 씨네 밭 수확을 도우러 갈 건데, 마오마오 씨는 어떻게 하겠어요?"

"저는… 식사 준비를 해 둘까 해요. 그리고 살충제도 만들어야겠네요."

진시에게 받은 약초도감을 보며 살충제에 쓸 만한 풀을 찾아보기로 했다. 음식 옆에서 살충제를 달이는 건 꺼려지는 일이었지만 어쩔 수가 없다.

마오마오는 십중팔구 황해가 일어나리라 예상하고 있다. 하지만 그 시기는 모른다.

'라한네 형이 마지막으로 있던 장소는….'

초원에서 반환점 근처에 있던 곳. 술서주에서도 상당히 서쪽으로 치우친 장소다. 그곳에서 황충 대군을 보고 습격당하기 전에 서둘러 비둘기를 날려 보낸 게 분명하다.

'필기도구 준비도 못 할 만큼.'

어지간히 절박한 상황이었으리라.

황해는 이미 발생했다. 여기서 동쪽으로 이동하여 서도로 다가가면서 작물을 다 먹어 치울 것이라고 생각하는 편이 좋다.

'시작된 건 어쩔 수 없어.'

어떻게 끝내야 할지, 그리고 그 후 어떻게 할지가 문제다.

작물은 벌레들에게 먹히기 전에 서둘러 수확해서 창고에 넣어 둔다. 그리고 벌레 한 마리 들어가지 못하게 단단히 밀폐해야 한다.

거기서부터가 문제다. 최선은 아니라 해도 그나마 멀쩡한 선택지를 계속 찾아 나가야 한다.

마을 사람들은 열심히 보리를 베고 있었다.

'썩지 않을까가 걱정이네.'

본래 보리는 밖에서 며칠 말려야 하는데, 어떻게 할까. 무엇보다 보관할 장소도 필요하다.

'안 되겠다, 생각하면서 동시에 움직이자.'

마오마오는 아궁이를 빌려 커다란 냄비에 탕을 끓였다. 마오마오의 취향으로는 장醬을 넣어서 끓였으면 좋겠지만 마을 사람들에게는 특이한 맛이라고 생각할지도 모른다. 뿌리채소를 기름에 볶고, 소금으로 간을 한 뒤 소젖과 말린 고기를 삶은 국물에 넣고 푹푹 끓였다.

'반대로 중앙 사람들에게는 가축의 젖이 낯설게 느껴지지만.'

냄새를 없애기 위해 향초를 넣었다. 밀가루를 넣어 걸쭉하게 만드니 제법 먹을 만해졌다.

'경단을 넣고 싶지만 참자.'

주식인 빵은 이미 구워져 있는 것을 이용하기로 했다.

마오마오는 탕을 그릇에 퍼서 쟁반에 담았다. 그리고 열심히 일하는 사람들에게 하나하나 나누어 주었다.

“마오마오 씨, 마오마오 씨. 취에 씨도 주세요.”

기운이 넘치는 취에는 완전히 마을 사람들 속에 동화되어 있었다. 오른손에 작은 칼, 왼손에는 헐렁한 자루를 들고 있다. 자루 속에는 이삭 부분만 벤 보리가 들어 있었다.

마오마오는 취에에게 젓탕*을 건넸다.

“이삭만 베고 있는 거예요?”

“니엔젠 씨가 제안한 거예요. 수확만 할 거면 이삭만 베는 게 빠르다고.”

그러면 확실히 매번 허리 굽히고 베지 않아도 된다.

마오마오와 취에는 일단 근처 울타리 위에 앉아 젓탕을 먹기로 했다. 마오마오 몫은 남지 않았기에 빵만 먹었다.

“아마 전부 건조시킬 시간도 없을 테고, 짚이 붙어 있으면 실내에 넣을 수가 없잖아요.”

“그렇군요.”

보릿짚은 짐승 여물이나 멍석 등 일용품을 만들 때 사용된다. 덕분에 부수입의 하나가 되긴 하지만, 지금은 뒤로 미루는 수

※젓탕 : 스튜.

밖에 없다.

“이야, 돈의 힘은 정말 대단하네요. 살짝 ‘짚 정리는 미루는 편이 좋아요’ 하고 귓속말을 했더니….”

낫을 가지고 나갔던 사람들이 전부 작은 칼로 바꿔 들었다. 아이들은 이삭이 든 자루를 질질 끌고 집으로 운반하고 있었다.

“밖에서 말리면 이삭이 다 날아가니까, 집에서 말리려나 봐요.”

“취에 씨가 유도를 잘하셨네요.”

“맞아요~ 밤에 의욕 없는 남편을 어르고 달래서 그럴 마음이 들게 만드는 데에는 전문이거든요~”

취에라면 지금까지 실컷 거절당했던 기루식 농담도 받아 주지 않을까, 하고 마오마오는 생각했지만 아쉽게도 지금은 떠오르는 농담이 없었다.

앞으로 취에에게 던질 수 있는 농담을 좀 모아 둬야겠다고 생각하며 간소한 식사를 마쳤다.

사흘이라는 기한을 제시한 리쿠손의 판단은 옳았다. 기한이 정해지면 어떻게 해야 효율 좋게 보리를 수확할 수 있는지를 생각하게 된다. 이틀쯤 지나니 절반 이상의 보리 수확이 끝났다.

바센의 괴력도 큰 도움이 되었다. 양팔로 보리가 든 자루를 들어 올려 수납하니 어른 몇 명이 덤벼들어 해야 할 일을 혼자

해낼 수 있었다.

하지만 안타깝게도 섬세한 작업은 무리였다.

“아~! 뭐 하는 거예요~! 정말 쓸모없는 시동생이네~”

바센은 집수리를 하다가 오히려 망가뜨리고 쉬에에게 또 놀림을 받았다.

‘수납할 창고에 구멍이 숭숭 뚫려 있으면 큰일 나.’

마오마오는 집 틈새에 점토와 진흙을 쑤셔 박았다. 이 지방에서 목재는 귀중하기 때문에 할 수 있는 일을 하는 수밖에 없다.

“시기가 딱 좋았던 것 같습니다.”

리쿠손이 하늘을 올려다보며 말했다. 마오마오도 올려다보니 언덕 저편에서 검은 구름이 작게 보였다.

“우기가 오기에는 아직 이르죠?”

“네, 맞습니다.”

리쿠손은 뭐라 말하기 힘든 표정을 지었다.

“이 계절에 구름은 조금 위험합니다.”

의미심장한 말이었지만 마오마오는 이해할 수가 없었다.

“구름이 왜?”

커다란 보릿자루를 두 개나 가볍게 양팔로 안아 든 바센이 지나가며 물었다.

“아뇨, 이 계절에 비구름이 끼는 건 그리 좋지 않다는 이야기를 하고 있었습니다.”

리쿠손이 동쪽 하늘을 가리켰다.
"그렇군, 저쪽에도 구름이 보이는데 저것도 좋지 않은 건가?"
"저쪽?"
바센이 가리키는 쪽을 보았다. 리쿠손과는 반대 방향의 하늘이었다.
"아무것도 안 보이는데요."
"후후, 우리 시동생은 쓸데없이 시력이 좋거든요."
취에가 재빨리 해설했다.
"이럴 때 망원경이 있으면 편리할 텐데요."
아무리 취에라도 망원경은 없는지, 몸만 내밀고 눈을 가늘게 떴다.
"구름이라…."
취에의 움직임이 멎었다. 마오마오도 눈을 가늘게 뜨고 서쪽 하늘을 보았다.
부웅, 하는 날갯소리가 들린 기분이 들었다.
검은 알갱이가 보였다. 하지만 이상하게 흔들리고 있었다. 비구름이 아니었다.
"마오마오 씨, 마오마오 씨!"
"취에 씨, 취에 씨!"
두 사람은 얼굴을 마주 보고 고개를 끄덕였다.
마오마오는 근처에 있던 냄비와 절굿공이를 집어 들었다. 그리고 깡깡 때리면서 온 마을을 뛰어다녔다.

"벌레! 벌레가 왔다!"

취에는 태평하게 차나 마시고 있던 아저씨들을 마구 두들겼다.

"황충이, 황충이 왔다!!"

정신없이 소리를 지르며 긴장감 없는 마을 사람들에게 경고를 보냈다.

서둘러서 좋을 일은 없지만, 지금은 그저 정신없이 조급해질 수밖에 없었다.

18화 : 재앙 후편

수확이 7할 정도 끝났을 무렵, 최초의 한 마리가 날아왔다. 원래 있던 메뚜기보다 검고 다리가 길었다.

누군가가 밟아 죽였다. 그런 짓보다 빨리 수확이나 하라고 고함질렀다.

횃불에 불을 붙였다. 임시방편이라도 상관없었다.

여자들은 집 안으로 들어갔다. 벽 틈새를 진흙과 천으로 틀어막았다. 안은 어둡지만 절대 불을 켜지 말라고 단단히 일렀다. 그리고 조리하지 않고 바로 먹을 수 있는 식자재를 준비해두라고도 말했다. 틈새로 벌레가 들어오면 바로 죽이라고 지시했다.

니엔젠의 집에는 수확물이 다 들어가지 않아, 사당에 보리를 저장했다. 그리고 공기가 들어갈 틈새도 없을 정도로 흙을 발라 빈틈을 꽉꽉 메웠다.

집이란 집에는 전부 살충제를 발랐다. 의미가 있을지 없을지는 모르는 일이었다.

천막은 틈새가 너무 많다. 창고로 쓸 수가 없어, 밖에 있던 마을 사람들의 임시 도피처로 이용했다.

바센은 커다란 그물을 가져왔다. 원래는 생선 잡는 그물이지만 쓸데없이 힘차게 휘둘러 황충을 붙잡아, 커다란 물통에 넣어서 다 죽였다.

취에는 가죽 주머니를 나눠 주었다. 식사 대신 먹을, 달콤하게 간을 한 염소젖이 들어 있었다. 장기전 대비였다.

니엔젠은 웃옷을 겹쳐 입었다. 다른 마을 사람들도 모두 따라 했다.

리쿠손은 한 집 한 집 전부 돌아보았다. 공기구멍을 통해 마을 사람들의 불안한 목소리가 들려왔다. 괜찮다고 타이르고, 벌레가 들어갈 만한 틈을 찾아내서는 벌레를 밟아 죽여서 묻었다.

집오리가 황충을 쪼았다가 뱉었다. 먹을 수가 없었던 모양이었다.

마을 사람들의 분노한 목소리가 솟구쳤다.

시야가 점점 시커메졌다.

색으로 말하자면 흰색에서 회색, 시궁쥐색으로 변해 가고 있었다.

이미 거의 검은색이 다 되었다고 해도 좋다.

걷기는커녕 눈을 뜰 수도 없다. 부딪치고, 물어뜯고, 찢어발긴다. 입을 열고 싶어도 열 수가 없다. 간신히 천으로 입을 틀어막았다.

겹쳐 입은 웃옷도 갉아 먹혔다.

날갯짓 소리에 아무 소리도 들리지 않았다. 잡음만 들릴 뿐, 누가 무슨 말을 하는지조차 알아듣기 어려웠다. 노호성조차도 지워졌다.

손으로 얼굴을 가리고 간신히 실눈을 떴다.

아직도 그물을 크게 휘두르는 바센이 보였다. 금세 가득 찬 그물을 지면에 내리쳐 밟아 죽이는 중이었다. 물통은 진작 황충으로 가득 차서 넘치고 있었다.

벌레에 갉아 먹혀 정신이 이상해진 사람도 있었다. 괴성을 지르며 횃불과 손도끼를 양손에 들고 마구 휘둘러 댔다. 황충은 죽지 않고 애꿎은 마을 사람들만 위협하고 있었다.

취에가 슥 다가가 날뛰는 남자의 다리를 걸었다. 쓰러진 남자는 눈 깜짝할 사이 동아줄로 꽁꽁 묶였다.

리쿠손은 아직도 각각의 집을 돌며 말을 걸고 있었다. 사람은 미친다. 빛이 없으면 발광한다.

하지만 그 목소리가 닿지 않는 자도 있었다.

민가 중 한 곳에서 불길이 솟구쳤다. 밀폐된 집에서 얼어붙은 표정의 노파와 아이가 뛰쳐나왔다. 아이의 손에는 부싯돌이 들려 있었다.

집 안에는 갓 수확한 보리가 있으니 불이 쉽게 붙는다. 우기가 아닌 이 계절, 불이 붙기에는 충분할 만큼 공기가 건조하다.

바셴이 순간적으로 움직였다. 집의 기둥을 발로 걷어차니, 원래 땅을 파고 지은 움막 같았던 집이 바로 기우뚱했다.

"……!"

큰 소리로 무슨 말을 했는지 바로 알 수 있었다. 우물은 멀기 때문에 집을 부숴서 불을 끄자는 이야기였다. 바셴은 이런 위기 상황에 강하다.

거의 혼자서 집을 부수고, 벌레 사체가 가득 떠 있는 물통을 안고 가서 뒤집어엎었다.

취에는 콧물로 범벅이 된 아이와 노파를 천막 안에 밀어 넣었다. 어디나 다 황충투성이이긴 했지만 그래도 다른 곳보단 좀 나을 터였다.

어느 정도의 시간이 흘렀는지 알 수가 없었다. 30분쯤이었을지도 모르고, 몇 시간이었을지도 모른다.

누구나가 처음 보는 벌레에 겁을 먹고, 화를 내고, 그리고….

"마오마오."

어깨를 두드리는 느낌이 났다. 돌아보니 리쿠손이 있었다.

옷과 머리가 다 황충에 갉아 먹혔다. 마오마오가 떼어 주려고 손을 내밀었다.

"약은 이제 그만 만들어요. 그러다 손을 못 쓰게 됩니다."

마오마오의 손이 벌겋게 부어 있었다.

'앗.'

벌레 쫓는 약 따위는 그냥 정신적 위안에 불과하다.

마오마오는 벌레 죽이는 약을 계속 뿌리고 있었다. 뿌리고 또 뿌려도 부족하고, 황충은 자꾸만 날아왔다.

왜 안 통하는 거야, 왜 안 통하는 거야.

약은 통했다. 하지만 황충이 그 이상으로 솟아나고 있었다.

굶주린 황충들은 독초까지도 갉아 먹었다. 사람을 갉아 먹고, 의복을 갉아 먹고, 집 기둥까지도 먹어 치우려 들었다.

뿐만 아니라 떨어진 벌레들은 서로의 몸뚱이까지 먹어 치우고 있었다.

너무 많이 늘어났기에 미쳐 버린 것이다.

마오마오 또한 광기에 사로잡혀 있었다.

벌레를 죽이는 데 효능이 있는 풀을 따서는 계속 끓여 댔다.

큰 냄비에는 황충이 둥둥 떠 있었고, 풀이 뿌리째 들어가 있었다.

손이 퉁퉁 부은 이유는 맨손으로 풀을 잡아 뽑았기 때문일까, 아니면 벌레를 죽이는 독초 때문에 독이 오른 걸까.

리쿠손 또한 벌레로 가득한 하늘을 올려다보았다. 하늘에는 벌레, 하지만 그 너머 더 높은 곳이 있었다.

"재앙에는 재앙을…. 그렇게 되면 좋겠습니다만."

무슨 말인지 의미를 알 수가 없었다. 마오마오는 그저 멍하니 어두운 하늘을 보았다.

"아얏!"

무언가가 딱, 하고 부딪쳤다.

대체 뭘까 싶어 아래를 내려다보니 얼음덩어리가 떨어져 있었다.

그 아픔은 이어서 마오마오의 등과 어깨에서도 느껴졌다.

딱, 딱, 딱.

공기가 얼어붙었다.

"우박?"

커다란 얼음덩어리, 얼어붙은 공기. 벌레들의 움직임이 다소 둔해진 듯 보였다.

"재앙에는 재앙을."

아니, 재앙이 아니다. 이건 하늘의 은혜다. 마오마오는 평소였다면 결코 내지 않았을 답에 도달했다.

"내려라, 더 내려!"

마오마오의 광기는 다른 방향을 향했다. 벌레들이 가득한 가운데 한창 쏟아지는 우박을 향해 몸을 내밀었다. 기우제祈雨祭 아닌 기박제祈雹祭.

벌레에 뜯기는 아픔도, 우박에 맞는 아픔도 느껴지지 않았다.

그저 뭐든 좋으니 이 무수한 황충들을 어떻게든 없애 줬으면 좋겠다고 빈 결과.

쿵, 하고 커다란 충격이 느껴졌다.

"마오마오!"

리쿠손이 달려오는 데까지는 기억하고 있다.

마오마오는 머리에 우박을 맞고 기절했다.

19화 : 발톱 자국

몽롱하게 시야가 넓어졌다.

'그러니까, 뭘 하고 있었더라?'

마오마오는 나른한 몸을 천천히 일으켰다.

"여어, 정신이 들었어?"

명랑한 목소리와 함께 낯익은 얼굴이 마오마오를 내려다보고 있었다.

"리, 리하쿠 님?"

대형견 같은 그 무관이다.

마오마오는 멍한 머리로 주위를 둘러보았다.

방이 아니라 천막 안인 듯했다. 좌우를 보니 쥐에가 냄비로 무언가를 펄펄 끓이고 있었다.

거기까지는 괜찮은데….

마오마오는 시야 한구석에서 황충을 발견하고 펄쩍 뛰었다.

"황충!"

마오마오는 잽싸게 그 황충을 짓밟았으나, 막 일어난 몸이었기에 하마터면 자빠질 뻔했다.

"이봐, 아가씨. 한 마리 죽인다고 무슨 의미가 있어? 그리고 너무 갑자기 움직이진 마."

"맞아요, 마오마오 씨~ 자, 이걸 드세요."

취에가 마오마오를 앉혔다. 그리고 조심스레 그릇을 내밀기에 받아서 마셨다. 소금 간을 살짝 한, 젖으로 끓인 죽이었다.

따뜻한 식사를 하고 나니 마오마오는 기억이 떠올랐다.

'분명 황충 대군이 쏟아져 왔고, 우박이 내렸고, 그리고….'

"제가 얼마나 기절해 있었나요?"

"꼬박 하루였어요. 큰 우박이 머리에 맞는 바람에. 괜히 이동시키는 건 위험하다는 판단하에 천막에 눕혀 놓았던 거예요."

취에의 대응은 거의 틀리지 않았다고 마오마오는 생각했다. 그리고 중요한 때 정신을 잃었다고 생각하니 스스로가 한심하게 느껴졌다.

'아마 제정신이 아니었던가 봐.'

마오마오도 인간이다. 미증유의 사태에 정신이 이상해지는 것도 당연하다. 하지만 그 때문에 폐를 끼친 건 사실이다.

'마분蟇盆이라면 차라리 견뎠을 텐데.'

시 일족의 요새에서 뱀과 독충으로 가득한 방에 갇혔던 일이 떠올랐다.

“마오마오 씨가 풀이 죽을 필요는 없어요. 약간 혼란에 빠진 채 벌레 죽이는 일에만 매진했을 뿐이에요. 덕분에 마오마오 씨 표 살충제는 독성이 다소 강해져서, 중화시키지 않으면 토양이 오염될 정도로 잘 들었어요. 지금은 농도를 희석해서 나머지 구제 작업을 하는 중이에요.”

“나머지 구제?”

“간단히 말하면 고비는 넘겼어요. 우박이 떨어진 직후 급격히 추워진 덕이 컸죠. 그래도 아직까지 황충들이 살아 있기 때문에 현재 나머지 녀석들을 구제하는 중이에요.”

“나는 그걸 돕고 있지.”

어째서인지 리하쿠가 옆에 있다가 손을 들었다.

“서도에도 대량의 황충이 날아왔거든. 이쪽만큼은 아니지만 피해가 발생했어. 진시 나리가 이리 뛰고 저리 뛰고 야단법석을 피우면서 나한테 바로 아가씨가 있는 농촌으로 향하라고 명령을 내린 거지. 그래서 반나절쯤 전에 도착했어.”

“그리고 그 대신 우리 못난 시동생이 달의 귀인이 계신 곳으로 돌아갔어요. 상황 보고를 해야 해서.”

진시 입장에서는 그것이 최선일 것이다. 바센이라면 아직 여력이 있겠지. 파발마로 서둘러 달려가도 기운이 남을 듯하다.

“진짜 힘들었다니까. 서도 녀석들은 황해 같은 건 처음 봤다는 얼굴이었어. 그야 나도 처음 보긴 했지만, 뭔가가 올지도 모른다는 소리를 수도 없이 들었으니까."

리하쿠는 보기보다 배짱이 두둑하다. 틀리지 않은 인선이라고 할 수 있다.

"아참, 그렇지. 그 아저씨가 '마오마오는? 마오마오는 어디 있나!' 하고 날뛰는 바람에 난리도 아니었어. 의무실로 쳐들어오는 바람에 의관 아저씨가 겁을 잔뜩 먹고 말이야."

"우와~"

괴짜 군사가 할 만한 짓은 상상이 간다.

"진시 나리가, 그게 눈치 빠르게 대처한 건지 어떤지는 모르겠는데 '마오마오는 황해가 미치지 않는 장소에 격리시켜 두었다'는 둥 말도 안 되는 거짓말을 하더라고."

"최전선에 있었는데."

아니, 가겠다고 자처한 건 마오마오이긴 하지만…. 그러나 거짓말도 한 방편이긴 하다.

"아무튼 그 아저씨가 황충 토벌 부대를 편성했어. 그리고 서도의 폭도들도 제압했지."

"……."

왠지 서도는 문제없을 것 같다.

문제는 다른 농촌 지역이다.

'그러고 보니….'

"라한네 형은 무사했나요?"

"아, 고구마 형씨 말이야?"

"소식이 없으니 무사하다는 뜻 아닐까요?"

"아니, 마지막 소식이 너무 불온해서 지금 이렇게 된 건데요."

지극히 평범한, 우수한 농민인데도 강행군을 강요당하고 황해의 최전선에 내던져진 라한네 형.

'고마워요, 라한네 형.'

마오마오는 천막 천장을 올려다보았다. 라한네 형의 미소를 떠올려 보려 했으나, 좀처럼 그 사람이 웃는 모습을 상상할 수가 없었다. 대체로 화를 내거나 곤란해하거나 누군가에게 딴죽을 걸거나 했던 것 같다.

'그나저나 살아 있긴 하겠지?'

아무리 그래도 호위는 확실히 붙여 줬을 테니, 살아 있을 거라 믿고 싶다.

"그런데 피해는 어느 정도였나요?"

황해가 일어났다. 그건 어쩔 수 없는 일이다. 이제부터 중요한 건 그 후의 처리다.

"보리밭 수확은 8할 정도 끝나 있었어요. 수확 전의 보리는 완전히 갉아 먹혔지만 그래도 예년보다 풍작이었다고 해요. 그것까지 감안해서, 화재로 불탄 집 한 채분의 보리를 제외하면 수확량은 예년의 7할 정도였을까요?"

"7할이라고요?"

이 재앙의 규모를 생각하면 기적과도 같은 숫자라고 마오마오는 생각했다. 라한네 형의 지도 방식이 어지간히도 훌륭했던 걸까. 하지만 보리만 고려할 수는 없다.

"다른 피해는요?"

"짚을 많이 뜯어 먹었어요. 가축 먹이가 될 목초도. 그리고 고구마나 감자 밭은 줄기만 남았지만 아마 뿌리는 아직 살아 있을 거예요."

취에의 말투는 간결했지만, 심각한 상황이라는 것 자체가 영 불편한지 손에서 꽃과 깃발을 뿅뿅 꺼내고 있었다. 리하쿠는 질리지도 않고 재미있다는 듯 지켜보았다.

"솔직히 다른 농촌은 전부 파멸적인 상태겠죠."

"진시 나리가 라한네 형에게서 온 편지를 받자마자 근처 농촌에 파발마를 보냈어. 하지만 여기만큼 제대로 대책을 세우진 못했겠지."

"그랬겠죠. 이 마을은 비교적 혼란에 빠지지 않고 끝난 편이니까요."

'그게 혼란에 빠지지 않은 편이었다니….'

마오마오도 제법 현장에 익숙한 편이라고 생각했지만, 취에는 더 익숙한 모양이었다.

그러나 이번 사건에서 가장 큰 활약을 한 사람이 누군가 하

면….

"리쿠손은 어떻게 되었나요?"

"밖에 있을 것 같은데요, 나가 보겠어요?"

리쿠손은 그 아비규환의 현장에서도 침착했다. 아니, 익숙했다. 황충을 그냥 쫓기만 하는 게 아니라, 극한 상황에 몰린 인간이 어떻게 움직일지까지 머릿속에 넣어 두고 있는 듯했다.

리쿠손이 한 일로 말하자면, 주민들에게 말을 걸고 다니기만 하는 그것은 별반 의미 없는 행동 같아 보인다.

하지만 그것이 없었다면 화재로 불탄 곡물이 더 많았으리라.

마오마오가 그렇게까지 불을 사용하지 말라고 일렀는데도 마을 사람은 불을 피웠다. 빛이 없는 밀실에 갇힌 상황에, 밖에서는 아비규환의 비명 소리가 들려오는데 불안하지 않을 리가 없다. 집집마다 말을 걸며 돌아다닌 행위가 얼마나 중요했는지 지금은 알 수 있다.

'대체 정체가 뭘까?'

마오마오는 의문을 품으며 천막 밖으로 나갔다. 마오마오가 걱정되는지 취에가 따라왔다.

우박의 영향이 아직 남아 있는지 썰렁한 느낌이 들었다. 지면에는 황충들이 굴러다녔고, 아직 날아다니는 황충을 잡아 죽이는 사람도 있었다.

일단 황충을 모아 놓았는지 마을 중앙에는 불길한 느낌이 드는 시커먼 산이 생겨나 있었다. 뭔가가 움직이는 듯 보여서 너무 가까이 다가가고 싶지는 않았다.

집 안에 틀어박혀 있던 사람들은 밖에 나와 아연실색하고 있었다. 이삭만이라도 구해야겠다는 생각에 열심히 베었던 보리밭이었는데, 보릿짚이 도저히 쓸 만한 상태가 아니었다.

취에에게서 미리 피해 상황을 듣긴 했지만 막상 직접 눈으로 보니 달랐다. 줄기만 남은 고구마와 감자 밭을 지나쳐, 방목지도 확인했다.

보릿짚만큼 현저하지는 않지만 초지도 얄팍해진 느낌이었다. 가축들은 밖에 내놓은 상태였는데 전부 무척 흥분해 있었다.

닭이 굴러다니는 황충을 쪼고 있었다.

'맛있나?'

마오마오는 실제로 먹어 보긴 했지만, 그래도 자꾸만 맛없어 보이는 건 어쩔 수가 없다.

집오리는 두리번두리번 주위를 둘러보고 있었다. 바센을 찾는 모양이었다.

"황충 맛이 궁금한가요, 마오마오 씨?"

"뭐예요, 취에 씨?"

왠지 불길한 예감이 들었다.

"일단 먹을 수 있을지 없을지 만들어 봤는데요."

취에는 어딘가에서 무슨 볶음 요리 같은 것을 슥 꺼냈다. 순간적으로 무슨 짓을 저지르는 건 취에답지만, 아마 지금은 마오마오가 생각하는 바를 읽고 하는 행동인 모양이었다.

"……."

"소화가 잘 안 될 것 같아서 머리와 외피, 다리는 떼어 냈어요. 그리고 뭘 먹었는지 모르기 때문에 내장도 제거했죠."

무엇을? 하고 물을 필요도 없다. **그것**이다. 겉으로만 보면 무슨 요리인지 전혀 알아볼 수가 없다.

"내장을 제거한 건 정답이네요. 이 녀석은 독초도 먹고, 서로를 잡아먹기도 하거든요. 하지만 다 떼어 내고 나면 거의 아무것도 안 남을 텐데요."

"네, 먹을 수 있는 부위가 너무 적어요. 자, 드세요!"

마오마오는 떨떠름하게 한 입을 깨물어 보았다.

"어때요?"

"음~ 못 먹을 정도는 아닌데…."

"솔직히 들이는 수고를 생각하면 다른 요리를 권하고 싶긴 해요."

"그렇죠."

취에의 요리이니 어느 정도 괜찮은 조미료를 썼으리라. 그런데도 '못 먹을 정도는 아니다'라는 느낌밖에 들지 않는다니 심각하긴 하다. 황충에게 다 뜯어 먹힌 밭 앞에서 우두커니 서 있는 사람들이 요리를 할 수 있을 것 같지도 않다. 영양가도, 녀석들이 끼친 손해에 비하면 미미한 수준이다.

취에는 황충 요리를 어딘가로 치워 버리고는 무언가를 찾아냈는지 마오마오의 소맷자락을 잡아끌었다.

"이쪽이에요~"

마오마오는 취에가 이끄는 대로 나아갔다. 취에는 너덜너덜해진 어느 가옥 앞에서 멈췄다. 안에서 목소리가 들리기에 들여다보니, 마을 사람들과 리쿠손이 이야기를 나누고 있었다.

"알겠습니다. 그럼 이번에는 없던 일로 하겠습니다."

"미안하네. 구두약속이라고는 하나 파기하게 되다니."

촌장과 마을 사람들이 리쿠손에게 고개를 숙이고 있었다.

"아뇨, 이 정도 재해를 입었으니 어쩔 수 없죠. 오히려 피해가 이 정도로 끝난 게 다행입니다."

리쿠손과 사람들이 무슨 이야기를 하는지는 탁자 위에 놓인 자루를 보고 바로 알 수 있었다. 커다란 돈 자루였다. 황해가 발생하기 전, 긴장감 없는 마을 사람들을 재촉하기 위해 두 배의 값으로 보리를 사겠다고 리쿠손이 말했던 것 말이다.

'이런 피해는 이 마을만 입은 것도 아닐 테고, 잉여분을 팔 수도 없을 테니 말이지.'

"그럼, 이만."

리쿠손은 품에 돈 자루를 집어넣고 집에서 나오다가 마오마오와 취에와 눈이 마주쳤다.

"마오마오, 정신이 들었습니까? 좀 괜찮아요?"

마오마오는 머리와 손바닥을 보여 주었다. 머리는 괜찮지만 손은 아직 조금 얼얼했다. 그래도 기절한 사이 취에가 약을 발라 주고 붕대를 감아 준 덕분에 많이 나아졌다.

"그런 큰돈을 용케 들고 다니네요. 밤도적도 나오는 동네인데."

취에가 리쿠손에게 짓궂게 말했다.

"아뇨, 아뇨. 저는 그냥 보잘것없는 중간 관리직이니 마을 하나 몫의 보리를 사들일 정도의 금전적 여유 같은 건 없습니다."

리쿠손은 혀를 날름 내밀며 품에서 자루를 꺼냈다. 속에는 바둑돌이 들어 있었다.

"와아."

"전직 때 든 습관 때문에 무심코 갖고 다니게 되더군요."

전직이라는 건 말할 필요도 없이, 괴짜 군사의 부관일 때를 말한다. 엄청난 사기꾼이라고 마오마오는 생각했다.

"그런데 제게 무슨 볼일인가요?"

'딱히 볼일은 없는데.'

그냥 취에에게 불려 왔을 뿐이다. 현황 보고는 대부분 취에와 리하쿠에게서 들었기에 딱히 물을 필요도 없다.

어쨌든 마오마오가 기절하는 바람에 제일 놀란 사람은 리쿠손일 테니, 사과는 해 둬야겠지.

"갑자기 기절해서 정말 죄송했습니다. 폐를 끼쳤지요."

겸사겸사 취에에게도 고개를 숙였다.

"아뇨, 별일 없었다니 다행입니다."

"그럼, 이만…."

"어, 벌써 끝인가요?"

'무슨 말을 더 해야 하는데?'

리쿠손에게 묻고 싶은 것은 여러 가지 있었지만 서두를 필요는 없다. 황충이 아직도 잔뜩 있으니 방해해서는 안 되겠다는 생각에 발길을 돌리려 한 것인데.

어쩌면 리쿠손은 황충과 관련된 일로 지쳐 있는 상태였기에 다른 화제를 원하는지도 모른다. 하지만 안타깝게도 마오마오에게도 기분 전환이 될 만한 화제를 던질 여유는 없었다.

"…리쿠손은 현장에 꽤 익숙한 것 같던데, 무슨 경험이라도 있었나요?"

그 침착함은 아무리 괴짜 군사의 부관이었다 해도 신기하게 느껴졌다.

리쿠손은 부드러운 미소를 지었다.

"어머니께 배웠습니다. 어떤 상황에서도 스스로를 잃어서는 안 된다고요."

그리고 한순간 표정을 지웠다.

"정신이 이상해질 것 같은 때일수록 냉정해져야 한다는 유언이었죠."

"유언?"

"네, 도적이 집을 습격했을 때 어머니와 누님은 들키지 않도록 저를 숨기고, 제가 보는 앞에서 살해당했습니다."

어마어마하게 무거운 내용이었다.

"소리를 내면 죽죠. 하지만 애초에 소리를 지를 수도 없었습니다. 어머니와 누님은 제가 소리를 지르며 뛰쳐나올 것을 알고, 제게 재갈을 물리고 팔다리를 묶었습니다. 저는 아무것도 하지 못한 채, 죽어 가는 어머니와 누님을 저버리고 혼자 살아남았습니다."

이 경우 어떻게 대답해야 하나 고민했지만, 마오마오 입장에서는 이렇게 대답하는 수밖에 없었다.

"리쿠손이 살아남은 덕분에 이 마을은 살았어요."

과거에 무슨 일이 있었든 마오마오와는 상관없다. 하지만 결과적으로 마을이 살아남았다면, 리쿠손의 과거 경험에 감사하는 수밖에 없다. 배짱이 두둑한 이유도 납득이 갔다.

"마오마오, 좋네요. 그 사고방식."

"그런가요?"

감상적인 대꾸가 돌아와도, 마오마오는 리쿠손이 아니니 어떻게 받아들여야 좋을지 알 수가 없다. 상대는 좋은 어른이다. 복잡한 연령대의 어린 소녀가 아니니 무리해서 동정 섞인 말을 할 필요도 없으리라.

리쿠손은 미소를 지었다.

"마오마오와 나는 궁합이 꽤 좋은 것 같은데, 구혼해도 될까요?"

"농담이 심하네요."

마오마오는 바로 대꾸했다. 입에 발린 말을 진심으로 받아들일 생각은 없다.

"그렇겠죠."

리쿠손은 키득키득 웃었다.

'이런 농담도 할 줄 아는 성격이었나?'

마오마오는 뜻밖이라고 생각했다. 아니, 작년에 서도에 왔을 때도 왠지 닮았다는 느낌이 들긴 했다. 그런 측면도 있는 인간이리라.

"와아, 취에 씨는 완전히 제삼자네요? 이 애증극에 좀 끼워주지 않겠어요?"

취에가 불쑥 고개를 들이밀었다.

"취에 씨는 유부녀잖아요."

리쿠손은 에둘러 거절했다.

"네, 유부녀에 아이도 있죠. 그렇게 보이지는 않는다는 말을 자주 듣는데, 혹시 알고 계셨나요?"

취에가 고개를 갸웃거렸다.

'전혀 그렇게 안 보여.'

마오마오가 아는 일반적인 유부녀의 인상과는 너무나도 동떨어져 있다.

"네, 마 일족의 장남은 일부 사람들 사이에서는 유명하니까요."

"네. 저희 서방님, 10대 때 과거에 급제한 것만으로도 유명하죠. 그런데 바로 퇴직하다니. 덕분에 취에 씨는 아이를 낳자마자 바로 일하러 나왔답니다아."

취에가 양손을 맞잡았다.

"자제분은 어떻게 하셨습니까? 아직 어릴 텐데요?"

"시누이가 잘 키워 주고 있어요!"

아이가 있다는 사실은 눈치껏 알고 있었지만 취에는 그 아이의 걱정을 전혀 하지 않는다. 마오마오는 심지어 그 아이의 이름은커녕 아들인지 딸인지도 모른다.

시누이 마메이가 아무리 잘 돌봐 주고 있다고는 하나, 상당한 방임주의다.

"그럼, 전 황충 구제를 돕고 오겠습니다."

리쿠손이 정중하게 고개를 숙였다.

"그럼, 저는…."

뭘 할까 고민하고 있는데 뒤에서 목소리가 들려왔다.

"어이."

누구인가 했더니 니엔젠이 손을 흔들고 있었다. 외눈 할아버지가 무슨 용건일까.

"그 독약은 이제 없어?"

"독약?"

마오마오가 고개를 갸웃거렸다.

"벌레 죽이는 약 말이야. 큰 냄비에 푹푹 끓이던 거. 하나하나 잡아 죽이다가는 끝이 없으니 황충 놈들한테 쫙 뿌려서 한 번에 죽이고 싶은데."

"아아, 살충제 말이군요."

몽롱해진 상태로 계속 독초를 끓이던 일이 떠올랐다.

"그래, 그 독약."

"독약…."

아니, 독약은 아니라고 정정하고 싶지만….

"확실히 굉장히 잘 듣는 독이더군요."

자리를 뜨려던 리쿠손도 걸음을 멈추고 거들었다.

"아뇨, 잠깐만요…."

"앗, 독 아가씨!"

마을 사람들이 마오마오를 보고 말을 걸었다.

"독 추가로 부탁할 수 있을까?"

"독 좀 줘. 희석하지 말고, 위험한 놈으로."

"그 독, 굉장히 잘 듣던데. 뭘 그렇게 끓이면 만들 수 있어?"

다른 사람들도 계속 모여들었다.

'도, 독이 아닌데….'

마오마오 입장에서는 아니라고 주장하고 싶었지만 취에가 어깨를 툭 쳤다. 그러고는 해탈한 얼굴로 고개를 가로저었다.

마오마오는 고개를 푹 숙였다.

"…용법과 용량을 지켜서 올바르게 사용해 주세요."

마오마오는 또다시 독초를 모으는 신세가 되었다.

"이봐~ 아가씨~"

충분한 양의 살충제를 다 만들었을 무렵, 리하쿠가 불렀다.

"왜 그러세요?"

"독약 만들기가 다 끝난 것 같은데 말이야. 이 이상 마을에 있기보다는 한차례 서도로 돌아가는 편이 낫지 않겠어? 나랑 같이 온 다른 무관들이 남아서 뒤처리를 도울 테니 문제는 없을 테고."

"그러게요. 그리고 독약이 아니라 살충제예요."

마오마오는 마을을 돌아보았다. 아까 살충제 만드는 모습을 보여 주면서 제조 방법도 가르쳐 주었고, 간단한 단서 조항을 달아 조합서도 건넸다.

"빨리 돌아가지 않으면 그 아저씨한테 거짓말이 들통날 거야."

"…그러고 보니 저를 황해가 미치지 않는 장소에 격리시켜 놓았다는 거짓말이 용케 통했네요."

아무리 혼란에 빠졌다고는 하나 그 영문 모를 제6감으로 웬만한 진실은 다 꿰뚫어 보는 괴짜 군사에게 거짓말이 통한 게 신기했다.

"진시 나리도 책사야. 의관 아저씨를 활용했거든."

의관 아저씨, 즉 돌팔이 의관을 말한다.

요즘 돌팔이와 친해졌나 싶더니 어떻게 이용한 걸까.

"의관 아저씨한테 네 이야기를 설명해서, 간접적으로 그 아저씨한테 알리게 했어."

"……."

제법인데, 하고 마오마오는 생각했다. 그리고 의관 아저씨와 그 아저씨라니, 헷갈린다.

"아가씨는 의관 아저씨한테 무른 편인데, 그 아저씨도 왠지 의관 아저씨 앞에선 독기가 빠지는 것 같더라고."

돌팔이 의관은 중년의 통통한 아저씨지만 분류하자면 새끼쥐나 다람쥐 쪽에 들어간다. 바센의 집오리와 비슷한 위치인 느낌이다.

"소동이 한바탕 일단락 지어졌으니 빨리 돌아가지 않으면 아저씨가 의심하지 않겠어?"

"그럼, 이건 어쩌죠?"

마오마오는 손바닥을 보였다. 살충제를 만드느라 생긴 상처가 뚜렷이 새겨져 있었다.

"갈아입을 새 옷은 있어요~"

취에가 재빨리 옷을 준비했다.

"달리 뭔가 만들다가 실패했다고 하면 되지 않겠어? 왼팔에도 잔뜩 있잖아."

리하쿠는 마오마오의 왼팔을 가리켰다. 설명한 적은 없었지만 보였던 모양이다. 예전에, 약 실험에 자신의 팔을 사용했던 흉터가 가득하다.

'그러고 보니….'

괴짜 군사는 과보호 같지만 독 시식을 하는 일에 대해서는 아무런 참견도 하지 않는다. 누군가가 마오마오에게 해를 가할 경우에는 시비를 걸더라도, 마오마오가 스스로 친 사고에 대해서는 간섭하지 않는다.

리하쿠는 본능적으로 그런 군사의 성격을 읽은 게 아닐까.

"그러게요."

새삼 손에 상처 좀 입었다고 별다를 것도 없겠네, 하고 생각하는 마오마오였다.

"그럼, 돌아갈까요."

마오마오는 황폐해진 농촌을 뒤로했다.

20화 : 확인

돌아온 서도는 꼬락서니가 엉망진창이었다.

'아…. 하긴 이쪽이 더 힘들겠네.'

마오마오는 남의 일처럼 생각하며 서도의 상태를 둘러보았다.

길바닥이나 건물 벽에 황충이 아직 남아 있었다. 곳곳에 시커먼 덩어리가 꿈틀거리고 있었지만, 굳이 응시하지는 않기로 했다.

황충의 수 자체는 아마 농촌보다는 적을 것이다.

너덜너덜 갉아 먹힌 노점이나 어설프게 뜯어 먹혀 바닥을 구르는 과일이 보였다.

'도시 사람들은 벌레를 참 싫어하지.'

농촌과는 황충 대군에 대한 마음가짐이 크게 달랐을 텐데. 밖에 나오는 사람은 별로 없었다.

농민은 작물이 소중하기 때문에 그것을 지키기 위해 해충을 구제하지만 서도 사람들은 공포가 더 큰 모양이었다.

“혼란 상황은 어땠죠?”

마오마오는 마부석에 앉은 리하쿠에게 물었다.

리쿠손은 농촌에 며칠 더 남아 있기로 했다. 마을 입장에서는 든든하겠지만 이 비상 사태에 서도로 한차례 돌아오지 않아도 되는 건지 신기했다.

“아비규환, 그야말로 전쟁터가 따로 없었어.”

“황해가 일어날 거라고 아무도 경고하지 않았던 건가요?”

마오마오에게 소식이 날아들었을 정도이니, 진시라면 무슨 대책을 강구했어도 이상하지 않다.

하지만….

“여긴 서도야. 무슨 일이든 순서라는 게 있잖아?”

“…그렇군요.”

진시 스스로가 목소리를 높여 외치고 다닐 수도 없다. 마오마오와 달리 입장이라는 게 있는 인간이다.

서도의 중진들을 통하지 않으면 아무것도 움직이지 않는다.

“아무것도 안 한 것 같지는 않네.”

광장 중앙에서는 밥을 지어 나눠 주고 있는 듯했다. 황충의 습격에 의해 어느 정도 물자가 부족해지고 사람들도 피폐해지지 않았을까 싶었고, 이미 며칠이 지난 상황이었다. 어느 가정에든 비축분이 넉넉하게 있으리라는 보장은 없다.

'가난한 가정일수록 하루 벌어 하루 먹고 사는 경우가 많으니까.'

일용직으로 돈을 벌어 노점에서 밥을 사 먹는 경우도 드물지 않다.

곳곳에 밥집은 열려 있지만, 이 소동 때문에 유통이 끊겨 멀쩡한 식사를 제공하지 못하는 모양이었다.

마오마오가 있는 곳까지 죽 쑤는 냄새가 풍겼다. 냄새에 문득 생각이 났다.

'라한네 형.'

고구마 냄새였다. 아마 마오마오 일행과 함께 배로 날라져 온 대량의 고구마일 것이다. 그것이 죽으로 요리되어, 굶주린 서도 백성들의 배 속으로 들어가고 있었다.

"죽 쑤는 데 고구마를 넣었나 봐요."

"라한네 형, 아까운 사람을 잃었네요."

취에가 눈물을 글썽였다. 왜 죽은 사람 취급을 하는 거야.

"흐응, 갖고 온 게 도움이 되었다면 다행이잖아. 고구마 형씨도 그곳에서 기뻐하고 있을 거야."

'그곳이라는 게 어디야?'

리하쿠는 살아 있는지 죽어 있는지 아리송한 말투였다.

마차가 별저에 도착했다. 말 울음 소리를 듣고 입구에 사람들이 모여들었다. 누군가 했더니 돌팔이 의관과 티엔요우였다.

"아~가~씨~"

잔뜩 지친 얼굴의 아저씨가 뛰쳐나왔다. 마오마오와 충돌하기 전에 리하쿠가 아저씨의 뒷덜미를 움켜잡았다. 몸집 작은 아저씨가 버둥거렸다. 돌팔이 의관이었다.

"의관님, 별일 없으셨어요?"

마오마오는 돌팔이 의관에게 고개를 숙였다. 리하쿠는 돌팔이 의관을 땅바닥에 내려놓았다.

"아가씨는 괜찮은 거지? 안전한 장소였어도 무서웠지? 난 진짜 무서웠어. 그거, 대체 뭐야? 세상의 종말인 줄 알았어."

"의관님은 바퀴벌레 한 마리만 봐도 기절하시잖아요."

청소하다 몇 번 마주쳤을 때 얼굴이 새하얘진 적이 있었던 돌팔이이니, 황충 대군은 그야말로 지옥이었으리라.

"냥냥만 미리 피난시켜 놓다니 치사하지 않아? 그치? 좋겠다, 연줄이 있어서."

티엔요우는 늘 그렇듯 비아냥거렸지만, 진시의 말을 어디까지 믿는지 알 수가 없다.

"의무실을 비워도 괜찮은 건가요?"

마오마오가 정직한 의문을 던졌다.

"으음…. 우린 별로 안 바쁘거든. 달의 귀인 담당이라서. 요우 의관네 쪽은 엄청 바쁘다나 봐."

'진시 담당이라서 한가하다고?'

왠지 이상한 느낌이 들었다.

"아참, 그렇지. 라칸 님이 아가씨를 정말 걱정하셨어."

"그랬나요?"

별로 유익하진 않은 정보였다.

"단것을 좋아하는 것 같던데, 고구마 경단이라도 가지고 인사라도 다녀와. 지난번에 많이 먹고 갔어."

무시하고 싶었지만 어차피 상대방이 멋대로 찾아올 것이다. 그보다 라한네 형이 없다는 핑계로 돌팔이 의관이 씨고구마를 마음대로 요리해 먹고 있는 게 문제였다.

"아가씨, 다쳤잖아! 어떻게 된 거야, 이 손!"

"아, 괜찮아요. 벌레 죽이는 약을 만드느라 실험했거든요."

"실험? 그치만 아가씨가 벌레야?"

돌팔이 의관이 의아한 표정으로 고개를 갸우뚱거렸다.

"고양이를 죽일 수 있다면 벌레 정도는 여유롭겠는데요?"

티엔요우가 옆에서 실없는 소리를 했다.

"자, 자. 두 사람. 이야기는 그쯤 해 두세요."

취에가 끼어들었다.

"여러 가지로 보고할 게 있단 말이에요~"

"보고?"

"벌레 죽이는 약에 대해서예요."

"아아, 그렇구먼. 미안했네."

돌팔이 의관이 어서 가라며 길을 비켜 주었다. 티엔요우는 그냥 놀리러 왔을 뿐 방해할 생각은 없었던 모양이었다.

교쿠엔의 별저뿐만 아니라 높은 사람의 저택은 대체로 쓸데없이 넓은데, 진시의 방은 그중에서도 가장 안쪽이었다. 손님으로서 공경한다는 건 알겠는데 솔직히 너무 멀다.

"네, 복장에 흐트러진 곳은 없습니다. 괜찮아요."

취에가 마오마오와 리하쿠의 복장을 점검했다. 마오마오는 취에의 머리카락이 뻗쳐 있었기에 살며시 눌러 주었다.

"실례합니…."

마오마오가 들어감과 동시에 덜컹 소리가 들렸다.

진시가 다소 흐트러진 자세로 앉아 있었다.

늘 그렇듯 스이렌, 타오메이가 대기하고 있었고, 가오슌과 바센은 복잡한 표정으로 서 있었다. 그 옆에서 집오리가 "꽥꽥." 하면서 서 있었지만 굳이 지적하지 않는 편이 좋을 듯했다.

바센과 떨어졌던 집오리는 마오마오 일행과 같이 돌아왔다. 그리고 별저에 도착하자마자 제일 먼저 바센에게 쫓아간 그 성격은 새보다는 오히려 개 같았다.

'가오슌은 좋아하는 것 같네.'

겉모습과 다르게 단것과 작은 동물을 좋아하는 아저씨다. 집오리가 마음의 위안이 되어 주리라.

'집오리만 계속 쳐다보고 있으면 안 되겠지.'

마오마오는 보고를 어떻게 해야 하느냐는 얼굴로 리하쿠를 돌아보았다. 리하쿠는 반걸음 물러섰다. 마오마오가 보고하라는 모양이었다. 취에도 반걸음 물러나 있었다.

"지금 막 돌아왔습니다."

"수고가 많았다."

타오메이가 있기에 마오마오는 평소보다 긴장한 얼굴로 자세를 갖췄다.

'가오슌이나 스이렌만 있었다면 좀 나았을 텐데.'

그것은 진시도 마찬가지인지, 지금은 '달의 귀인'의 가면을 쓰고 있었다. 타오메이도 진시의 유모였다고 하는데, 스이렌과는 교육 방침이 다소 달랐던 모양이었다.

"그래서 어땠지?"

그 질문에는 일단 취에에게서 들은 이야기를 보고해 두기로 했다.

"작물 피해는 심각했지만 파멸적인 상황은 아니었습니다. 보리 자체 수확량은 예년의 7할 정도 남아 있다고 합니다."

"그렇다면 라한네 형의 급보가 도움이 된 모양이군."

'공식적인 자리에서도 라한네 형인 건가.'

진시도 아직 본명을 모르는 모양이었다. 이대로 돌아오지 않으면 묘비에 이름을 뭐라고 적어야 할지 고민스러워진다.

"다른 마을에도 전령을 보냈으나, 아무리 어림짐작해도 수확량이 절반을 밑도는 모양이다. 그리고 아직 전령이 돌아오지 않은 지방이라면 더 심각하겠지."

라한네 형이 아무리 노력했어도 때를 맞추지 못했다. 아니, 어느 정도는 나아졌을지도 모르지만 주위에서 보면 '윗놈들은 아무것도 해 주지 않았다'는 인상만 남으리라.

아무리 정신없이 움직여도 끄트머리까지 샅샅이 돌아볼 수는 없다.

"리하쿠. 한 마을에 어느 정도의 인원을 배치하면 좋을 것 같으냐?"

"최소 열 명 정도는 필요할 겁니다. 벌레 처리, 가옥 재건 등도 있지만 제일 두려운 건…."

"폭도인가? 아니면 도적인가?"

"둘 다입니다."

천재지변이 일어나면 사람들의 생활은 피폐해진다. 생활이 피폐해지면 마음이 난폭해진다. 난폭해진 마음은 도적질이나 폭력으로 바뀐다.

진시는 황충이 지나간 후의 일을 내다보고 있었다.

취에는 진시가 자신에게도 질문하지 않을까 하는 생각에 뻗친 머리카락을 움찔움찔 움직였으나 그 차례는 오지 않았다.

"알겠다. 리하쿠도 수고가 많았다. 제자리로 돌아가도록."

"네."

리하쿠가 방을 나갔다. 집오리는 무슨 생각을 했는지 리하쿠를 따라갔다. 궁둥이가 바들바들 떨리고 있는데, 배설을 하고 싶은 걸까.

'집오리도 배변 교육을 시킬 수가 있나?'

가능할 리가 없다고 생각했지만, 만약 진시의 방에 실례를 하려 든다면 타오메이가 통구이를 만들어 버릴 터였다. 생명의 위기를 느끼고 밖에서 해결하는 법을 배웠다면 정말이지 대단한 일이다.

마오마오도 따라 나가려 했으나 출구를 스이렌이 슥 가로막았다.

"왜 그러시죠?"

"후후, 조금만 더 여기 있어 주겠니?"

그런 말을 들으니 마오마오는 우향우를 하는 수밖에 없었다.

앉아 있는 진시는 달의 귀인 가면이 반쯤 벗겨져 있었다.

"머리는 괜찮으냐?"

아무래도 바센이 마오마오가 우박에 맞고 기절한 이야기를 보고한 모양이었다.

잘 보니 진시는 아래눈꺼풀이 붓고, 입술은 바짝 말라 있었다.

"모르겠습니다. 머리를 얻어맞고 나서 며칠 후에 쓰러진 사례도 있습니다."

두부에 외상이 없어도 안에서 출혈이 일어나 죽음에 이르는 일도 있다고 한다.

"그럼, 얌전히 있어!"

"아뇨, 얌전히 있어도 쓰러질 때는 쓰러집니다. 그리고 그 치료가 가능한 사람은 저희 아버지밖에 없습니다."

아버지나 류 의관이라면 치료가 가능할지도 모르지만 서도에는 없다.

"그럼, 할 수 있는 일을 해 두고 싶습니다."

"그렇다면 그 오른손은 뭐지?"

마오마오가 감고 있는 붕대를 본 모양이었다.

"…실험 흉터입니다."

"오른손은 실험에 쓰지 않는 줄 알았다만?"

진시가 가만히 째려보았다. 평소와는 반대였다.

"휴우. 뭐, 좋다. 그보다, …무사히 돌아와서 다행이다."

'앗.'

달의 귀인이 완전히 진시로 돌아온 듯했다. 주먹을 꽉 쥐었다 폈다 하는 모습이 왠지 어린애 같고, 인간미가 느껴졌다.

"피곤하겠지. 방으로 돌아가 쉬도록."

마오마오에게는 무척이나 고마운 말이었다. 취에도 두 손 들고 기뻐하려다 시어머니의 시선을 알아차리고 그만두었다.

방으로 돌아가고 싶지만 하나 확인할 일이 있다.

"진시 님은 황해에 대해 아무것도 안 하시는 건가요?"

무례하게 들리는 말일지도 모른다. 무심코 '달의 귀인'이 아니라 '진시'라고 불러 버렸다. 하지만 그만큼 황해 대책을 고민해 온 진시가 지금 객실에서 편하게 시간이나 때우고 있을 리가 없다.

"지금 같은 미증유의 사태라면 아직 진시 님이 하셔야 할 일, 할 수 있는 일이 많지 않을까요?"

마오마오가 하고 싶은 말이 전달된 모양이었다.

"보다시피 **나**는 지금 손님이라서 말이다. 현지에 나와서 할 수 있는 일은 정해져 있지. 그러니 뭐든 다 할 수 있는 녀석들에게 선물을 준비해 줬다."

마오마오는 시정에서 사람들에게 배급되던 고구마가 든 죽을 떠올렸다.

"고구마 죽이 배급되고 있더군요."

"제대로 이용되고 있는 모양이군."

"이용이라는 말씀은…."

준비한 식재료는 이미 서도에 퍼졌다. 그리고 그것을 나눠 주는 사람은 서도의 주인으로 되어 있다. 즉, 서도 주민들에게 은인은 나눠 주는 사람이다.

'공을 가로채였잖아.'

한마디로 진시는 칭찬받을 부분만 교쿠오에게 빼앗겼다는 뜻이다.

“각 마을에 자유롭게 통보할 수 있도록 해 준 이유도 이해가 돼. 아무 일도 일어나지 않으면 왕제가 유난이라 사람들을 선동했다고 하고 끝낼 수 있지. 무슨 일이 있어도 어차피 공적은 서도의 것이 돼.”

진시는 보기보다 훨씬 솔직한 성격이다. 그리고 파벌 따위는 생각하지 않고, 나라를 생각한다.

잘만 이용하면 대단히 편리한 장기 말임은 분명하다.

그리고 때마침 대재앙이 일어났다.

“서도 사람들은 이미 중앙을 대수롭지 않게 생각하고 있었다. 군사 공이 솔선해서 앞에 나서 준 것만으로도 그나마 다행이라고 해야겠지.”

“하, 하지만….”

그 문제에 대해서는 마오마오보다 더 분개하는 사람이 있었다. 바센은 부루퉁한 얼굴이었고, 스이렌과 타오메이도 밝은 표정은 아니었다. 가오슌으로 말하자면 미간에 몹시 깊은 주름이 잡혀 있었다.

“내가 이번에 서도로 불려 온 이유는 거기에 있다. 아무래도 돋보이게 해 주는 역할을 맡은 모양이야.”

서도의 가짜 왕, 교쿠오는 놀랍게도 진시를 조연으로 쓰고 싶은 눈치였다.

'영웅이 되고 싶은 건가?'

그랬구나, 하고 마오마오는 주먹을 부르쥐었다.

서도에는 한동안 더 머물러야 한다.

마오마오는 아무리 교쿠요 황후의 오라비라고는 하나, 도저히 교쿠오를 좋아할 수가 없었다.

진시는 꽝 제비를 얼마든지 뽑을 준비가 되어 있다. 하지만 주위 종자들은 진시가 피로를 채 감추지 못한다는 사실을 안다.

'빨리 자는 게 좋을 텐데.'

마오마오가 이야기를 끝내려고 입을 막 열려 할 때였다.

"바센, 밖에서 집오리가 날뛰고 있단다."

스이렌이 불렀다.

"죠후가 왜 그럴까요?"

"그 가면올빼미가 또 왔나 봐. 야생으로 돌려보내긴 어려울까?"

"인간에게 길이 들어 버렸으니까요."

가면올빼미라는 말에 타오메이의 표정이 밝아졌다. 역시 비슷한 맹금류라 마음에 들었나 보다.

"잠깐 보고 와 주지 않겠어요? 잘 다루잖아요?"

"그렇게 말씀하시니 어쩔 수 없군요."

아무리 여걸인 타오메이라 해도 역전의 시녀 스이렌 앞에서는 한 발 물러난다. 바센도 집오리가 걱정되는지 밖으로 나갔다. 밖은 이미 땅거미가 지고 있어, 취에가 조명 기구에 불을 붙였다. 달콤한 밀랍 향기가 풍겼다.

"취에 씨, 저녁 식사 준비를 좀 도와주지 않겠어요?"

"알겠습니다."

취에는 어째서인지 연극조의 동작을 취하며 대답했다.

스이렌은 한쪽 눈을 살짝 끔뻑하며 마오마오를 보았다.

'그런 거였구나.'

가오슌은 딱히 무슨 목적도 없이 스이렌을 따라갔다. 무슨 일이 있으면 바로 달려올 수 있는 위치에 서 있겠다는 뜻이리라.

방에 단둘이 남자, 마오마오는 크게 숨을 들이마셨다가 내뱉었다.

"진시 님."

"뭐지?"

"무리하고 계신 것 아닌가요?"

달의 귀인 가면이 완전히 벗겨졌다.

"…무리하지 않는 때는 없다."

황족으로 태어난 시점에서 자유라는 단어는 없다. 마오마오는 당연한 말을 물었다는 생각에 반성했다.

"그럼, 앞으로 어느 정도 더 무리하실 수 있나요?"

진시에게도 참지 못할 한계라는 게 있다.

"어려운 질문을 하는군. 그런 건 실제로 한계가 오지 않으면 모르는 일이지 않으냐?"

"몸이 망가져서 돌이킬 수 없는 상태에 이르는 사람들은 대부분, '아직 더 할 수 있다'고 주장하며 계속 일을 하지요."

"……."

진시의 표정이 어두워졌다.

"그럼, 그것을 회복시키는 게 약사의 할 일이 아니더냐?"

"옳으신 말씀입니다. 약탕이라도 준비할까요?"

"아니…."

진시가 오른손을 내밀었다.

'어?'

무슨 의미가 있나 싶어 마오마오는 진시의 손을 물끄러미 들여다보았다. 손이 크고 손가락이 길었다. 손톱은 깔끔하게 깎이고, 줄칼로 다듬어져 있었다.

커다란 손이 마오마오의 머리 위를 덮었다.

'우왓!'

그러더니 마치 강아지처럼 마구 쓰다듬어 댔다. 피하고 싶어도 진시의 손이 요령껏 도망쳤다.

"뭐죠, 대체?"

마오마오는 잔뜩 헝클어진 머리를 쓸어내렸다. 요 며칠간 목욕을 할 여유도 없었기에, 머리카락은 기름때 범벅이 되어 있을 터였다.

"한계가 오지 않도록 회복시켰을 뿐이다."

진시는 아무 잘못 없다는 듯 가슴을 펴고 말했다.

"달리 더 유효한 방법이 있지 않겠습니까?"

"달리 더 유효한 방법을 쓰면 되겠느냐?"

"""……."""

마오마오는 반걸음 물러나, 양손으로 가위표를 만들었다.

"유효한 방법…."

"그럼, 보고는 여기까지입니다. 이만 실례하겠습니다!"

마오마오는 잽싸게 몸을 돌려 방을 빠져나왔다.

휴우, 하고 한숨을 들이마셨다가 내쉬었다.

'요즘 계속 간접적으로만 대해서 잊고 있었어.'

진시는 원래 거칠 것 없이 다가오는 성격이다. 그리고 방법도 물불 가리지 않는다. 최근 들어 마오마오를 배려했던 건, 너무 난폭한 방법을 취해 버렸기 때문이리라.

걸으면서 진정하려는데 올빼미와 집오리와 바센, 게다가 염소까지 뒤섞여서 마구 뛰어다니고 있었다.

'저 염소는 취에 씨 거잖아.'

남의 별저가 완전히 목장이 되어 버렸다.

'자유롭네.'

그 광경은 무척이나 우스꽝스럽고, 동시에 재미있었다.

마오마오는 입꼬리를 살짝 올린 뒤 내일도 계속 살충제를 만들어야겠다는 생각에 주먹을 부르쥐었다.

서도 체류는 한동안 더 이어지게 된다. 진시에게 무리하지 말라고 말한 마오마오 자신도 무리해서는 안 된다.

하지만 최대한 할 수 있는 한의 일은 해 둬야 했다.

약사의 혼잣말

종 장

향긋한 차와 유락*을 잔뜩 넣어 구운 과자. 달콤한 향기를 압축시킨 듯한, 다소 자극적인 향을 피웠다.

교쿠요 황후가 다과회를 주최하여 손님들을 대접하고 있었다.

후궁에서는 여러 번 열었던 다과회도, 비에서 황후가 된 후로는 빈도가 줄었다. 하지만 상대를 접대하는 솜씨는 시들지 않았다고 자부한다.

“이렇게 초대해 주셔서 정말 감사합니다.”

리국 중진의 아내들이 교쿠요에게 인사를 건넸다. 모두 교쿠요보다 연상이다. 다과회에 유일하게 존재하는 연하는 야친, 즉 조카뿐이다.

※유락 : 버터.

"그분은 어떤 분이신가요?"

눈썰미 좋은 손님 하나가 야친에 대해 물었다.

"제 조카랍니다. 서도보다 더 먼 곳에서 왔지요."

교쿠요가 생긋 웃으며 대답했다.

야친은 아직 후궁에 입궁하지 않았다. 교쿠요뿐만 아니라 교쿠엔도 아직 입궁하지 말라고 일렀기 때문이었다.

아버지와 오라비의 의향이 다르다. 그렇게 생각하니 교쿠요는 행동을 더욱 망설일 수밖에 없었다.

교쿠오의 딸이 아니라, 교쿠요의 조카라고 말했다. 머나먼 서쪽 땅의 영주 따위는 아무도 모른다. 교쿠오는 도성에서도 교쿠엔의 아들이라고밖에 지칭되지 않는다.

그리고 야친은 교쿠오보다 교쿠요를 더 닮았다.

누구나가 야친을 보고 교쿠요의 어머니 쪽 혈연이라고 생각할 것이다.

유행하는 향과 수입 천아융*, 새로운 화장법 등 손님들의 연령층을 생각하면 다소 젊은 화제가 많다. 이 자리에 익숙하지 않은 야친을 배려해서이기도 했고, 동시에 정치적 화제를 피하기 위한 목적도 있었다.

이번 다과회의 주목적은 중진들의 유대를 더욱 돈독히 하기

※천아융 : 벨벳.

위해서가 아니다. 굳이 따지자면 야심 없는 좋은 집안 출신의 아내들을 골랐다고 봐야 한다.

요 몇 개월 동안 야친은 교쿠요에게 꽤 마음을 열었다. 역시 야친은 양녀이며, 이복오라비인 교쿠오의 딸이 아니다. 교쿠오는 주상이 교쿠요를 황후로 삼은 것을 보고 이국의 정서가 느껴지는 여인이 주상 취향이라고 판단한 모양이었다.

교쿠요는 희미한 미소를 지었다.

주상은 외모만으로 비를 고르는 분이 아니다. 하나의 요인은 될 수 있겠지만 그것이 사랑에 빠지는 주된 원인인 적은 없다. 교쿠요는 총애를 받긴 했지만, 경국지색까지는 아니었다.

아버지 교쿠엔은 주상의 성격을 잘 알고 있었다. 그래서 선제 시대에 어린 교쿠요를 헌상하지 않았다. 때를 기다리며, 대가 바뀔 때까지 교쿠요에게 비가 되는 데 필요한 교육을 시켰다.

교쿠엔은 본디 상인이었다. 가장 이익이 되는 길을 고를 줄 안다. 하지만 눈앞의 욕심에 사로잡히지 않고 10년, 20년, 50년 후를 내다본다.

교쿠엔은 자신의 사후에까지 이익을 추구한다. 그것은 일족의 번영으로 이어지며, 사소한 일이 아니라는 사실을 교쿠요는 알고 있었다.

교쿠요는 자신이 교쿠엔에게 사랑받고 있다고 믿는다. 하지만 그 사랑은 절대적이지 않다. 교쿠엔이 이익을 추구하는 데 교쿠요가 방해가 된다고 판단할 경우 즉시 저버릴 것이다.

교쿠요가 할 수 있는 일은 자신의 가치를 높여, 교쿠엔의 천칭 속에서 가장 무거운 존재가 되는 일뿐.

다과회 또한 그 수단 중 하나다.

화기애애한 분위기 가운데 다과회가 끝났다. 중진의 아내들은 서쪽에서 온 교역품에 흥미를 가졌다. 조만간 하사할 예정이다.

시녀들에게 뒷정리를 명령하고 방으로 돌아갔다. 야친도 따라오라고 했다.

"다과회에는 많이 익숙해진 것 같구나?"

"네. 교쿠요 님 덕분에요."

"처음엔 한마디 이야기하기도 힘들어하더니."

"앗, 그 얘긴 하지 말아 주세요."

야친은 행동거지가 아름답긴 하나 어디까지나 임기응변일 뿐이었다. 짧은 대화는 문제없지만 이야기가 길어지면 술서주 특유의 억양이 튀어나온다. 교쿠요도 어린 시절에 홍냥에게서 야무지게 교정받지 않았다면 아마 튀어나왔을 것이다.

특이한 억양 때문에 다과회에는 그리 맞지 않는다. 어디까지나 귀인의 총애를 얻기 위해 내놓은 소녀라는 뜻이다.

"교쿠요 님, 질문 하나 해도 될까요?"

"그래, 하렴."

"지금 술서주의 상황은 어떤가요?"

야친은 불안을 감추지 못하는 표정이었다.

"뭐가 그렇게 걱정이 되니?"

교쿠요는 단도직입적으로 물었다.

"…슬슬 벌레가 나타날 거예요. 작물이 잘 자랄지 걱정이 돼요."

야친은 솔직한 소녀였다. 심성이 곱고, 기억력도 나쁘지 않다.

그래서 교쿠요는 동정했다.

야친이 교쿠요에게 친부모 이야기를 한 것은 열흘쯤 전의 일이었다. 사실은 절대 입 밖에 내지 않을 생각이었으리라.

교쿠요를 꼭 닮은 소녀는 교쿠오를 존경하고 있었다.

야친은 본래 유목민의 딸이었다. 그러나 아버지의 건강이 나빠지는 바람에 농촌에 정착하게 되었다고 한다.

물론 정착했다고 바로 농작물을 키울 수 있는 건 아니다. 근처에 가축을 방목하며 조금씩 농업을 배워 나가야 했다. 참 감사하게도 영주가 보조금을 주었다고 했다.

그 영주가 교쿠오였다.

교쿠요에게 있어 교쿠오는 악은 아니다. 하지만 교쿠오는 스스로를 정의라고 생각하고 있다. 그래서 서로 맞지 않는다.

교쿠엔의 눈에 든 교쿠요는, 교쿠오의 정의에 반하는 존재다.

그것은 교쿠요도 이해할 수 있었다. 교쿠오는 장남이자 정실의 자식이다. 나중에 측실이 낳은 여동생을 경시하는 건 서도뿐만 아니라 리국 대부분의 남자들이 그랬다.

신경이 쓰이는 점은 그것과는 별개로 교쿠오가 교쿠요의 용모를 미워한다는 사실이었다. 얼굴의 미추美醜가 아니라 붉은 머리카락을, 녹색 눈동자를. 상인의 아들이며 교역이 번성한 서도를 장래 다스리게 될 남자가 이국인을 싫어하는 일은 상당한 문제다.

기본적으로 이국인을 좋은 이웃으로 삼으라는 것이 교쿠엔의 가르침이었다. 왜 아버지를 존경하면서 아버지의 가르침에 등을 돌리는 걸까. 교쿠요는 그 점을 이해할 수가 없었다.

그런 교쿠오를 야친은 존경하고 있다. 몇 년 전, 야친은 흉년이 드는 바람에 팔려 갈 처지가 되었다. 딸을 파는 일은 그리 드물지 않다. 가난한 집에서는 여자 또한 자산이다. 결국 기녀로 몸을 팔게 되었다.

교쿠오는 몸을 내놓는 방법 말고는 살아갈 길이 없었던 야친을 양녀로 거둬들여 주었다. 게다가 교육도 시켜 주었다.

겉으로 볼 때는 대단한 미담이라고 교쿠요는 생각했다.

그 이면에 무엇이 있는지는 말할 수 없고, 야친에게 진실을 털어놓을 생각도 없다.

교쿠요는 부정하지 않는 게 자신의 강점이라고 생각했다.

"서도에서 슬슬 연락이 올 시기일까? 알게 되면 바로 전해 줄게.”

야친의 머리에서 비녀를 뽑았다. 머리가 가벼워졌는지 야친은 휴우, 하고 한숨을 내쉬었다.

“옷을 갈아입고 공부하자꾸나. 오라버니의 도움이 되기 위해서는 무엇보다 공부가 필요해.”

“네.”

야친은 솔직하고 착한 소녀다. 교쿠오를 존경하고, 자신을 판 가족을 걱정한다. 가족은 교쿠오에게서 입막음값을 포함한 은을 넉넉히 받았을 텐데도.

옷을 갈아입고 오라는 말에 야친이 방을 나가자 그와 엇갈려 하쿠우가 들어왔다. 손에는 구깃구깃한 종이가 들려 있었다.

“교쿠요 님.”

하쿠우는 가져온 종이를 교쿠요에게 내밀었다. 비틀어 꼰 종이를 보니 비둘기 다리에 묶어 날려 보낸 모양이었다. 하지만 평소보다도 훨씬 더 아무렇게나 접혀 있었다.

늘 달의 귀인이 보내는 비둘기인 줄 알았는데 아니었다. 왕제와는 다른 경로를 통해 날아온 전령이었다.

“이건….”

“네.”

하쿠우는 이미 내용을 보았으리라. 서도, 아니 술서주에서 황해가 일어났다는 이야기가 적혀 있었다. 난폭한 필치를 보아하니 서둘러 보낸 듯했다.

교쿠요는 어금니를 빠득 갈았다.

"하쿠우."

"육로와 해로로 전령을 준비해 두었습니다. 전서구가 한 마리 있는데 어떻게 하시겠습니까? 서도는 아직 혼란 상태여서 제대로 도착할지 모르겠습니다만."

그래도 사람이 가는 것보다는 훨씬 빠르다.

"…비둘기로 부탁해."

교쿠요는 튼튼한 종이를 꺼냈다.

「원하시는 대로.」

단 한 줄을 적고, 기름종이에 쌌다.

하쿠우가 가져온 비둘기에 편지를 묶어 날려 보냈다. 새파란 하늘과 하얀 비둘기가 멋진 대조를 이루었다.

파란 하늘이 펼쳐진 중앙에서는 생각도 못 할 일이리라. 벌레 떼가 하늘을 뒤덮고, 작물과 식량을 먹어 치우는 광경 따위. 상상도 못하는 자는 이렇게 생각하리라. '서쪽 놈들은 고작 벌레 따위로 소란을 피우며 투정을 부린다'고.

교쿠요는 크게 숨을 들이마셨다가 내뱉었다.

자신은 무엇을 위해 후궁에 들어왔던가. 아버지는 어째서 자신을 중앙에 들여보냈는가.

아버지는 앞으로도 쭉 자신을 사랑해 줄까.

"좋아!"

교쿠요는 기합을 넣기 위해 자신의 뺨을 치려 하였으나 하쿠우가 막았다.

"자, 또 말괄량이 짓이 나오려고 해요. 얼굴은 참아 주세요."

"네에~"

"맥 빠지는 대답도 안 돼요."

엄격한 소꿉친구다.

교쿠요는 새 종이를 꺼내, 서쪽 땅을 위해서 무엇을 할 수 있을지를 적어 나갔다.

전쟁은 이제부터다.

약사의 혼잣말 10권 마침

『약사의 혼잣말』 11권 2022년 발행 예정

교쿠요 황후가 보낸 비둘기의 행방은?

서도의 미래는?

그리고
마오마오와 진시의 관계에
새로운 변화가?

표지에는
설마
했던
그
사람이
등장?!
NOW PRINTING
약사의 혼잣말 11권
휴우가 나츠 지음 시노 토우코 일러스트

약사의 혼잣말

약사의 혼잣말 [10]

2022년 1월 10일 초판 발행

저자	휴우가 나츠
일러스트	시노 토우코
옮긴이	김예진
발행인	정동훈
편집인	여영아
편집 팀장	황정아
편집	노혜림
발행처	(주)학산문화사
등록	1995년 7월 1일
등록번호	제3-632호
주소	서울특별시 동작구 상도로 282 학산빌딩
편집부	02-828-8838
영업부	02-828-8986

ISBN 979-11-348-9950-9 04830
ISBN 979-11-348-1428-1 (세트)

값 9,000원